D1705491

S. 256/252

Werner Ablass

DER ENGEL IN JEANS

Roman

1. Auflage Februar 2013
Copyright© 2013 by Werner Ablass Coaching

Lektorat: No One
Umschlaggestaltung: Lotsi Kerner
Satz, Gestaltung, Qualitätskontrolle: Albert Eisenring, Suisse

ISBN: 9783848218585

Herstellung und Verlag: BoD - Books-on-Demand, Norderstedt

Alle Rechte vorbehalten, insbesondere das Recht auf Vervielfältigung und Verbreitung sowie Übersetzung. Kein Teil dieses Buches darf in irgendeiner Form ohne schriftliche Genehmigung von Werner Ablass reproduziert – oder unter Verwendung elektronischer Systeme verarbeitet, vervielfältigt oder verbreitet werden.

Werner Ablass Coaching
Hartmannstraße 24
74336 Brackenheim-Stockheim
Telefon: 07135-933777
info@wernerablass.de
www.wernerablass.de

Inhaltsverzeichnis

PROLOG 11
Donnerstag, zweiter Juni 13
Freitag, dritter Juni 22
Samstag, vierter Juni 38
Sonntag, fünfter Juni 45
Montag, sechster Juni 53
Dienstag, siebter Juni 59
Mittwoch, achter Juni 69
Donnerstag, neunter Juni 74
Freitag, zehnter Juni 81
Samstag, elfter Juni 98
Sonntag, zwölfter Juni 105
Montag, dreizehnter Juni 113
Dienstag, vierzehnter Juni 124
Mittwoch, fünfzehnter Juni 135
Donnerstag, sechzehnter Juni 142
Freitag, siebzehnter Juni 150
Samstag, achtzehnter Juni 156
Sonntag, neunzehnter Juni 164
Montag, zwanzigster Juni 170
Dienstag, einundzwanzigster Juni 178
Mittwoch, zweiundzwanzigster Juni 196
Donnerstag, dreiundzwanzigster Juni 202
Freitag, vierundzwanzigster Juni 210
Samstag, fünfundzwanzigster Juni 215
Sonntag, sechsundzwanzigster Juni 220
Montag, siebenundzwanzigster Juni 223
Dienstag, achtundzwanzigster Juni 228
Mittwoch, neunundzwanzigster Juni 232
Donnerstag, dreißigster Juni 238
Freitag, erster Juli 245
Samstag, zweiter Juli 252
Sonntag, dritter Juli 259
Montag, vierter Juli 270
Samstag, sechster August 275
EPILOG 280

PROLOG

Engel – so hatte ich es im Kindergarten mit drei oder vier Jahren gelernt – Engel kann man nicht sehen. Obwohl sie bei uns sind, uns schützen, uns führen, uns auch verführen, wenn sie nicht Gottes, sondern des Teufels sein sollten. Denn wie bei den Menschen gibt es natürlich auch unter Engeln Gute und Böse.

Sagte *man* mir.

Engel – so überlegte ich an meinem neunten Geburtstag – Engel sind womöglich verstorbene Menschen, denen Gott nach dem Tod die Gabe des Fliegens verlieh. Als Belohnung für deren guten Taten. Das war zumindest meine eigenwillige Erklärung dafür, dass sie auf allen Gemälden mit himmlischen Szenen Flügel besitzen, Flügel, die meinem Papagei ähnlich waren, den ich an jenem Geburtstag zusammen mit einem reich bebilderten Buch über Schutzengel von meiner Mutter geschenkt bekam.

In der Pubertät allerdings ging mir der Glaube an Engel verloren. Denn wäre unser Religionslehrer in irgendeiner Beziehung zu dieser friedliebenden, himmlischen Rasse gestanden, hätte er wegen einer Bagatelle sicherlich nicht so aggressiv werden können, um meinen besten Schulfreund brutal zu verdreschen.

Sagte *ich* mir.

Meine Meinung, Engel seien wohl nur Erfindung, vertrat ich noch vor genau dreiunddreißig Tagen mit voller Überzeugung. Über dreißig Jahre lang – denn dieses Jahr bin ich vierundvierzig geworden – hielt ich Engel für Produkte der Phantasie. Heute bin ich mir da nicht mehr ganz so sicher.

Weshalb ich ins Wanken geriet? Weil ich – kaum wage ich es zu berichten, aber mir bleibt keine andere Wahl, wie jedermann wenig später einsehen wird – weil ich, so verrückt dies auch klingt, einem Menschen begegnete, der sich als Engel ausgab. Obwohl ich mir noch immer nicht sicher bin, ob er nicht doch ein äußerst begabter Illusionist oder ein weiser Schamane war, wie es meine Frau Susanne annahm, als er sich auch ihr vorgestellt hatte.

Donnerstag, zweiter Juni

Es geschah unterwegs. Auf dem Weg von einem Vier-Sterne-Hotel in Hildesheim zu der Firma Kleinhans & Co. in Hannover. Ein weiteres Bewerbungsgespräch lag vor mir. Fünf erfolglose Vorstellungstermine hatte ich schon hinter mich gebracht, seitdem ich vor acht Wochen arbeitslos geworden war.

Noch immer war ich nicht in der Lage, einen Schlussstrich zu ziehen und endgültig zu vergessen, was mir widerfuhr. Denn mit meinem sozial abgefederten Rausschmiss war eingetroffen, was ich bis dahin für völlig ausgeschlossen gehalten hatte. Zumindest was mich betraf. Arbeiter in der Produktion, die mochten arbeitslos werden. Überflüssige Angestellte im Büro vielleicht auch. Unfähige oder ausgebrannte Verkäufer im Außendienst, die man ohnehin los werden wollte. Mich aber, mich als erfahrene und noch dazu erfolgreiche Führungskraft im Vertrieb, mich würde man brauchen, auch und gerade dann brauchen, wenn sich die Wirtschaft nicht so schnell erholen würde, wie es manche unserer Politiker herbei reden wollten.

Dachte ich.

Falsch gedacht. Denn es kam zum Wechsel auf den oberen Führungsetagen, weil die Gewinne hinten und vorne nicht stimmten. Die Aktionäre des Konzerns stellten bereits Überlegungen an, ob ihr Geld auf der Bank nicht profitabler angelegt wäre. Es war kurz vor zwölf. Kurz vor dem Aus. Der Geschäftsführer des Unternehmens hatte allen Grund, sich ernsthaft Gedanken darüber zu machen, ob sein Arbeitsvertrag am Ende des Jahres verlängert werden würde. Und holte sich daher vorsichtshalber einen Sanierungsrambo ins Haus, der seinen Kopf retten sollte. Er übernahm die nationale Vertriebsleitung. Und ich war das erste Opfer seines unschuldigen Rotstifts. Denn mehr als Menschen wegzurationalisieren, hatte der ideenlose Hasardeur nicht zu bieten.

Man bot mir eine lukrative Abfindung an. Sollte ich den Kampf aufnehmen? Es darauf ankommen lassen? Womöglich vor ein Arbeitsgericht ziehen? Oder das Angebot annehmen? Mehr als zwei Wochen lag ich mit mir im Clinch.

Nach mehreren Gesprächen mit einem erfolgreichen, klugen Unternehmer, der mich besser beriet als ein Rechtsanwalt für Arbeitsrecht, den ich zuvor konsultiert hatte, wählte ich die dritte mögliche Alternative und pushte die Abfindungssumme nach oben. Wenn die mich loswerden wollten, sollten sie ordentlich dafür löhnen! Denn ich hatte schließlich keine goldenen Löffel gestohlen.

Mehrere Verhandlungen waren vonnöten, bis ich mein Ziel erreicht hatte. Jedoch, obwohl mein Plan aufging, war ich nervlich am Ende, als ich meinen Hut nahm. Der Konflikt hatte tiefe Wunden in meine Seele geschlagen. Wie tief – das schien ich nun zu erfahren. Während meiner Fahrt von Hildesheim nach Hannover.

Denn plötzlich sah ich einen wildfremden Mann. Auf dem Rücksitz meines Wagens. Gerade als der Nachrichtensprecher im Radio mit den Neun-Uhr-Nachrichten begann. Ich bemerkte ihn, als ich in den Rückspiegel blickte. Vor einem Überholvorgang.

Ich verriss das Lenkrad und geriet bedrohlich ins Schlingern. So war mir der Schreck in die Glieder gefahren. Um ein Haar wäre ich von der Straße abgekommen und in die Leitplanke geknallt. Bei einer Geschwindigkeit um die hundertachtzig. Wenn nicht jener aus dem Nichts aufgetauchte Mann eingegriffen hätte. Eingegriffen im wahrsten Sinne des Wortes.

"Ganz ruhig mein Freund", sagte er, beugte sich rasch nach vorn, griff mir ins Lenkrad und übernahm es.

"Was wollen Sie von mir? Wer sind Sie?" rief ich außer mir.

Und da erwiderte er, als wäre es das Normalste der Welt: "Ein Engel."

„Wie bitte?!" Ich lachte hysterisch und sah verstört zu, wie er das schleudernde Fahrzeug unter Kontrolle bekam. Wer wollte es mir da verdenken, dass ich meinen Vorstellungstermin bei der Firma Kleinhans & Co. in Hannover, für den ich extra am Vortag angereist war, sausen ließ und völlig entnervt die nächste Raststätte anfuhr.

Ich bestellte Kaffee und einen doppelten Kognak. Er, dieser wildfremde Mann, der vorgab, ein Engel zu sein, ein Glas stilles Wasser. Misstrauisch beäugte ich ihn, bis die Bedienung die Getränke brachte. Er lächelte und erwiderte meinen wütenden Blick konsternierend gelassen.

Ich stürzte den Kognak hinunter. Dann beugte ich mich weit nach vorn und sah prüfend in seine hellblauen Augen. „So, und nun will ich endlich wissen, wer Sie wirklich sind", zischte ich, noch immer fest davon überzeugt, dass sich diese Erfahrung rational einordnen lassen würde, einordnen lassen musste, sollte mein materialistisches Weltbild keinen irreparablen Riss erhalten. Ich erhob meine Stimme. „Was wollen Sie von mir und wie kommen Sie verdammt noch mal in mein Auto?"

Er schien unbeeindruckt von meinem Zorn. "Das sind drei Fragen auf einmal", erwiderte er, „welche soll ich zuerst beantworten?"

Wütend fixierte ich seinen Blick. „Ist mir scheißegal! Hauptsache, Sie sagen die Wahrheit!"

„Wer ich bin, sagte ich bereits."

Mir fehlten die Worte. "Sie bleiben also bei Ihrer... Ihrer... grotesken Behauptung?"

Er nickte.

Ich erhob mich abrupt, verließ das Restaurant und stürzte die Treppen hinunter ins Untergeschoß, wo sich die Toiletten befanden. Mochte die Begegnung mit einem Engel beim Papst auch Halleluja-Rufe auslösen, bei mir verursachte sie einen ungeheuren Druck auf meine Blase. Während ich vor dem Pissoir stand, rasten Erklärungsversuche des absurden Geschehens durch mein Gehirn. Träumte ich? War ich übergeschnappt? Litt ich an Halluzinationen?

Träumen konnte ich nicht, es sei denn, das ganze Leben wäre ein einziger Traum. Denn ich war zweifellos aufgestanden, schon am frühen Morgen, hatte mir die Zähne geputzt, nach meiner jahrelangen Gewohnheit erst heiß und dann kalt geduscht, mich nass rasiert, mich in meinen nigelnagelneuen Nadelstreifenanzug geworfen, um bei meinem Vorstellungsgespräch Eindruck zu machen. Nach einem ausgiebigen Frühstück hatte ich an der Rezeption das teure Zimmer und etwas verlegen die Gebühren fürs Pay-TV bezahlt, mich nach dem Verlassen des Hotels ins Auto gesetzt und war in Richtung Hannover gefahren. Also war ich übergeschnappt, litt an Halluzinationen! Womöglich sogar an Schizophrenie! Was denn sonst?

Als ich mich wieder in den Gastraum begab, hoffte ich, dass sich meine Sinne geklärt hätten, aber er war nicht verschwunden. Und blieb mir auf den Fersen, äußerte sogar noch eine Bitte, bevor wir die Raststätte verließen: Ob ich ihn in eine Buchhandlung bringen könne. Jetzt, nachdem ich meinen Termin, den ich ihm gegenüber mit keinem Ton erwähnt hatte, ohnehin verpasst hätte. Etwas zeigen wolle er mir. Etwas, das wichtig wäre für mich. In einem bestimmten Buch. Damit ich verstehen könne, was mir gerade geschehe.

Als ich ihm daraufhin erklärte, dass Hannover eine fremde Stadt für mich sei, wies er mir den Weg wie ein Ortsansässiger. Und als ich beim Betreten der Buchhandlung fragte, ob er sich denn sicher sei, dass sie dieses Buch führe, erwiderte er, darauf könne ich mich verlassen.

Jenes Buch war die altehrwürdige Bibel. Für mich allerdings eine Art von Literatur, welcher ich jedes Märchen der Gebrüder Grimm vorziehe, weil sich ihre Geschichten als das, was sie sind, nämlich Märchen und nicht als göttlich inspirierte Wahrheit verkaufen.

"Schlag sie ganz hinten auf", bat er mich, als ich sie in der Hand hielt. Ich tat es. Er sah mir dabei über die Schulter.

"Jetzt ein paar Seiten weiter nach vorn."

Ich blätterte weiter.

"Halt!" sagte er, "lies bitte mal, was dort steht!" Er tippte mit seinem Finger auf eine bestimmte Stelle. Was ich las, war ein Vers aus dem Buch der Offenbarung, zwanzigstes Kapitel, Vers sechs.

Und ich sah einen anderen Engel fliegen mitten durch den Himmel, der hatte ein ewiges Evangelium zu verkünden denen, die auf der Erde wohnen.

"Was meinst du, wer ist wohl dieser Engel?" fragte er mich im Flüsterton, wobei er mich verschmitzt ansah. Überhaupt nicht wie ein Engel.

"Natürlich Sie", erwiderte ich mit hörbarer Ironie in der Stimme.

„Bingo", erwiderte er und klatschte dabei einmal in die Hände.

Ich konterte in einer Stimmungslage, wie ich sie ansonsten nur kenne, wenn ich mir Hape Kerkelings Comedy oder Stephan Raabs Schwachsinn im Fernsehen ansehe. "Hier aber heißt es, dass er durch den Himmel fliegt." Mit einer rasanten Bewegung meines rechten Armes ahmte ich ein Flugobjekt nach. „Davon, dass er in einer Buchhandlung in Hannover landet, ist hier nicht die Rede."

"Oho, ich wusste gar nicht, dass du die Bibel wörtlich nimmst?"

"Ich nehme sie weder wörtlich noch sonst was, ehrlich gesagt ist es mir scheißegal, was da drin steht." Ich klappte das Buch wütend zu und stellte es zurück ins Regal.

Eine hagere, ältere Dame mit straff zum Dutt gebundenem Haar, die sich wie wir vor dem Regal mit religiöser Literatur aufhielt, hatte meine etwas zu laut geäußerte Erwiderung gehört und warf mir einen zutiefst verächtlichen Blick zu, den ich mit einer wüsten Grimasse beantwortete, die sie sichtlich erschreckte. So wütend war ich über den ganzen Zinnober, den ich gerade erlebte. Sie wandte sich daraufhin kopfschüttelnd und naserümpfend von mir ab. Es war ihr nicht zu verübeln.

Als ich mich nach ihm umwandte, war er auf dieselbe geheimnisvolle Art und Weise verschwunden, wie er in meinem Auto erschienen war. Von einem Moment auf den anderen war er nicht mehr gegenwärtig. Einem abrupten Szenenwechsel in einem Spielfilm nicht unähnlich.

Jeder auch nur halbwegs rational denkende Mensch wird sich vorstellen können, was in mir vor sich ging. Wie verwirrt und elend ich mich fühlte. Ich setzte mich in ein Café, das sich gegenüber der Buchhandlung befand, bestellte noch einmal einen doppelten Kognak und sogar Zigaretten, obwohl ich vor zwei Jahren mit dem Rauchen aufgehört hatte und sonst niemals schon am Vormittag ein alkoholisches

Getränk zu mir nehme. Nun aber brauchte ich beides. Dringend.

War diese Halluzination – denn nichts anderes konnte die sonderbare Erfahrung mit diesem Mann sein, der sich als Engel ausgab – etwa durch meinen Karriereknick bedingt? War es möglich, dass der mit solchen und ähnlichen Ereignissen verbundene Stress zu Wahnvorstellungen führen konnte? Meine psychologischen Kenntnisse waren zu karg, um ein Urteil zu treffen, aber diese Diagnose schien mir weitaus logischer als die hirnverbrannte Aussicht, einem wirklichen Engel begegnet zu sein.

Während der Rückfahrt nach meinem Wohnort Karlsruhe war ich auf der Höhe von Kassel an den Film „A beautiful mind" erinnert, in dem das Leben des genialen Mathematikers John Nash verfilmt wurde, der an paranoider Schizophrenie litt, was sich unter anderem darin kundtat, dass in seiner Wahrnehmung Personen auftauchten und mit ihm kommunizierten, die überhaupt nicht existierten. Und das sogar während eines Zeitraums einiger Jahre. Ich hoffte inständig, dass das Schicksal gnädiger mit mir sein würde als mit dem Genie. Gott sei Dank gab es zumindest keinerlei Anzeichen dafür, dass ich eines war.

Von welchem Moment an hatte mein normales Denken ausgesetzt? Wann war mein Bewusstsein außer Kontrolle geraten? Wann hatte die Halluzination begonnen? Denn nichts anderes konnte passiert sein! „Nichts anderes, Klaus, nichts anderes!" sagte ich mir immer wieder. Dieser gutaussehende Mann um die dreißig, der plötzlich in meinem Auto aufgetaucht war: Wirklich ein Engel? Vom Himmel? Unmöglich! Ich war einer Sinnestäuschung erlegen. Ich begann mir ernsthafte Sorgen um meine psychische Verfassung zu machen.

Auf der Höhe von Frankfurt fuhr ich eine Raststätte an, um eine Tasse Kaffee zu trinken. An der Kasse fiel mein Blick auf die Titelseite der Bildzeitung. Ein kleiner Artikel über Fronleichnam weckte mein Interesse. An sich interessiert mich an religiösen Feiertagen lediglich die damit verbundene Freizeit. Nun aber drängte sich mir der Gedanke auf, dass womöglich ein kausaler Zusammenhang zwischen meiner Engelvision und dem heutigen Feiertag bestehen könnte. Zuhause angekommen, schlug ich deshalb das Lexikon auf, um mich über seine genaue Bedeutung zu informieren. Ich konnte jedoch in der Erklärung des katholischen Festes keinen Bezug zu meinem sonderbaren Erlebnis erkennen. Denn Fronleichnam bedeutet so viel wie der "Leib des Herrn", und soll den Glanz der katholischen Kirche gegenüber Andersgläubigen zum Ausdruck bringen. Den Triumph der Wahrheit über die Häresie.

Freitag, dritter Juni

Meiner Frau verheimlichte ich das merkwürdige Erlebnis. Es genügte, dass Susanne die Bürde meiner Arbeitslosigkeit mit mir trug. Auf keinen Fall wollte ich, dass sie auch noch, wie ich selbst, an ihrem Verstand zweifeln musste, obwohl es mir schwer fiel, ungeheuer schwer fiel, kein einziges Wort über die Halluzination zu verlieren. Besonders, nachdem sie zum zweiten Mal eintrat. Nachmittags um zwei Uhr. Susanne war gerade beim Friseur.

Ich war allein im Haus und telefonierte mit dem Personalchef von Kleinhans & Co., der mich trotz meines nicht eingehaltenen Vorstellungstermins erneut zu einem Gespräch einlud und gerade einen Termin mit mir absprechen wollte. Ebenso unvermittelt wie beim ersten Mal tauchte er auf. Wie aus heiterem Himmel saß er plötzlich im Wohnzimmer und empfahl mir laut und vernehmlich: "Lass es besser!"

Ich wandte mich von ihm ab und machte den Termin klar. Schließlich war dieser Engel nur eine Sinnestäuschung. Und selbst ein richtiger Engel hätte kein Recht, mir die Chance auf einen neuen Job zu verbauen, den ich dringend brauchte, wenn unser Haus, das ohnehin noch für zwanzig Jahre der Bank gehören würde, nicht in spätestens zwei Jahren unter den Hammer kommen sollte. Denn höchstens solange würde die Abfindung reichen, mit der man mich abgespeist hatte.

Als ich aufgelegt hatte, drehte ich mich langsam um in der Hoffnung, dass sich meine Sinne geklärt hätten. Doch er war noch immer da. War da wie ein Mensch aus Fleisch und Blut. Etwa einen Meter fünfundachtzig groß. Schlank. Gescheiteltes, volles Haar, jedoch kurzgeschnitten und nicht etwa bis zur Schulter herab wallend, wie man es von einem richtigen Engel erwartet. Ovale Gesichtsform, Drei-Tage-Bart, Römernase, markantes Kinn. Insgesamt eine aparte Erscheinung. Um die dreißig mochte er sein. Er trug Freizeitkleidung. Jeans und Jeanshemd. Reebok Sportschuhe. Ein Bein über das andere geschlagen hockte er lässig in einem unserer Ledersessel und lächelte charmant.

"Hatte ich Ihnen den Platz angeboten?", fragte ich das Phantom. Verwirrt, erzürnt und weil mir nichts Besseres einfiel.

"Du solltest absagen!" wiederholte er. Bevor ich meiner Empörung Ausdruck verleihen konnte, fuhr er fort: "Ich sage das nicht etwa deshalb, um dich an deinem Glück zu hindern. Nur wäre ein Gespräch sinnlos. Sie wollen nur Informationen von dir."

"Was für Informationen?"

"Welch eine Frage! Wer ist eigentlich der Manager von uns beiden? Über das Unternehmen natürlich, das dich gefeuert hat!"

"Woher wollen *Sie* denn das wissen?"

"Engel wissen manches, was Menschen nicht wissen!"

Ich winkte ärgerlich ab. "Geben Sie mir bitte eine vernünftige Erklärung. Außerdem erinnere ich mich nicht, Ihnen das Du angeboten zu haben." Ich ließ mich in einen unserer Sessel fallen. Erschöpft, als wäre ich fünfmal hintereinander die Kellertreppe rauf und runter gerannt.

"Du glaubst doch ohnehin nicht an meine Existenz. Welchen Grund sollte es also geben, die Form zu wahren, wie ihr das nennt? Aber wenn du darauf bestehst...?" Er hob fragend die Arme.

Diese Bemerkung brachte mich vollends durcheinander, vergegenwärtigte sie mir doch meine Theorie, dass ich es mit einem in meinem eigenen Bewusstsein entstandenen Phänomen zu tun haben musste und nicht mit einem wirklichen Menschen oder gar mit einem richtigen Engel. Denn so behandelte ich ihn im Augenblick.

"Wenn es allerdings beim Du bleiben kann", fuhr er fort, "dann kannst du mich natürlich auch beim Vornamen nennen."

"Und wie heißen Sie?"

"Michael", sagte er. Und lächelte wieder. Lächelte ziemlich sympathisch.

Michael hieß er also, wie einer der Erzengel, welcher nach meiner Erinnerung ein langes, wallendes Gewand trug und ein flammendes Schwert in der Hand hielt.

Als läse er meine Gedanken, sagte er: "Wir passen uns immer den Verhältnissen an. Schließlich schreiben wir das Jahr 1994."

Ich schüttelte den Kopf. Diese Sache war für mich schwerer einzuordnen als die Landung giftgrüner Marsmenschen mit Schleiereulenblick in einem Ufo direkt vor meiner Haustür. Er stand auf und streckte die Glieder. Dann begann er langsam im Zimmer auf und ab zu gehen.

"Weißt du Klaus, weshalb gerade du erwählt worden bist?"

"Aber klar doch! Keiner auf diesem Globus ist aufgeschlossener für den Besuch eines Engels als ich." Der Sarkasmus in meiner Stimme war nicht zu überhören.

Er ging direkt vor mir in die Hocke und lachte. "Das Gegenteil ist natürlich der Fall: Du bist einer derer, die überhaupt nicht an Engel glauben und daher ein typischer Mensch dieses geschichtlichen Zeitabschnitts. Selbst nach den dreiunddreißig Tagen, während derer ich dich begleiten werde, wirst du noch an mir zweifeln. Nicht mehr so sehr an mir zweifeln wie jetzt zwar, aber keineswegs an mich glauben. Es ist äußerst wichtig, dass du nicht an mich glaubst, weil zu beweisen ist, dass es im Grunde völlig egal ist, ob Engel Realität oder Illusion sind. Nur die Geschichte als solche ist wesentlich und außer Geschichten habt ihr ohnehin nichts, was real ist, außer dass, was ihr die sogenannte Gegenwart nennt. Wobei erst noch zu beweisen wäre, inwiefern die Gegenwart keine Geschichte ist, die sich sozusagen gerade selbst erzählt."

Mir blieb der Sinn des Gesagten ebenso verborgen wie die absurd klingenden Thesen der Quantenphysik.

Er setzte sich im Lotussitz auf den Teppich und glich darin exakt meiner Buddhastatue, die ich von einem Urlaub auf Bali mitgebracht hatte. "Nimm Jesus zum Beispiel: Was ist von ihm übriggeblieben außer der Geschichte, die man in den Evangelien nachlesen kann? Ob er gelebt hat, wirklich gelebt hat, hat doch für euch heute letztlich keinerlei Relevanz. Nicht einmal für die, welche an ihn glauben. Oder was spielt es für eine Rolle, ob er wirklich von einer Jungfrau geboren wurde oder ob man die Geschichte erfand? Was von ihm blieb, ist ohnehin nur die Geschichte. Manche glauben an sie. Glauben an seine unbefleckte Empfängnis. Seine Heilungen. Seine Wunder. Andere nicht."

"Ich verstehe nicht, worauf du hinaus willst?" Ungewollt duzte ich ihn. Der Grund lag wohl in dem vertraulichen Ton, in welchem er zu mir sprach. Als würden wir uns schon seit einer Ewigkeit kennen.

"Dasselbe Prinzip gilt für mich", erklärte er, "denn was für einen Unterschied macht es, ob ich real oder Illusion bin? Wenn du das, was du mit mir erleben wirst, eines Tages zu Papier bringen wirst, wird es in jedem Fall zur Geschichte. Niemand wird mit Bestimmtheit sagen können, ob du sie wirklich erlebt oder erfunden hast."

Jetzt meinte ich zu verstehen. "Willst du damit sagen, dass Jesus ebenso ein Phantom war wie du?"

"Oh nein, das behaupte ich nicht. Ich sage nur, dass es für euch heute keine Rolle mehr spielt, ob er ein Phantom war, ob er real war oder nur eine Story, die man erfand. Denn was ihr heute noch von ihm habt, worin ihr ihm heute begegnet, sind doch nur die Worte, die Texte, welche seine Geschichte erzählen." Er hatte plötzlich ein Papiertaschentuch in der Hand und fuhr sich mit ihm über die Stirn, auf der sich Schweißperlen gebildet hatten. "Könntest du mir bitte ein Glas Wasser bringen?" fragte er.

Obwohl sich etwas in mir sträubte, ein Phantom zu bedienen, folgte ich seiner Bitte. Er trank das Glas Wasser mit einem Zug leer. "Eure Atmosphäre macht mich durstig", sagte er danach.

Damals verstand ich noch sehr wenig von Engeln. Mittlerweile weiß ich, dass man dort, wo sie zuhause sind, keine materiellen Körper besitzt. Wenn sie sich daher einen zulegen, fühlen sie sich anfangs sehr beengt, wie in einem Korsett, daher wird ihnen warm und sie haben andauernd Durst. Natürlich kann ich nicht dafür garantieren, ob das wirklich stimmt. Ich las es wenige Tage später in einem Buch über Engel.

Ich staunte nicht schlecht, als ich hörte, dass ich niederschreiben sollte, was ich mit ihm erleben würde. Als ich ihn jedoch fragte, was es damit auf sich hätte, erwiderte er: "Lass mich zunächst darüber sprechen, *weshalb* ich dir über einen Zeitraum von genau dreiunddreißig Tagen auf den Geist gehen werde. Weißt du, wie lange Jesus lebte oder gelebt haben soll?"

„Dreißig Jahre mein ich. Oder täusche ich mich?

"Du liegst nur knapp daneben. Es waren dreiunddreißig. Damals hatte man aber noch Zeit. Viel mehr Zeit als heute. Alles ist seitdem rationeller und schneller geworden bei euch. Da wir uns immer eurem Zeitgefühl anpassen, werde ich meinen Aufenthalt auf die Zahl von dreiunddreißig Tagen beschränken. Das ist übrigens auch der Grund, weshalb ich das Erscheinen aus dem Nichts einer Geburt und dreiunddreißig mühevollen Jahren in diesem beengendem Körper vorzog." Demonstrativ öffnete er zwei Knöpfe seines Hemdes, nahm ein vor ihm auf dem Tisch liegendes Buntprospekt einer Möbelfirma zur Hand und benutzte es als Fächer. "Vom Prinzip her ist es nämlich dasselbe wie die unbefleckte Empfängnis. Genauso unmöglich. Oder ist da etwa ein großer Unterschied zwischen der wissenschaftlichen Unmöglichkeit einer unbefleckten Empfängnis und der eines Auftauchens aus dem Nichts?"

"Eigentlich nicht. Aber wenn du schon die Jahre zu Tagen veränderst – weshalb muss es denn dann überhaupt bei der Zahl dreiunddreißig bleiben?"

"Einfach um eine Parallele zu Jesus herzustellen, denn im Prinzip bin ich wie er: Ich sehe aus und verhalte mich wie ein gewöhnlicher Mensch, doch von dieser Welt bin ich nicht."

"Nun redest du von Jesus als habe er tatsächlich gelebt. Vorhin sagtest du, es wäre egal, ob er tatsächlich existiert habe oder ob sein Leben erfunden worden sei."

"Ist es auch, aber was Jesus sagte und demonstrierte, ob Wahrheit oder Dichtung, ist von zeitloser Bedeutung. Nur das Erscheinungsbild des Nazareners ist reichlich veraltet und wurde von den Klerikern gewaltig entstellt, deshalb gibt es jetzt mich."

"Jesus würde heute wohl auch in ausgewaschenen Jeans erscheinen. Ist es das, was du meinst?"

"*Alles* hat sich seither verändert, die Kleidung, der Haarschnitt, der Verkehr, die Arbeit, die Sprache, die Architektur, die Kunst, die gesamte Kultur, nur uns stellt man sich noch immer als humorlose, weltfremde Wesen mit sehnsüchtig zum Himmel gerichteten Blick vor. Dieses Erscheinungsbild war vor nahezu zweitausend Jahren zeitgemäß. Ebenso wie die gute, alte Pferdekutsche vor hundertfünfzig Jahren. Die würdest du aber heute auch nicht mehr gegen deinen BMW eintauschen wollen. Oder täusche ich mich?"

"Natürlich nicht, Allerdings geht mir nicht ein, weshalb du dich mit Jesus vergleichst? Der war doch meines Wissens kein Engel, sondern Gottes Sohn", wagte ich einzuwerfen. Soweit reichten meine religiösen Kenntnisse, die mir als Kind beigebracht wurden, gerade noch.

"Später wird Gelegenheit sein, um dir zu beweisen, dass die Begriffe Engel und Gottes Sohn ebenso austauschbar sind, wie... na, sagen wir mal ... Klebestreifen und Tesafilm. Wir Gottessöhne bezeichnen uns immer nur dann als Engel, wenn wir als Seiteneinsteiger in die Welt kommen, anstatt den normalen Gang durch die Schwangerschaft anzutreten wie beispielsweise Jesus, Buddha oder Laotse."

Ich erinnerte mich, dass am Tag seines Erscheinens Fronleichnam gefeiert wurde. Ließ sich sein Auftauchen etwa doch mit dem Feiertag in Verbindung bringen? Oder war es Zufall? Ich fragte ihn danach.

"Zufall ist nur, wenn eine Tür zufällt."

"Aber was du sagst, dient doch keineswegs als Triumph der katholischen Kirche über die Häresie. Im Gegenteil: Die würden dich als Ketzer bezeichnen!"

Er schmunzelte. "Sicher würden sie das. Deshalb kam ich ja gerade am gestrigen Tage."

Ich hörte, wie die Haustür aufgeschlossen wurde. "Verschwinde!" rief ich ihm zu, "bitte, mach schnell. Das kann nur meine Frau sein."

Doch er rührte sich nicht von der Stelle.

"Oh, du hast Besuch", sagte Susanne nach einem kurzen Blick auf meinen sonderbaren Besucher.

Er stand auf, wie es sich gehört, und ich schickte mich an, die beiden miteinander bekannt zu machen, wobei ich mir nicht im Klaren darüber war, welche Notlüge ich ihr bezüglich seiner Identität auftischen sollte. Doch er kam mir zuvor.

"Mein Name ist Michael Engel", sagte er, "ich habe ihren Mann auf der Autobahn kennengelernt."

"Auf der Autobahn?" Sie gab ihm zögernd die Hand.

Mir stockte der Atem. Hatte dieser Irre etwa vor, ihr denselben Stuss über sich zu erzählen wie mir?

"Ja, ich bin sozusagen per Anhalter gefahren. Ihr Mann war so freundlich, mich mitzunehmen."

"Oh, das ist mir aber neu, dass mein Mann Anhalter mitnimmt. Und Sie sehen auch nicht gerade wie ein Anhalter aus."

"Nun, es entspricht auch nicht meiner Gewohnheit. Ich wollte eigentlich nur auf spektakuläre Art und Weise auf mich aufmerksam machen."

"Wie meinen Sie das?" fragte Susanne.

Wiederum ehe ich einschreiten konnte, gab er die Antwort. "Ihr Mann braucht doch einen neuen Job, oder nicht?"

"Sicher, aber was hat das..."

"...mit mir zu tun?" Ihr Mann könnte mir dabei helfen, mein Produkt an den Mann und natürlich auch die Frau zu bringen."

"Interessant, um welches Produkt handelt es sich denn? Aber nehmen Sie doch wieder Platz."

Wir setzten uns alle um den Wohnzimmertisch. Jetzt fühlte ich mich mindestens ebenso unwohl in meiner Haut wie der Engel.

"Ein Produkt, das jedermann braucht", erwiderte er. Jeden Tag eigentlich. Nur haben es die meisten Menschen vergessen. Mein Produkt wird sie daran erinnern."

"Sie sprechen in Rätseln. Kann man es essen oder putzt man sich damit die Nase?"

Er lachte. "Es handelt sich weder um Schweizer Käse noch um Papiertaschentücher, sondern um ein ideelles Produkt."

Susanne warf mir einen skeptischen Blick zu. Ich war wie erstarrt und spielte nervös an der Spitze meiner Krawatte herum. Wie immer wenn ich nervös bin.

Michael Engel lächelte Vertrauen einflößend. "Keine Angst, es handelt sich um ein seriöses Geschäft."

"Aber warum sagen Sie dann nicht, worum es sich handelt?"

"Mein Produkt steht in Zusammenhang mit einem Spiel."

"Was für ein Spiel denn? Ein Computerspiel etwa? Stellt ihre Firma Computerspiele her?"

"Dieses Spiel existierte schon, bevor es den Computer gab. Doch den meisten Menschen ist nicht bewusst, dass sie dieses Spiel bereits spielen. Mein Produkt könnte sie daran erinnern."

Susanne blickte mich an, sah wieder zu ihm, schüttelte dann ihren klugen Kopf. "Verzeihen Sie, Herr Engel, aber ich lasse mich nicht gerne zum Narren halten. Wenn Sie zu scherzen belieben, dann sagen Sie es, damit ich im richtigen Augenblick lache." Ein böser Ton, in dem sie dies aussprach. Ich kannte sie gut genug, um zu wissen, dass sie sich veralbert vorkam.

Unser merkwürdiger Gast blieb zum Abendessen. Susanne servierte gut abgehangene Filetsteaks mit Sauce béarnaise, Folienkartoffeln, dazu knackigen Eissalat. Eine gut temperierte Flasche Beaujolais stand zum Entkorken bereit.

Während des Essens sprachen wir kaum. Nur Michael bemerkte einmal, wie gut es ihm schmecke und rühmte Susannes überragende Kochkunst, woraufhin ich mich daran erinnerte, ihr noch kein Kompliment gemacht zu haben und es schleunigst nachholte. Ansonsten war die Atmosphäre ziemlich frostig und angespannt, was ihn jedoch nicht zu stören schien.

Susanne und ich hatten noch keine Zeit gefunden, uns über unseren Besucher zu unterhalten, denn während sie kochte, hatte er mich beiseite genommen und mir klarzumachen versucht, dass ich Susanne in unser Geheimnis einweihen solle, wogegen ich mich jedoch wie ein störrischer Esel sträubte, weigerte ich mich doch immer noch, sein Erscheinen als Realität zu akzeptieren. Er hatte lauthals gelacht, obwohl ich dies nicht ausgesprochen, sondern nur gedacht hatte, denn er konnte tatsächlich Gedanken lesen, wie ich später noch des Öfteren feststellen sollte. "Hat sie mich etwa nicht wahrgenommen? Hat sie nicht mit mir gesprochen? Hat sie mir nicht kluge Fragen gestellt? War sie nicht etwa wütend auf mich?" fragte er mich und ich gab mich geschlagen. Wie sollte eine Person Halluzination sein, die Susanne ebenso wahrnehmen konnte wie ich?

Jetzt am Tisch harrte ich der Dinge, die da kommen sollten. Wir hatten abgesprochen, dass er die Initiative ergreifen würde, um sich gegenüber Susanne zu *offenbaren*, wie er das nannte.

"Glauben Sie eigentlich an Engel?" fragte er sie aus heiterem Himmel, als wir zum Nachtisch Vanilleeis mit heißen Himbeeren aßen.

Susanne glaubte im Unterschied zu mir an ein höheres Wesen, wie sie sich ausdrückte, war jedoch keineswegs fromm. Kirchen sahen wir uns nur als Sehenswürdigkeit an und von unserem Papst hielten wir beide dasselbe, nämlich das er ein ziemlich alter, seniler Mann sei. Und ohne jegliches Mitleid für die Produzenten von Präservativen. Obwohl wir beide katholisch waren. Besser: Katholisch getaufte Karteileichen.

"Weshalb fragen Sie?"

"Ach, nur so, aus reinem Interesse".

Sie legte ihr Besteck zur Seite und atmete einmal tief durch. "Zunächst einmal möchte ich jetzt definitiv wissen, wer Sie sind und was für ein dubioses Geschäft Sie meinem Mann vorgeschlagen haben!" Ihr Tonfall war ungewöhnlich herb. Unhöflich nahezu.

"Was für eine kämpferische Frau Sie doch sind", erwiderte er bewundernd. Und zu mir gewandt: "Du musst ein glücklicher Mann sein."

Susannes Blick verdüsterte sich. Bevor sie jedoch zu dem verbalen Schlag ausholen konnte, den sie in ihrem Inneren deutlich sichtbar vorbereitete, winkte er ab, wischte sich mit der Serviette über den Mund und erhob sich, als wollte er eine Rede halten. "Ich will Sie nicht länger auf die Folter spannen, gnädige Frau, aber wenn Sie gestatten, möchte ich die Vorstellung meiner Person und meines Produkts – was nahezu dasselbe ist – demonstrieren, denn wie ich heiße, wissen Sie ja bereits."

Susanne zuckte mit den Schultern. "Sie sprechen zwar noch immer in Rätseln, aber bitte..."

Im nächsten Augenblick war er verschwunden.

Susanne entfuhr ein spitzer Schrei.

Einen Moment später stand er am gleichen Ort wie zuvor. Lässig und charmant lächelnd. "Verzeihen Sie, ich wollte Sie natürlich nicht erschrecken, aber diese Demonstration erspart mir lange Erklärungen über meine Person. Ich heiße nämlich nicht nur Engel, sondern bin ein Vertreter der englischen Rasse. Nicht zu verwechseln mit den Engländern freilich."

Susanne sah ihn starren Blickes an, begann dann, sicherlich ohne sich dessen bewusst zu werden, langsam den Kopf zu schütteln, mit offenem Mund, fand jedoch binnen weniger Sekunden zu koordinierten Gesichtszügen zurück und lachte lauthals. Genau derselbe Prozess, den ich durchgemacht hatte, war offensichtlich auch in ihr abgelaufen: Ungläubiges Staunen, das sich mittels ihres klaren, rationalen Denkens zu einer ebenso rationalen Erklärung wandelte. Nur dass sie nicht an sich selbst zweifelte, wie ich und sich für krank hielt. Typisch für sie.

"Das war eine phantastische Illusionsshow", sagte sie, "aber wie soll sie mein Mann denn verkaufen? Soll er etwa Auftritte für Sie organisieren? Ich denke, das ist nichts für ihn."

"Ich bin wirklich ein Engel, gnädige Frau, kein Illusionist."

Susanne sprang auf, wie von der Tarantel gestochen. Ihr volles Glas kippte dabei um, der edle Rotwein ergoss sich auf die weiße Tischdecke und tropfte auf meiner Seite herunter, direkt auf meine neue, helle Hose. Ich fluchte. Michael ergriff das Glas und stellte es wieder auf. Obwohl es zu spät war.

"Ein Betrüger sind Sie, der sich die Notlage meines Mannes zunutze machen will! Verlassen Sie sofort unser Haus!" keifte sie.

"Ihr Wunsch ist mir Befehl", sagte er und schon war er wieder verschwunden.

Susanne bebte vor Zorn. Ich hatte sie kaum einmal so wütend erlebt. "Wenn du mir noch einmal so einen Irren ins Haus bringst, drehe ich vollends durch! Reicht es denn nicht, dass du arbeitslos bist? Dass wir um unsere Existenz fürchten müssen?"

Ich gab es auf, den Rotweinfleck mit einer Serviette aus dem Hosenbein tupfen zu wollen, stand auf und nahm sie in die Arme.

Und dann erzählte ich ihr, was ich bisher erlebt hatte.

Und das ich schon glaubte, verrückt geworden zu sein.

Und das ich nun überhaupt nicht mehr wisse, was ich glauben sollte, nachdem auch sie ihn gesehen und gehört hatte.

"Aber Klaus, er ist ein Betrüger! Das ist doch vollkommen klar. Wo bleibt dein gesunder Menschenverstand? Bei David Copperfield verschwinden sogar Eisenbahnzüge vor den Augen vieler Menschen. Er ist ein besonders begabter Illusionist, ein Magier oder ein Schamane womöglich, der über unerklärliche Fähigkeiten verfügt und weiter nichts."

"Wie kam er dann aber ins fahrende Auto? Das ist doch völlig unmöglich!"

"Er drang vorher in das Auto ein und hat sich hinter dem Rücksitz versteckt, ist doch klar."

"Aber Susanne – warum? Und wieso gerade bei mir? Wer bin ich, dass so einer gerade zu mir kommt?"

Wir lagen die halbe Nacht wach.

Und dachten angestrengt nach.

Wir diskutierten mehrere Stunden.
Wer war er?
Wer konnte er sein?

Samstag, vierter Juni

Gegen neun Uhr erwachte ich, stand wenig später auf und machte einen besonders starken Kaffee. Susanne war im Bett liegen geblieben. Ich deckte den Tisch, holte die Tageszeitung herein und las dann die Stellenanzeigen, bis der Kaffee fertig war. Ich war angespannt. Wann würde er wieder erscheinen? Was würde sich als nächstes ereignen?

Aber er kam nicht. Nicht während des Frühstücks und den ganzen Vormittag nicht, den ich nutzte, um Unkraut zu jäten und den Rasen zu mähen.

Ich liebe mein Haus und den Garten. Meinen Besitz. Dafür schuftete ich viele Jahre. Ich gab mein Bestes. Und jetzt?

Abgehalftert wie ein altes Pferd wurde ich.

Ich hatte noch nie Illusionen. Ich wusste immer, dass der Mensch nicht im Mittelpunkt steht, wie es die Philosophie des Unternehmens, dem ich meine Arbeitskraft gab, noch immer großspurig verkündet. Ich wusste immer, dass kein Mensch als Mensch zählt. Unsere Gesellschaft kann es sich einfach nicht leisten, den Mensch als Mensch zu schätzen. Sie ist auf Leistung programmiert. Sentimentalität wäre ihr Tod. Der Tod der Leistungsgesellschaft. Was allein zählt, ist der Profit. Das wusste ich immer. Und wusste auch, dass unter bestimmten Umständen Stuhlbeine angesägt werden.

Nur dass es mir passieren würde, daran glaubte ich nie. Dass ich mit vierundvierzig Jahren arbeitslos werden würde. Managermüll. Kaum noch zu vermitteln. Auch nicht durch gewiefte Headhunter.

Wer würde mich einstellen? Wenn überhaupt? Nur Unternehmen, die auf die Gehaltsforderungen der jungen, dynamischen Betriebswirtschaftler nicht eingehen konnten. Die sich nur einen wie mich leisten können. Einen, der über die Ochsentour zur Führungskraft avanciert war. Einen, den man jetzt abgefunden hatte und der seine Ansprüche dementsprechend herunterschrauben musste.

Die ersten Wochen nach meinem Rausschmiss war ich noch fest überzeugt gewesen, in ein anderes Unternehmen wechseln zu können. Die Finger würden sich die nach mir lecken. Meine Firma hatte einen schwerwiegenden Fehler gemacht, glaubte ich. Allein mit dem Wissen, das ich mitnahm, war ich Kapital für jeden Mitbewerber. Aber ich sollte mich irren. Schwer irren. Alles, was die von mir wollten, war ausschließlich mein Wissen. Nicht mehr. Ich selbst erntete nur verächtliche Blicke. Und ab und zu Mitleid, das mich noch mehr traf, als jene verächtlichen Blicke, mit denen erfolgreiche Manager gescheiterte Manager bedenken.

Nun gut, Susanne hatte zwar einen Halbtagsjob als Sachbearbeiterin in einem kleinen Karlsruher Verlag, aber mit ihrem Gehalt konnten wir noch nicht einmal existieren. Wir hatten zwar keine Kinder und somit nur für uns selber zu sorgen, aber unser Haus, das ich nahezu gänzlich über einen Kredit finanziert hatte, würden wir nicht halten können, wenn ich weiterhin arbeitslos bleiben würde. Und außerdem: Was war denn das für ein Leben? Mit vierundvierzig dazu verdammt, den Garten zu pflegen, Unkraut zu jäten, Stiegen zu putzen, das Mittagessen zu kochen, wenn Susanne von der Arbeit heimkam.

Ich saß im Wintergarten, weil das sonnige Wetter am gestrigen Tage von einem Tiefausläufer verdrängt worden war. Der Himmel schien aus einer einzigen Wolke zu bestehen, trist und grau, wie eine Wand aus Beton.

"Worüber denkst du nach?" Susanne setzte sich zu mir und legte ihre Hand auf die meine.

"An gar nichts", log ich.

Sie legte mir einen Arm um die Schulter. Ihren Kopf auf die Brust. Ich strich über ihr langes, blondes Haar, betrachtete ihr wunderschönes Profil. Die leicht gebogene Nase, die hohen Backenknochen, die vollen Lippen, das schmale Kinn. Sie wirkt viel jünger als vierzig. Und ist noch weit attraktiver als manch eine jüngere Frau, dachte ich liebevoll. Der Duft des frisch gemähten Grases, der uns durch die offene Tür des Wintergartens erreichte, erinnerte mich an unbeschwerte Urlaubstage in Österreich.

"Das Leben könnte so schön sein", seufzte Susanne.

"Lass uns bitte nicht davon reden."

"Klaus, denkst du noch an den Engel?" fragte sie nach einigen Minuten gemeinsamen Schweigens, wobei sie mich von der Seite ansah.

Ich hatte nicht an ihn gedacht. Und sagte es ihr.

"Ich muss immer wieder an ihn denken."

Ich schwieg, denn ich hatte nicht das geringste Interesse, mich schon wieder über das unerklärliche Phänomen zu unterhalten.

"Wer er wohl in Wirklichkeit ist?"

"Was denkst du?"

"Soll ich ehrlich sein?"

"Natürlich, was sonst?"

"Ich wollte, er wäre ein Engel."

Höchst verwundert sah ich sie an.

"Ja, stell dir doch nur mal vor, er wäre tatsächlich ein Engel. Dann könnte er dir sicherlich einen Job besorgen. Meinst du nicht auch?"

"Erinnerst du dich nicht mehr, was ich dir heute Nacht erzählte? Dass er dreiunddreißig Tage lang bei uns bleiben will? Und dass ich danach ein Buch schreiben soll? Das soll ein Job für mich sein?"

"Er sprach von einem seriösen Job."

"Du glaubst ihm? Gestern warst du noch davon überzeugt, er sei ein Illusionist. Einen Betrüger nanntest du ihn sogar!" Ihr plötzlicher Sinneswandel machte mich wütend.

"Klaus, beruhige dich doch. Ich bin mir ja selbst noch nicht sicher. Nur nachgedacht habe ich. Ich habe in letzter Zeit öfter um ein Wunder gebetet. Vielleicht ist der Engel die Antwort."

Ich löste mich aus ihrer Umarmung und fuhrwerkte mit den Händen in der Luft herum. "Der Engel, der Engel! Ich glaub' nicht an Engel! Ich glaub' nicht an Gebete und schon gar nicht an Wunder! Unsinn das alles."

"Schon möglich Klaus, vielleicht hast du recht. Aber nehmen wir einmal an, er sagte die Wahrheit?"

"Krasser Unsinn Susanne!"

"Mein Gott, bist du störrisch, betrachte es doch einfach als eine Art Brainstorming. Erstes Gesetz beim Brainstorming: Keine Kritik an dem, was ein anderer sagt, auch wenn es der größte Blödsinn sein mag. Das hast du mir selbst beigebracht."

Ich gab mich geschlagen und seufzte. „Na dann leg los!"

"Ich glaube ja eigentlich auch nicht an Engel. Eine höhere Macht, die mag es wohl geben und dass sie uns hört, dass sie manchmal auch was für uns tut, wenn wir sie darum bitten, daran glaube ich auch irgendwie. Außerdem frage ich mich, weshalb dieser Mann sich als Engel vorstellen sollte, wenn er keiner ist. Wir sind weder bekannt, noch haben wir Einfluss. Du bist vielmehr arbeitslos und ziemlich frustriert. Was sollten wir ihm also nützen?"

Da hatte sie recht.

"Und es kann auch keine Halluzination sein", fuhr sie fort, "wie du anfangs vermutet hast, denn ich erlebte ihn auch. Also war er tatsächlich da. Wer immer er sein mag, eine Fata Morgana kann er nicht sein."

Da hatte sie wiederum recht. Aber weshalb sagte sie dies? Sie hatte doch etwas im Sinn. Ich fragte sie danach.

"Ach Klaus, ich wollte, er käme zurück und wir könnten ihn fragen, was er uns zu sagen hat. Vielleicht ist es die größte Chance unseres Lebens."

Schon zwei Wochen zuvor hatten wir für den Nachmittag einige Freunde zu einer Grillparty eingeladen. Frühere Kollegen von mir, einige Arbeitskolleginnen meiner Frau zusammen mit ihren Männern und zwei sympathische Ehepaare aus der nächsten Nachbarschaft. Zwar würde man nicht, wie vorgesehen auf der Terrasse sitzen können, aber der Wintergarten, sowie unser Wohnzimmer boten genügend Raum für die Fete. Gegen acht Uhr abends trudelten unsere Gäste bei uns ein.

Im Garten hatte ich bereits ein Holzkohlenfeuer entfacht, dessen Glut von einem leichten Wind begünstigt wurde. Mit umgebundener Schürze stand ich vor dem rauchenden Grill, auf dessen Rost Würste, Schweinebauch, Rindersteaks und in Aluminiumfolie eingewickelte Tomaten, Zwiebeln, Knoblauchzehen und Kartoffeln schmorten. Freddy Mercurys unsterbliche Stimme drang aus den Lautsprecherboxen. Susanne begrüßte gerade die Gäste. Ich freute mich auf einen unterhaltsamen Abend. Es klingelte noch einmal, obgleich wir niemanden mehr erwarteten. Susanne ging, um die Türe zu öffnen. Ich war gerade im Gespräch mit einem früheren Kollegen, als ich sie und den Engel den Wintergarten betreten sah. Mir stockte der Atem.

"Darf ich euch Michael Engel vorstellen", rief sie in die gesellige Runde, wobei sie mir zu zwinkerte, "Herr Engel ist ein Geschäftspartner von Klaus."

Was war nur in sie gefahren? Wusste sie nicht, dass sie mich mit dieser Aussage in Teufels Küche bringen konnte? Sicherlich würden meine Kollegen unliebsame Fragen stellen. Was sollte ich ihnen antworten?

Freundlich lächelnd, charmant, reichte Michael jedem unserer Gäste die Hand und stellte sich vor. Vor lauter Nervosität bemerkte ich nicht, dass die Würste auf einer Seite verkohlten.

"Pass auf", rief Michael und wies auf die Würste, als er vor mir stand, doch da war es schon zu spät.

"Was soll das?" zischte ich ihn und Susanne an. "Seid ihr denn beide völlig übergeschnappt?"

"Keine Sorge", flüsterte er hinter vorgehaltener Hand, "ich werde mich nicht zu erkennen geben." Und daran hielt er sich auch. Zumindest gegenüber meinen Freunden.

Mir war bis dahin verborgen geblieben, dass Engel Alkohol zu sich nehmen. Und zwar mit Genuss und auch nicht gerade wenig. Und ebenso wenig war mir bis dahin klar, dass sie tanzen können. So gut tanzen können, als hätten sie es auf einer Tanzschule gelernt. Für mich war dies erneut ein Beweis dafür, dass er flunkerte.

Sonntag, fünfter Juni

"Warum erstaunt dich das?" erwiderte er, als wir nach der Party – es war schon halb zwei Uhr morgens und die letzten Gäste waren gerade aufgebrochen – allein im Wohnzimmer saßen und ich ihm meine Beobachtungen vorgetragen hatte. Wir hatten beide ziemlich getankt. Susanne war schon zu Bett gegangen.

"Weil es allem, was ich über Engel weiß, widerspricht", sagte ich.

"Weil du mich vergleichst. Mit Jesus vergleichst. Noch besser mit dem, was dir über ihn beigebracht wurde. Wovon vieles barer Unsinn ist, Klaus. Erinnerst du dich noch an die Geschichte, als er Wasser in Wein verwandelte? Anlässlich einer Hochzeit? Jesus wird von denen, die über sein Leben berichten, keineswegs so prüde und asketisch dargestellt, wie es ihm die Kirche nachsagt. Nicht umsonst nannten ihn manche seiner Gegner einen Fresser und Weinsäufer. Er war gern auf Festen und Partys wie dieser."

Trotz dieser interessanten Aspekte über jenen offenbar gar nicht so heiligen Mann, der unsere Zeitrechnung bestimmt, war ich kurz davor einzuschlafen und erhob mich gähnend. "Du kannst im Gästezimmer übernachten", brachte ich gerade noch heraus.

Woraufhin er sich bedankte. Doch er benutzte das Zimmer nicht. Benutzte es nie. Das Bett im Gästezimmer blieb während der dreiunddreißig Tage, die er sich bei uns aufhielt, völlig unberührt.

Als ich am nächsten Morgen erwachte, lag Susanne nicht mehr neben mir im Bett. Es wunderte mich, da sie zumeist länger als ich schlief. Vom Wohnzimmer her hörte ich Stimmen. Ich erhob mich und schlurfte verdrossen hinüber. Wie ich es hasse, wenn ich mein Frühstück nicht ungestört einnehmen kann.

Susanne und Michael unterhielten sich angeregt miteinander. Sie war noch mit ihrem weißen Frottee-Morgenmantel bekleidet. Wieder in Jeans, unser mysteriöser Gast.

"Klaus, es ist phantastisch, einfach phantastisch!" rief Susanne euphorisch, als sie mich erblickte und winkte mich ungeduldig herbei. Es erstaunte mich maßlos, wie frisch und aufgeräumt Michael wirkte. Hatte er gestern nicht ebenso gebechert wie ich?

"Was ist phantastisch?" knurrte ich, ließ mich in einen der Sessel fallen, streckte die Beine weit von mir und stöhnte. Mein Kopf dröhnte, als hätte man mit einem Baseball-Schläger auf ihn eingeschlagen. "Haben wir Alka-Seltzer im Haus?" fragte ich mit zugekniffenen Augen und strich mit den Fingerkuppen über meine schmerzenden Schläfen.

"Haben wir, ja, aber die brauchst du heute nicht", sagte Susanne, "er hat gerade meine Kopfschmerzen weggemacht, einfach so", wobei sie mit den Fingern schnippte.

"Ich bleibe da lieber bei Alka-Seltzer", entschied ich, schlurfte in die Küche und löste zwei Brausetabletten in Mineralwasser auf. Als ich wieder ins Wohnzimmer zurück kam, war Michael nicht mehr anwesend.

"Was ist mit dir los?" fragte ich sie, nachdem für mich fest stand, dass er sich nicht in der Nähe befand, „hat er dich schon an der Angel?"

"Es stimmt wirklich!" erwiderte sie.

"Was hat er denn gemacht?" Ich sank in den Sessel und hoffte inbrünstig auf eine schnelle Wirkung der eingenommenen Tabletten. Der stechende Schmerz pulsierte nach dem Gang in die Küche noch stärker als zuvor hinter meinen Schläfen.

"Als ich ihm sagte, ich hätte Kopfschmerzen, legte er eine seiner Hände auf meinen Kopf. Kurze Zeit später spürte ich so ein eigenartiges Kribbeln auf meiner Kopfhaut und dann, ja dann war der Schmerz einfach nicht mehr vorhanden. Wie weggeblasen war er."

"Er legte dir die Hand auf den Kopf, sagtest du?"

Sie nickte.

"Und dann kribbelte es auf der Kopfhaut! Oh, oh!" Ich verzog meinen Mund zu einem ironischen Lächeln.

"Kannst du eigentlich auch mal an was anderes denken?" sagte sie kopfschüttelnd.

"Zu denken vermag ich gar nicht heute Morgen, aber ich kann mir schon vorstellen, dass das Streicheln und Massieren der Kopfhaut den Kreislauf wieder in Schwung bringt."

"Aber er hat mich weder gestreichelt noch massiert."

"Noch schlimmer."

"Wieso denn noch schlimmer?"

"Na, wenn dich seine Berührung schon dermaßen anturnt, dass du keine Kopfschmerztablette mehr brauchst?"

Susanne sah mich vorwurfsvoll an. "Also weißt du Klaus, wenn dir das Denken heute Morgen schon schwer fällt, dann lass es doch lieber ganz sein. Ich kenne die Art von Kopfschmerzen, mit denen ich heute Morgen erwacht bin. Ohne Tablette wäre da nichts zu machen gewesen. Das weiß ich genau."

"Wegen mir", sagte ich stöhnend, weil mich die Diskussion anstrengte und ich alles vermeiden wollte, was den Druck und das Pochen hinter meinen Schläfen verstärkte, "hast du eigentlich schon Kaffee gemacht?"

"Nein."

"Würdest du es bitte tun!" sagte ich verdrießlich, "das ist es nämlich, was ich jetzt brauche. Und keinen wunderwirkenden Engel."

"Ich habe mir erlaubt, Kaffee zu machen", erklärte er und brachte drei dampfende Tassen auf einem Tablett herein, das er schwungvoll auf dem Wohnzimmertisch abstellte.

"Einen richtigen Engel haben wir da bekommen", brummte ich in bissigem Tonfall, "ersetzt uns Tabletten, macht uns Kaffee! Wer weiß, was er noch alles kann?" Ich trank einen Schluck und war angenehm überrascht. Er war schwarz und stark, genauso wie ich ihn mochte.

"Es werden einige Dinge geschehen, die werden dir gar nicht gefallen!" erwiderte er und setzte sich mir gegenüber.

Als ich die Tasse abgestellt hatte, entgegnete ich: "Ich weiß nicht einmal, ob es mir gefällt, dass du überhaupt da bist!"

Susanne wollte intervenieren, aber ich warf ihr einen bösen Blick zu, der ihr klar machen sollte, dass dies nur mich etwas anging. Nur mich ganz allein.

"Ich weiß, dass es dir nicht gefällt!" sagte er.

"Warum bist du dann hier? Warum kommst du gerade zu mir? Wieso belästigst du mich?"

"Darüber sprachen wir schon."

"Und ich werde überhaupt nicht gefragt?"

"Du kannst mir natürlich die Gastfreundschaft verweigern. Schließlich ist es dein Haus. Dann werde ich gehen. Ebenso gehen, wie gestern, als mich deine Frau darum bat."

"Es könnte gut sein, dass ich mich so entscheide."

"Das glaube ich allerdings nicht."

"Du scheinst dir ziemlich sicher zu sein."

"Deine Neugier wird dich daran hindern."

"Meine Neugier? Wieso meine Neugier?"

"Weil du es herausfinden willst."

"Weil ich was herausfinden will?"

"Wer ich wirklich bin und warum ich gerade zu dir kam."

Auch an diesem Tag hielt sich die Sonne hinter einer trostlos grauen Mauer aus dichtem Gewölk verborgen. Es war noch kühler geworden als am gestrigen Tag und daher völlig unmöglich auf der Terrasse zu sitzen.

So blieb uns nichts anderes übrig als drinnen ein wenig Back-Gamon zu spielen. Michael sah uns dabei zu und zeigte großes Interesse, das Spiel zu erlernen. Unentwegt stellte er Fragen, bis ich ihm anbot, Susanne abzulösen und mit mir zu spielen, wobei ich mich darauf freute, ihm meine Überlegenheit demonstrieren zu können, woraus jedoch nichts wurde, da er mich nach bereits zwei Spielen unentwegt zu schlagen begann. Ich verliere ungern und führte ihn daher wenig später in unseren Keller, wo unsere Tischtennisplatte steht. Bei diesem Spiel blieb ich ihm stets überlegen, obgleich ich heute, während ich meine Erlebnisse mit ihm notiere, die Vermutung hege, dass er mich gewinnen ließ.

Er ließ keine ernsthafte Frage aufkommen. Den ganzen Tag lang. Und zu meinem großen Erstaunen brachte er uns durch Witze zum Lachen. „Kennt ihr den Unterschied zwischen Himmel und Hölle?" Ich befürchtete zunächst eine religiöse Lektion und nahm eine abweisende Haltung ein. Susanne bat ihn, uns den Unterschied zu erklären. „Nun", sagte er mit schelmischer Miene, „im Himmel ist ein Italiener für die Küche zuständig, ein Engländer für den Humor und ein Deutscher für die Sicherheit. In der Hölle dagegen kümmert sich ein Italiener um die Sicherheit, der Deutsche um den Humor und der Engländer um die Küche." Leider merke ich mir Witze nicht und kann mich daher nur noch an einen weiteren erinnern: „Im Himmel wird der diesjährige

Betriebsausflug geplant. Man weiß aber nicht so recht, wohin man fahren soll. Erste Idee: Betlehem. Maria ist dagegen. Mit Betlehem hat sie schlechte Erfahrungen gemacht: kein Hotelzimmer und so. Nein, kommt nicht in Frage. Nächster Vorschlag: Jerusalem. Das lehnt Jesus ab. Ganz schlechte Erfahrungen mit Jerusalem!! Nächster Vorschlag: Rom. Die allgemeine Zustimmung hält sich in Grenzen, nur der Heilige Geist ist begeistert: "Oh toll, Rom! Da war ich noch nie!!!"

Die unbekümmerte Art, mit der er über Himmel und Hölle, Gott und den heiligen Geist sprach, Begriffe, über die unser Pfarrer immer nur mit todernster Miene dozierte, machte ihn mir ein wenig sympathischer, gleichzeitig jedoch verstärkte es meine Skepsis. Würde denn ein richtiger Engel darüber Witze erzählen?

Während wir spielten tranken wir Longdrinks. Schlürften Eiskaffee. Aßen Erdbeertorte mit Sahne. Michael zeigte auch dabei keinerlei Zurückhaltung. Am Spätnachmittag sah ich mir nach meiner Gewohnheit die Sportschau an. Auch hierbei zog er sich nicht etwa zurück. Im Gegenteil: Fußballspiele schienen ihn genauso zu faszinieren wie mich.

Als es dämmerte, bot er sich an, für uns zu kochen. Wir entschieden uns für Minestrone. Susanne ging mit ihm in die Küche, um nachzusehen, ob alle dafür notwendigen Zutaten vorhanden seien. Ich saß indessen im Wintergarten und hörte sie scherzen und lachen.

Schon lange hatten Susanne und ich nicht mehr so viel gelacht wie an diesem Tag. Schon lange waren wir nicht mehr so ausgelassen gewesen. Schon lange war mir nicht mehr bewusst geworden, wie schön das Leben sein kann. Trotz aller Probleme und Sorgen. Und ich dachte: Wenn alle Menschen so glücklich sein könnten, so sorglos und unbeschwert, wie wir es an diesem Tage waren, dann wäre das mehr, als die meisten vom Leben erwarten.

Übrigens: Er kochte famos. Genau das Richtige für diesen Abend, an dem wir keinen Hunger, sondern nur noch Appetit nach etwas Leckeren hatten. Die Minestrone schmeckte wie in einem italienischen Feinschmeckerlokal.

Susanne ging früh zu Bett, weil sie am nächsten Morgen um acht Uhr wieder im Büro sein musste. Michael und ich blieben bis kurz vor Mitternacht wach. Ich hatte viele Fragen an ihn. Zum Beispiel, wie er Susannes Kopfschmerz geheilt hatte. Ohne Aspirin. Darauf sagte er nur: „Auch eine Tablette beinhaltet nur Information. Ebenso wie meine Hände. Das ist der Grund weshalb beides auf seine Art heilend wirkt." Als ich ihn jedoch fragte, wie er plötzlich auftauchen konnte und dann wieder zu verschwinden vermochte, bat er mich mit ihm zu schweigen.

Wir schwiegen nahezu eine Stunde zusammen. Und horchten hinein in die Nacht mit ihren Geräuschen: Froschquaken vom Biotop her, aus der Ferne eine Horde lärmender junger Leute, leises Blätterrauschen, als später ein leichter Wind aufkam, das Knarren des Schaukelstuhles, auf dem er gemächlich hin und her wippte.

Ich weiß nicht, ob es jemals zuvor einen Tag gab in meinem Erwachsenenleben, an dem ich so völlig beruhigt, so gänzlich sorglos zu Bett ging und an dem ich sogleich in einen traumlosen, wundervoll erholsamen Schlaf fiel.

Montag, sechster Juni

In den ersten Tagen merkten wir kaum, dass er anwesend war. Ich war darauf vorbereitet, mir täglich tiefschürfende Bibelinterpretationen anhören zu müssen, doch dies geschah kein einziges Mal.

Unser ungewöhnlicher Gast bewegte sich nicht im leblosen Raum grauer Theorie. Zwar war das, was er sagte, manchmal hochphilosophisch und nicht ganz leicht zu verstehen für uns, doch er führte durchaus kein abgehobenes Leben, er stand mit beiden Beinen fest auf der Erde, wie ein vernünftiger Mensch, jedoch ohne Furcht vor dem kommenden Tag.

Wir begannen ihn beide zu schätzen, denn seit seinem Einzug in unser Haus waren die dunklen Schatten gebannt, die meine Arbeitslosigkeit auf unseren Lebenskreis warf. Er verstand es immer wieder mich aufzubauen, wenn ich mit sorgenzerfurchtem Gesicht oder hektisch wie ein aufgescheuchtes Huhn umherlief. Er tat dies jedoch meistens nicht, indem er mich direkt auf meine Probleme ansprach. Meistens waren es nur ein paar wenige Worte, die mich wieder hoffnungsvoll stimmten. Und im Nachhinein denke ich, dass es noch nicht einmal der Inhalt dessen war, was er sagte, sondern der Ton, mit dem er sie aussprach, der zuversichtliche Klang seiner Stimme.

Er fügte sich ein in den Haushalt wie ein Familienmitglied. Er kehrte und saugte, er kochte manchmal, er leerte Mülleimer, räumte Geschirr auf, er wischte Staub und putzte die Fenster. Er wechselte sich mit mir beim Einkaufen ab, fuhr mein Auto in die Waschanlage, mähte den Rasen und reinigte den Rasenmäher danach fein säuberlich. Dies alles ging ihm so flugs von der Hand, als hätte er nie etwas anderes getan.

Er war auch nicht einer, der ständig grinste, wie amerikanische TV-Prediger. Und doch habe ich ihn während der ganzen Zeit niemals griesgrämig oder wütend erlebt. Nicht einmal, als ihn ein früherer Mitschüler ins Visier nahm, der uns drei Tage später besuchen sollte. Damals wunderte ich mich darüber. Heute nicht mehr, denn ich kenne mittlerweile den Grund. Er machte ihn mir ziemlich früh klar, am fünften Tage unserer Bekanntschaft, aber damals verstand ich noch nicht, was er meinte.

Wir waren zusammen einkaufen gegangen und kamen an einer Straßenecke vorbei, an der sich schon ewig ein Zeuge Jehova postierte, nahezu jeden Tag, den Wachturm treu in der Hand, mit verbissener Miene und einem Blick, der jeden

Vorbeigehenden an den äußersten Rand der Hölle zu verdammen schien. Michael lachte ihm zu, als wir an ihm vorüber gingen. Obgleich es keineswegs ein spöttisches, sondern ein freundliches Lachen war, verfinsterte sich des grimmigen Zeugen Gesicht noch um einige Grade, als er es bemerkte.

Die allermeisten Zeugen Jehovas reagieren ja nicht auf Vorübergehende, doch dieser war dafür bekannt, dass er verschiedentlich Menschen ansprach und sie auf ihr Seelenheil aufmerksam machte. Auch den Engel ließ er nicht einfach vorübergehen. "Jetzt lachen Sie noch", rief er ihm aufgebracht nach, "wenn Sie aber wüssten, was auf Sie zukommt, würde Ihnen das Lachen vergehen!"

Michael war stehen geblieben, wandte sich um und sah ihm weiterhin lächelnd an. "Wie meinen Sie das?" erwiderte er, wobei er einen Schritt zurück trat und geradewegs vor ihm stehen blieb.

"Jetzt regiert noch Satan die Welt", erwiderte er, "aber in der Schlacht von Armageddon wird er entmachtet und dann wird Jehova auf dieser Erde regieren und die, welche ihm jetzt schon nachfolgen." Hätte man den Mann nicht aufgrund seiner religiösen Aktivitäten für fromm halten müssen, wäre man aufgrund seiner brutalen Gesichtsauszüge eher zu der Meinung gelangt, einen Zuhälter oder Schläger vor sich zu haben. Einer meiner Nachbarn hatte mir einmal erzählt, dass er vor seiner Bekehrung tatsächlich in diesem Milieu verkehrt haben soll.

"Und Nachfolger Christi dürfen sich nur die nennen, welche eurer Organisation angehören! Alle anderen sind des Teufels, nicht wahr?" fragte ihn Michael.

"So steht es geschrieben!" erwiderte er. "Wer nicht umkehrt, wird das tausendjährige Reich nicht erben."

"Würden Sie mir einen Wachturm verkaufen?" fragte ihn Michael unvermittelt.

"Natürlich gern", erwiderte der Zeuge, von seiner Wirkung auf den Mann offenbar ziemlich erstaunt.

"Würden Sie mir alle Wachtürme verkaufen, die sich bei sich haben?" Es handelte sich um eine stattliche Anzahl.

Der Zeuge wurde misstrauisch. "Weshalb?"

"Um sie entsorgen zu können!" erwiderte Michael. In einem Tonfall jedoch, der weder aggressiv noch ironisch klang.

Zornesröte übergoss des Zeugen Gesicht. Mit warnend empor gehobenem Finger brüllte er: "Jehovas Zorn wird sie treffen. Sie beleidigen nicht mich, sondern ihn."

Ehe es sich der Mann versah, flüsterte Michael ihm etwas ins Ohr, woraufhin der Zeuge erbleichte. Sein Blick wurde starr, der Unterkiefer fiel ihm herab, seine Wangen verfärbten sich aschfahl, seine Lippen begannen zu beben. Michael tätschelte seine Wange und sagte: "Das Königreich Gottes, das du erwartest, kommt nicht äußerlich, sondern ist in dir drin." Woraufhin der Mann sich auf dem Absatz umdrehte und schnellen Schrittes das Weite suchte.

"Was hast du ihm zugeflüstert?" fragte ich voller Neugier, als wir weiter liefen.

"Dass seine Frau Herta seit Jahren zu wenig Haushaltsgeld von ihm kriegt, aber dafür ständig Druck, wenn sie das Wenige, das ihr dieser Knauserer gibt, nach seiner Meinung viel zu schnell und für unnütze Dinge ausgibt. Außerdem..."

Ich unterbrach ihn. "Du hast offensichtlich ins Schwarze getroffen! Aber sprich weiter, ich hatte dich unterbrochen."

"Nun, ich hab' ihm außerdem viel Vergnügen beim Studium seiner Pornoheftchen gewünscht, die er in seinen Predigten im Königreichsaal der Sekte stets als Verunreinigung des Geistes verdammt."

"Schau mal einer an. So ist das also! Aber eigentlich habe ich nichts anderes erwartet", bemerkte ich höhnisch.

"Denk' nur nicht, ich wollte ihm sein harmloses Vergnügen verderben. Aber wenn er gleichzeitig andere für etwas verdammt, was er selbst tut und ihnen ein schlechtes Gewissen einredet, führt er ein gespaltenes Leben und macht sich selbst und andere krank und unglücklich."

"Du sprichst von diesem Banditen, als wäre er dir sympathisch! Ich bin wütend auf ihn. Er steht hier und tut so, als wäre er besser als andere Menschen. In Wirklichkeit unterdrückt dieser schmierige Heuchler seine eigene Frau."

Er legte mir die Hand auf die Schulter. "Klaus, niemand ist von Natur aus schlecht. Sag mir, was ist schlecht an einer Knospe oder an einer Raupe?"

"Natürlich nichts!"

"Auch seine innere Schönheit ist nur verborgen, ebenso verborgen wie eine duftende Rosenblüte in der farblosen Knospe oder ein farbenprächtiger Schmetterling in dem hässlichen Raupengewand. Dass er dort an der Ecke steht, nahezu jeden Tag, den Wachturm in seiner Hand, ist ein deutliches Zeichen dafür, dass er gut sein möchte. Was kann man tun, um eine Knospe zum Erblühen zu bringen? Man muss sie gießen und pflegen. Und sie braucht das Licht der Sonne. Was kann man tun, damit ein Schmetterling schlüpft? Lass ihn einfach leben, lass ihn sich entwickeln. Irgendwann kommt es zur Metamorphose. Oder auch nicht. Das spielt letztlich keine Rolle, weil das Leben ohnehin nur ein Spiel ist. Verurteile die Menschen nicht, was immer sie auch getan haben mögen oder gerade tun."

Zutiefst empört erwiderte ich: "Also ehrlich, dafür fehlt mir jedes Verständnis! Soll man etwa auch Triebverbrecher und Mörder etwa frei herum laufen lassen?"

"Keineswegs! Man muss sie natürlich wegsperren, um die Gesellschaft vor ihnen und sie selbst vor ihrem Trieb zu schützen. Und dennoch wäre es unsinnig, sie zu hassen. Ebenso unsinnig wäre das wie der Hass auf einen Tiger oder eine Riesenschlange. Es liegt in ihrer Natur, zu töten und zu verspeisen, was ihnen zu nahe kommt. Wenn ihr die Schlechten unter euch hasst, werden sie noch schlechter werden, denn Hass erzeugt immer nur Hass."

Nicht dass Michael lehrreiche Situationen inszeniert hätte. Er nahm vielmehr den Stoff des alltäglichen Lebens und wob ein außergewöhnliches Muster hinein. Unauslöschlich für unser beider Bewusstsein. Susanne konnte er schließlich von seiner Transzendenz überzeugen. Ich habe diesbezüglich noch immer gehörige Zweifel.

Dienstag, siebter Juni

Nun muss ich etwas erzählen, das ich viel lieber unter den Tisch kehren würde. Dann fehlte jedoch ein unverzichtbares Puzzleteil in dieser Geschichte. Dieses Puzzleteil ist meine Geliebte. Präziser: Mein Verhältnis mit ihr.

Ich lernte sie vor vier Jahren im Flugzeug kennen. Als ich noch Manager war und öfter flog. Meistens von Stuttgart nach Hamburg, wo unsere Konferenzen stattfanden.

Sie heißt Claudia und ist Stewardess. Ich war ihr schon bei unserer ersten Begegnung im Flugzeug sympathisch, wie sie mir später bekannte. Obwohl sich unsere Blicke öfter als einmal auf unmissverständliche Weise trafen, hätte ich damals nicht zu glauben gewagt, dass sich zwischen ihr und mir eine Beziehung anbahnen könnte. Schon allein deshalb nicht, weil ich mich viel zu alt für sie wähnte. Immerhin trennen uns achtzehn Jahre. Aber wie konnte ich ahnen, dass all ihre Freunde, die sie vor mir hatte, weitaus älter gewesen waren als sie und dass sie mit Gleichaltrigen niemals etwas anzufangen wusste.

Wir flogen oft mit derselben Maschine und als ich sie einmal nach dem Flug am Ausgang abpasste, bemerkte ich in scherzhaftem Ton, dass dies womöglich ein Wink des Schicksals sein könnte und lud sie zu einem Drink ein. Als ich dabei herausfand, dass sie ganz in der Nähe des Flughafens, nämlich in Filderstadt wohnt, schlug ich vor, irgendwann einmal zusammen essen zu gehen. Ohne zu zögern stimmte sie zu.

Wir trafen uns eine Woche später am Abend. Nach dem Essen ging ich mit ihr nach Hause. Und blieb über Nacht. Das war vor vier Jahren.

Wir sehen uns nicht allzu oft, höchstens einmal die Woche, manchmal nur zweimal im Monat. Es ist eine lose, unverbindliche Freundschaft und wir sind uns beide ganz sicher, niemals zusammen leben zu können.

Sie ist ein extrem unabhängiger Typ, der auf allzu viel Nähe geradezu allergisch reagiert. Das ist auch der Grund, weshalb sie meistens nur verheiratete Liebhaber hatte. Um jeder Verpflichtung entgehen zu können. Claudia wäre ganz sicher ein Leckerbissen für die Forschergelüste manch eines Psychiaters.

Wir treiben es nicht nur miteinander, wenn wir uns treffen, wenngleich sie sich dabei außerordentlich phantasiereich verhält. Mit Claudia kann ich mich auch angeregt unterhalten. Wir lieben dieselben Schriftsteller, wir hören beide gern Pop und Rock, ist uns mal nach Klassik zumute, am liebsten Vivaldi und Mozart, wir streifen gern durch herbstlich verfärbte Wälder, hören uns beide ziemlich gern reden, sind jedoch durchaus in der Lage, wenn auch nicht häufig, einander interessiert zuzuhören.

Claudia hat, ganz anders als meine Frau, eine knabenhafte Figur. Kurzgeschnittenes, dunkles Haar. Kleine, feste Brüste. Augen allerdings, so tief wie ein See, in denen ich mühelos versinken- und die Welt um mich herum ebenso zu vergessen vermag, wie es mir sonst nur im Urlaub am Meer gelingt.

Als ich den Engel sechs Tage lang kannte, war es wieder einmal so weit. Claudia erwartete mich. Ich hatte sie schon drei Wochen lang nicht mehr gesehen.

Schon am dritten Tag mit dem Engel überlegte ich krampfhaft, wie ich ihn überlisten könnte, um meine Verabredung einhalten zu können. Was mir dieses Vorhaben allerdings nahezu aussichtslos erscheinen ließ, war der Umstand seiner Hellsichtigkeit. Wahrscheinlich wusste er ohnehin schon um mein Verhältnis mit ihr. Doch was er über mich dachte, war mir letztlich egal. Schließlich war es mein Leben. Was mich vielmehr als seine Meinung über mich beschäftigte, war, wie er auf mein Vorhaben reagieren würde. Würde er mich an Susanne verraten? Würde er es zu verhindern suchen? Ich hatte schließlich keinerlei Erfahrung mit Engeln und bangte deshalb dem sechsten Tag entgegen. Doch als ich mich am Spätnachmittag von Susanne und dem Engel mit den Worten verabschiedete, mich mit einem früheren Kollegen in Stuttgart zu treffen, bei dem ich womöglich auch übernachten würde, wenn es beim Kegeln allzu feuchtfröhlich werden würde, da bemerkte ich in seinen Augen keinerlei Reaktion auf diese faustdicke Lüge. Im Gegenteil wünschte er mir viel Vergnügen und beschwor mich geradezu, auf keinen Fall mehr zu fahren, wenn ich Alkohol zu mir nehmen würde.

Eine Zentnerlast fiel von mir ab, als ich im Auto saß und auf dem Weg zu Claudia war. Doch auf der Höhe von Langensteinbach erinnerte ich mich siedend heiß an die erste Begegnung mit ihm, als er urplötzlich im Auto erschienen war. Aber er hatte wohl an diesem Abend besseres vor und ließ mich gewähren.

Claudia hat eine Mansardenwohnung gemietet. Das Mobiliar ist bunt zusammengewürfelt und doch ergänzen sich antike und moderne Stücke auf harmonische Weise. In jedem Detail beweist sich ihr individueller Geschmack. So wie es ihr gefällt und nur ihr, hat sie sich eingerichtet. Direkt neben einem großen, naturalistischen Bild, auf dem das bunte Treiben eines mittelalterlichen Marktes dargestellt ist, hängt eine Gipscollage, in dessen Material ein Bündel ihrer dunklen Haare, verschieden große Blechstücke und eine kurz nach dem ersten Weltkrieg gefertigte Damenuhr eingearbeitet ist. In einem anderen Raum würde man darüber womöglich verständnislos den Kopf schütteln, bei Claudia aber, so geht es zumindest mir, empfindet man das Nebeneinander der so diametral entgegengesetzten Stilrichtungen als durchaus passend. Der Teppichboden aus Velours ist dunkelblau. Ein alter Diwan steht mitten im Raum und wirkt mit seiner grünen Polsterung wie eine Insel im Meer. Drum herum türmen sich unterschiedlich hohe Bücherstapel. Für sie ist nur wichtig, die Bücher in Reichweite zu haben und nicht, dass sie in Reih und Glied und zur Demonstration ihrer Belesenheit auf dem Bücherbord stehen. Eine ganze Wand bedecken nur Ansichtskarten und Poster von Schlössern. Schlösser aus Deutschland. Schlösser aus Frankreich. Schlösser von überall da, wo es Schlösser gibt. Schlösser liebt Claudia über alles. Sie ist fest davon überzeugt, schon einmal in mehreren dieser Schlösser gelebt zu haben. Während früherer Leben. Bis heute konnte ich nicht herausfinden, wie ernst sie das meint. Was übrigens einer ihrer hervorstechenden Wesenszüge ist: dass sie vieles so sagt, dass man nie genau weiß, wie ernst sie es meint. Und noch ein Hobby hat sie: Nippes und jedweden Krimskrams. Was da an Hunden und Katzen aus Porzellan, an Puppen, Marionetten, Masken, Buddhafiguren, Kruzifixen, Vasen, Schmuckkästchen, alten Telefonen, Pistolen aus dem vorigen Jahrhundert und was weiß ich noch alles herumsteht und hängt, könnte einen kleinen Antiquitätenladen füllen.

Nun also war ich endlich wieder mal bei ihr. Es gab mir immer das Gefühl der Jugend zurück. Vielleicht war es einfach dieses Gefühl, das mich so an ihr faszinierte. Und dann war da dieses Prickeln, wie man es eigentlich immer nur bei illegitimen Verhältnissen hat. Dass ich meine Frau betrügen musste, um dieses Gefühl genießen zu können, betrachtete ich als unvermeidliche Konzession an das Leben. Wie es nun einmal ist.

Claudia hatte gekocht. Sie liebt es, für mich zu kochen. Als ich ankam, war der Tisch schon gedeckt. Es roch verlockend nach Krautrouladen, die ich für mein Leben gern esse.

Während des Essens redete sie wie ein Wasserfall. Ich höre sie gerne plaudern und so unterbrach ich sie nicht. Ihr Mitteilungsbedürfnis ist enorm. Aber anscheinend nur in meiner Anwesenheit. Bei anderen sei sie eher zurückhaltend, sagt sie. Ich hatte sie bis zu diesem Zeitpunkt allerdings noch nie mit anderen zusammen erlebt. Es ging um die hundert und tausend Kleinigkeiten des Lebens: Um den Aufschlag der Miete, um einige, mehr oder minder kleine Intrigen unter Kollegen, um ihre Wut wegen einer nicht gewährten Gehaltserhöhung, um eine leichte Erkältung, die sie schon seit Wochen nicht los bekam, um neue Schuhe, die sie sich endlich zulegen müsse, weil ihre Alten total ausgelatscht seien und schließlich um einen geschnitzten Engel, den sie in London, bei einem bekannten Antiquitätenhändler, gekauft hatte.

Vor Schreck hätte ich mich fast verschluckt und hakte ein. „Wieso einen Engel?"

"Warum keinen Engel?"

Misstrauisch ich: "Es gibt keinen besonderen Grund?"

"Nein, keineswegs, es hätte ebenso gut eine Buddhafigur oder eine Pferdekutsche sein können. Er stammt übrigens aus einer Kirche."

"Ist er etwa geklaut?"

Sie grinste. "Wer weiß?"

Es war ein nackter Engel mit einem Kindergesicht, Lockenkopf, Flügeln natürlich, die er gerade zu benutzen schien und einem winzig kleinen Schniedel. Als sie bemerkte, dass ich ihn in Augenschein nahm, sagte sie: "Weißt du übrigens, dass richtige Engel geschlechtslose Wesen sind?"

Ich schüttelte den Kopf.

"Das steht in der Bibel. Irgendwo bei Matthäus. Der Antiquitätenhändler erzählte es mir. In der Auferstehung werden die Menschen weder freien, noch sich freien lassen, sondern sie sind wie die Engel im Himmel. Woraus man schließt, dass Engel asexuell sind. Dass sie auf Gemälden oder als Skulpturen manchmal einen Penis besitzen, hat seinen Grund allein in der Unkenntnis ihrer irdischen Schöpfer. Auch ihre Flügel sind nur erfunden. Sie sind so was wie ein Symbol ihrer Transzendenz."

"Seit wann interessierst du dich für Engel?"

"Ich interessiere mich für alles Mögliche, Klaus, aber vorige Woche geriet ich an einen Antiquitätenhändler in London, der allerdings hat einen Narren an Engeln gefressen. Mindestens achtzig Prozent seiner Antiquitäten bestehen aus Engeln. Engel aus Holz, Engel aus Gips, Engel aus Stein, Engel aus Bronze. In allen Größen und Variationen. Ich musste ihn förmlich dazu überreden, mir diesen Engel überhaupt zu verkaufen."

Eigenartig war das. Gerade in jener Woche, in welcher mir ein Mann begegnete, der vorgab, ein richtiger Engel zu sein, lernte sie jemand kennen, der in künstliche Engel vernarrt war. Schon seltsam, die Wege des Schicksals.

"Glaubst du denn an Engel?" fragte ich sie.

"Mister Browning, der Antiquitätenhändler, glaubt an sie. Er glaubt sogar, dass wir alle Engel sind. Allerdings ungehorsame, rebellische Engel. Die materielle Welt, so meint er, sei eine Art Kerker, in den wir aufgrund unseres Ungehorsams eingesperrt wurden. Und nur solche Menschen, die zu ihrem verlorenen, tief im Inneren schlafenden Engelwesen zurückkehren, die werden aus dem Kerker befreit."

"Du erzählst das in einem Ton, als wäre dir dieser Unsinn sympathisch?"

"Ist er mir auch, obwohl ich nicht daran glaube, besser, nicht daran glauben kann, aber die Philosophie sagt mir irgendwie zu."

Mit vollem Mund fragte ich sie: "Was gefällt dir an diesem Schwachsinn?"

"Nun, ich finde das ganz und gar nicht schwachsinnig. Für mich macht das im Gegenteil Sinn. Schau dir diese Welt einmal an. Was ist so sinnvoll an ihr? Wir werden geboren, wir wachsen auf, wir lernen zu sprechen, zu rechnen, zu schreiben, zu lügen und zu betrügen, wir entwickeln uns, sind glücklich und leiden, lieben und hassen, wir schuften, wir rackern uns ab, die Erfolgreichen unter uns bauen sich Häuser, verschaffen sich Reichtum, verschaffen sich Ruhm und sterben schließlich – ob arm oder reich, alle müssen wir sterben. So sehr wir dies auch zu verhindern suchen. Und während wir uns bemühen, dem Sensenmann möglichst spät zu begegnen, wird die nächste Generation geboren, die genau denselben Zyklus durchläuft. Sonderlich sinnvoll fand ich das nie."

"Aber dass wir rebellische Engel sein sollen, als Menschen verkleidete Engel im Kerker der materiellen Welt, das findest du sinnvoll?"

"Es hat was Klaus, ganz ehrlich, es hat was! Es würde eine Menge von Sachen erklären, mit denen ich nichts anfangen kann. Insbesondere das Leiden oder den Tod."

Ich machte eine wegwerfende Geste, bevor ich den letzten Bissen der köstlichen Kohlroulade in den Mund führte. Claudias Teller war noch fast voll.

„Hör mir doch erst mal zu", sagte sie in jenem diktatorischen Ton, in den sie manchmal verfällt, einem Ton, der jeglichen Widerspruch unmöglich macht. „Leiden ist doch an sich eine Strafe. Aber wie viele Menschen leiden, die niemals auch nur einer Fliege was zuleide getan haben. Meine Freundin zum Beispiel. Sie war der beste, der absolut liebenswürdigste Mensch, den man sich vorstellen kann. Mit sechzehn Jahren erkrankte sie an Leukämie. Und schon mit achtzehn musste sie sterben. Mein Gott, sie hatte so viele Träume. Sie wollte auch Stewardess werden, wie ich. Aber sie erfuhr noch nicht mal, was es bedeutet, in einem Flugzeug zu sitzen und die Erde von oben zu sehen. Wäre sie aber ein ungehorsamer Engel gewesen, der nur für eine gewisse Zeit eingesperrt war, um für seinen Ungehorsam zu büßen, dann machte ihre Krankheit und ihr frühes Sterben doch Sinn oder nicht?"

Ich wischte mir mit der Serviette über den Mund, legte sie seufzend zusammen und warf sie schwungvoll auf den Tisch. "Für mich macht das überhaupt keinen Sinn", sagte ich mürrisch und gereizt, „wenn jemand eingesperrt wird, dann weiß er wozu. Dann weiß er den Grund für seine Strafe. Deine Freundin aber wusste nie, weshalb sie erkrankte, wusste niemals, weshalb sie so litt, weshalb sie so früh sterben musste. Wenn wir tatsächlich Engel wären, die für irgendwas büßen müssen, dann wäre es mehr als pervers, wenn wir darüber in Unkenntnis blieben und meinten, es gäbe nur dieses eine Leben."

"Reg' dich nicht auf, ich bin ja selbst nicht davon überzeugt. Ich sag mir ja selbst, dass es nicht stimmen kann. Aber es hat was. Es hat was. Ehrlich."

Die Diskussion um unser verloren gegangenes Engeldasein erinnerte mich viel zu sehr an Michael Engel und an Susanne, die ich belogen hatte und mit Claudia zum soundsovielten Mal zu betrügen gedachte, als dass ich dieses Gespräch hätte genießen können, wie ich sonst Gespräche jeglichen Inhalts mit ihr genoss.

"Küss mich endlich, du kleiner Philosoph!" sagte ich deshalb, doch nicht zuletzt auch, weil ich jetzt wahnsinnig große Lust auf Sex mit ihr verspürte.

Sie sperrte sich gegen meine Umarmung. "Moment noch Klaus, Moment. Vielleicht ist ja auch unsere Unwissenheit Teil dieser Strafe?"

„Welche Unwissenheit?"

„Dass wir in Wahrheit Engel sind!"

"Claudia, bitte, ich hab' ehrlich gesagt überhaupt keine Lust mehr, über Engel zu reden. Und sollte ich wirklich ein ungehorsamer Engel sein, dann werde ich jetzt dem Kerker für ein paar Stunden entfliehen", sagte ich, währenddessen ich mir an ihrer pinkfarbenen Seidenbluse zu schaffen machte und ihr mit jenem Blick in die Augen sah, den sie hypnotisch und unwiderstehlich nannte. Auch jetzt tat er seine Wirkung.

Mittwoch, achter Juni

Während wir frühstückten war ich ziemlich nervös. Claudia bemerkte es und fragte mich nach dem Grund. Da mein hellsichtiger Gast die Ursache meiner Nervosität war, blieb ich ihr die Wahrheit schuldig, denn die Begegnung mit ihm hatte ich mit keinem Wort erwähnt. Und hatte es auch nicht vor.

"Du warst selten so gut wie heut' Nacht", hauchte sie, "wir sollten das schon bald wiederholen. Hast du Zeit nächste Woche?"

"Schon nächste Woche? Woher nimmst du die Zeit?"

"Ich hab' in den nächsten Wochen nur Inlandflüge, da geht es. Na was ist?"

Sie hatte recht. Es war nicht nur schön, es war paradiesisch gewesen mit ihr. Aber schon nächste Woche? Was sollte ich Susanne erzählen? Ach, irgendwas würde mir schon wieder einfallen. Wie immer. Also sagte ich zu.

Bevor ich sie verließ, trieben wir es noch einmal miteinander. Sie lag dabei rücklings auf dem Frühstückstisch, der noch nicht einmal abgeräumt war. Zwischen marmeladebeschmierten Tellern mit Essensresten, Eierbechern, Löffeln und Messern, Tassen und Gläsern. Ein wertvolles Tiffanyglas fiel dabei zu Boden und ging zu Bruch. Aber wir bemerkten es erst, als wir aus der Ekstase erwachten.

Gegen zwei Uhr nachmittags traf ich zuhause ein. Susanne begrüßte mich mit einem flüchtigen Kuss auf die Wange. Sie war erst vor einer halben Stunde aus dem Büro gekommen.

"Na, wie war's beim Kegeln?"

"Schön, wirklich schön, und wie war's bei dir?"

"Michael und ich haben sehr interessante Gespräche geführt. Bis tief hinein in die Nacht."

"Ist er denn nicht im Haus?"

"Er ist einkaufen gegangen."

Fünf Minuten später traf Michael ein. Mit Einkaufstaschen bepackt wie ein Kuli. Nachdem er sie in der Küche abgestellt hatte, begrüßte er mich und fragte, wie es in Stuttgart gewesen sei. Wiederum zeigte er nicht die geringste Reaktion auf meine Lügen. Sein Täuschungsmanöver gelang ihm so perfekt, dass ich eine Zeitlang tatsächlich glaubte, er könne wohl doch nicht Hellsehen. Zumindest nicht alles. Doch hinter seinem Schweigen verbarg sich eine Taktik, durch die ich etwas außerordentlich Wichtiges lernte. Obwohl ich zu

Anfang, als ich diese Taktik noch nicht durchschaute, in eine äußerst bedrohliche Gemütslage geriet.

Am Spätnachmittag fuhren wir gemeinsam in die City. Susanne brauchte ein neues Sommerkleid und wir beide sollten sie dabei beraten. Die Innenstadt war verstopft. Vor dem Parkplatz reihten wir uns in die Schlange der Wartenden ein. Michael schien der Stau nicht zu stören. Völlig entspannt saß er im Fond.

"Himmel Herrgott, so fahr doch, du Penner!" schimpfte ich entnervt, als die Schranke endlich wieder einmal aufging, was jedoch der langhaarige Fahrer in seiner klapprigen, violettfarbenen Ente vor uns nicht zu bemerken schien.

"Sei doch nicht so ungeduldig Klaus", fuhr mich Susanne an, die am Steuer saß, "es läuft uns doch nichts davon!"

"Über solche Armleuchter, die am Steuer einschlafen, muss ich mich einfach jedes Mal ärgern."

Endlich fuhr die lahme Ente los, doch eine Parklücke fanden wir nicht. Ich glaubte verzweifeln zu müssen. Dreimal durchquerten wir den Parkplatz, ohne fündig zu werden. Und wenn wir eine Parklücke sahen, besetzte sie vor uns ein anderes Fahrzeug. Ich fluchte wie ein Bierkutscher. Susanne bat mich zu schweigen, weil sie mein Fluchen völlig konfus mache. Was ich aber nicht tat. Woraufhin sie mich anschrie und schließlich, nachdem ich durchaus nicht zu besänftigen war, mich als Blödmann beschimpfte. Und wenig später sagte sie sogar: „Was bist du doch für ein Arschloch!"

Michael zeigte keinerlei Reaktion. Gelassen saß er auf dem Rücksitz und hatte die Augen geschlossen. Was mich schließlich ebenso zu ärgern begann, als hätte er uns eine Standpauke über gutes Benehmen gehalten.

Endlich hatten wir Glück. Direkt vor uns setzte ein Wagen zurück. Allerdings ohne Erfolg. Der Fahrer schaffte es offenbar nicht, die enge Parklücke zu verlassen, was mich nach allem was bereits geschehen war, maßlos erregte. Als auch der Fahrer in dem Wagen hinter uns wild herum gestikulierte und ein paar Mal hupte, hielt ich es auf meinem Sitz nicht mehr aus, riss die Tür auf und lief laut schimpfend auf das manövrierunfähig gewordene Auto zu. Vor meinem geistigen Auge sah ich mich schon die Tür des Wagens aufreißen, den Fahrer anbrüllen und ihn fragen, ob er seinen Führerschein im Lotto gewonnen habe! Doch kurz bevor ich bei dem Fahrzeug ankam, stand Michael schon davor. Er beugte sich herab und bat den Fahrer freundlich, das Fenster herunter zu lassen. Im Auto saß ein altes Ehepaar, am Steuer er, ein weißhaariger Herr Mitte siebzig, dem die Hände zitterten. Mit verstörtem Blick sah er zu Michael auf. Der fragte ihn freundlich: "Wenn Sie erlauben, fährt Ihnen dieser Herr (er wies dabei auf niemand anderen als mich) das Auto aus der Parklücke."

"Ich glaube nicht, dass ihm das gelingen wird", sagte der alte Mann kopfschüttelnd, "ich fahre schon seit über vierzig Jahren Auto, aber man hat mich dermaßen eingekeilt, es ist völlig unmöglich da raus zu kommen."

"Dieser Mann wird es schaffen", sagte Michael und winkte mich zu sich, wie seinen Butler. Ich war stinksauer auf ihn, sah mich jedoch außerstande, seiner Bitte vor den Augen des Alten zu widersprechen.

Das Ehepaar stieg schwerfällig aus und ich schwang mich hinein. Es war tatsächlich beinahe ein Ding der Unmöglichkeit, das Auto ohne Kratzer heraus zu manövrieren. Als es geschafft war, lächelte der Alte dankbar und gab mir die Hand. "Dass es das heute noch gibt", sagte er. Seine Frau streichelte über meinen Handrücken. "Tausend Dank", sagte sie.

"Aber ich bitte Sie, ist doch eine Selbstverständlichkeit." Dann riss ich mich los. Die aufrichtige Dankbarkeit der hilflosen Alten hatte mich tief berührt.

Als ich an dem Fahrer des Fahrzeugs vorbeikam, der in die Parklücke einbiegen wollte, lächelte dieser wohlwollend. Obwohl ich zu dieser Handlung gezwungen worden war, stellte sich eine Art Stolz bei mir ein. Stolz darüber, einem Menschen geholfen zu haben. Einem Menschen, der dadurch womöglich wieder ein wenig mehr an die Güte seiner Mitmenschen glauben konnte.

Michael lachte, nachdem er eingestiegen war. "Das hast du gut gemacht", sagte er und klopfte mir auf die Schulter.

"Heuchler", erwiderte ich. Wobei sich mein Mund zu einem Grinsen verzog.

Donnerstag, neunter Juni

Bis zum Spätnachmittag war ich mit dem Schreiben von Bewerbungen beschäftigt. Insgesamt schrieb ich an achtzehn Unternehmen. Auch an solche, in denen ich in keinem Fall arbeiten würde. Das waren japanische Firmen. Bevor man dort anfing, konnte man auch gleich Harakiri begehen. Es kam letztlich auf dasselbe heraus. Ich kenne einen Verkaufsleiter, der fünf Jahre in einem japanischen Unternehmen arbeitete. Obwohl er noch nicht einmal fünfzig Jahre alt ist, muss man ihn als psychisches Wrack bezeichnen. Scheißfreundlich waren sie in den ersten Monaten zu ihm gewesen, doch danach hatten sie sich zu Höllenhunden entwickelt. Einem so unbarmherzigen Druck sei er noch nie ausgesetzt gewesen, hatte er mir erzählt. Obwohl er schon bei einigen anderen Firmen gearbeitet hatte. Und Geld verdienen wollen die schließlich alle. Die Japsen aber, so sagte er mir, die seien vom Geld verdienen besessen. Dass ich dennoch an japanische Firmen schrieb, hatte seinen Grund allein in dem Wunsch, meinen Marktwert einschätzen zu können, von dem ich immer weniger überzeugt war, je länger ich keinen neuen Job bekam.

Michael saß nahezu den ganzen Nachmittag mit Susanne im Garten. Als ich gegen achtzehn Uhr zu ihnen stieß, quatschten sie gerade über irgendeinen metaphysischen Scheiß, wie ich diese Gespräche damals noch, zumindest in Gedanken, zu bezeichnen pflegte.

Ich hatte mir ein kühles Bier aus dem Kühlschrank geholt und ließ mich in einen der Gartenstühle fallen. Die letzten paar Stunden hatte die Junisonne endlich einmal Gelegenheit, ihre wärmenden Strahlen auf die Erde zu senden. Aber vom Osten her zogen schon wieder dunkle Wolken auf. "Wird zum Gewitter kommen!" bemerkte ich, als ich mir ein Glas eingoss.

"Hättest ruhig fragen können, ob wir auch was trinken wollen!" bemerkte Susanne in vorwurfsvollem Ton.

Ihre Bemerkung ärgerte mich nicht so sehr wie ihr Tonfall. Schließlich war ich nahezu den ganzen Tag im Büro gesessen, während sie ihre Zeit seit dem Mittagessen mit Gesprächen verbracht hatte. Gesprächen über Metaphysik mit einem angeblichen Engel, der sich bei freier Kost und Logis eingenistet hatte und immerhin dreiunddreißig Tag bei uns zu bleiben gedachte. Ich hatte gute Lust, dem Spuk ein vorzeitiges Ende zu machen, doch ich beherrschte mich und trank einen Schluck.

Sie gab nicht nach. "Ganz schön egoistisch bist du!"

Hatte man dafür noch Worte? Ich war egoistisch, nur weil ich nicht daran gedacht hatte, den Herrschaften ein Bier mitzubringen; ließ mir jedoch meine Wut nicht anmerken, obwohl ich am liebsten das volle Glas an die Hauswand gedonnert hätte.

Michael hatte sich indessen erhoben, war in die Küche geeilt und kam mit einer Flasche Warsteiner zurück, die er am Tisch öffnete und in ein mitgebrachtes Glas für Susanne eingoss.

"Es gibt eben doch noch Kavaliere!" bemerkte Susanne und prostete dem Engel zu.

Ich begann zu kochen, hatte jedoch meinen Siedepunkt noch nicht erreicht. Mit einem weiteren Schluck kühlen Bieres versuchte ich meine aufgewühlte Emotion zumindest auf diesem Niveau zu halten. Doch Susanne schien mich um jeden Preis provozieren- und aus der Reserve locken zu wollen.

"Nimm dir mal ein Beispiel an Michael!" sagte sie.

Das gab mir den Rest. "Dann hättest du einen Engel und nicht einen Mann aus Fleisch und Blut heiraten dürfen", erwiderte ich, "aber vielleicht fehlen ihm dafür andere Qualitäten, auf die du auch nicht verzichten möchtest." Ich hatte dabei an die Bemerkung Claudias gedacht, Engel seien geschlechtslose Wesen. War ich schon aus irgend einem unerfindlichen Grund nicht in der Lage, den vermeintlichen Engel los zu werden, der mir jetzt auch noch von meiner eigenen Frau als Vorbild hingestellt wurde, so wollte ich ihn zumindest demütigen.

"Bis jetzt habe ich davon noch nichts gemerkt", sagte sie, "bis jetzt habe ich nur Vorteile an ihm entdeckt."

Ich lachte kurz auf. "Schließlich ist er auch nicht dein Mann!"

"Natürlich ist er das nicht! Worauf willst denn hinaus?"

"Frage ihn doch mal nach seiner Geschlechtsfähigkeit!" sagte ich in provozierendem Tonfall und lachte hämisch.

Susanne errötete und rang nach Worten.

Er lachte amüsiert. "Deine Kenntnisse über Engel lassen wirklich zu wünschen übrig", erwiderte er, "sonst wüsstest du, dass einige von uns sich schon in der Antike mit irdischen Frauen vergnügten und ihnen sogar Kinder zeugten. Nur wenige unter uns sind geschlechtslos."

"Davon habe ich noch nie gehört!"

"Du kannst es im Buch Genesis nachlesen. Erster Mose, Kapitel sechs."

„Das möchte ich Schwarz auf Weiß sehen", erwiderte ich, erhob mich, lief schnellen Schrittes ins Wohnzimmer und suchte nach unserer Bibel, die uns Claudias Mutter zur Hochzeit geschenkt hatte.

"Von Gottessöhnen ist da die Rede", sagte ich, nachdem ich unsere verstaubte Bibel, die ich nach längerer Suche auf dem Bücherregal gefunden hatte, aufgeschlagen in Händen hielt und wieder vor ihm stand, "von Gottessöhnen und nicht von Engeln."

"Was dasselbe bedeutet, wie man im ersten Kapitel des Buches Hiob nachlesen kann."

Weil ich diese Stelle auch nach längerem Suchen nicht fand, schlug er sie mir auf und reichte mir anschließend wieder das in Rindsleder gebundene Buch.

"Hier wird der Satan als einer der Gottessöhne bezeichnet", stellte ich fest.

"Der ja ein Engel ist, wie du sicherlich weißt."

"Allerdings ein abgrundtief böser", sagte ich.

"Mit den Begriffen Gut und Böse ist das so eine Sache, Klaus. Denn ganz am Ende dieser Geschichte geht es Hiob in jeder Hinsicht besser, als vor all den grausamen Schicksalsschlägen, die der Satan mit der Erlaubnis Gottes über ihn brachte."

"Was willst du damit sagen?"

"Dass Gutes und Böses derselben Quelle entspringt. Denn gemäß der Allegorie durfte Satan Hiob nur so viel Böses antun, wie Gott ihm jeweils erlaubte. Und als das Böse vollbracht war, da verwandelte es sich schließlich ins Gute. Am Ende scheint es, als habe er seinen Gegenspieler lediglich dazu benutzt, um sowohl Hiobs Weisheit als auch seinen materiellen Reichtum zu mehren."

"Ganz schön ausgefuchst, der liebe Gott", erwiderte ich in sarkastischem Tonfall.

"Allerdings. Und zudem eine Geschichte mit Happy End. So wie ihr es mögt."

Ich wollte ihn fragen, zu welcher Kategorie von Engeln er denn gehöre, zu denen mit oder ohne Geschlecht, als er mit der Hand in eine bestimmte Richtung wies und dabei ausrief: "Freunde, seht nur dorthin!"

Ein Eichhörnchen hatte sich auf die Terrasse verirrt und putzte sich ganz knapp vor unseren Füßen.

"Mein Gott, ist das süß und es läuft gar nicht fort", rief Susanne freudig erregt.

Das possierliche Tier schien tatsächlich keinerlei Furcht vor uns zu haben. Wir hatten noch nie erlebt, dass eines der Eichhörnchen, die man öfter über die Bäume im Garten und über den Rasen huschen sah, so zutraulich geworden war.

"Komm zu mir!" befahl ihm Michael.

Und tatsächlich folgte es ihm. Wie ein gezähmter Pudel sprang es auf seinen Schoß. Susanne stand das Erstaunen im Gesicht geschrieben, als sie vorsichtig heran trat und ihm über das rotbraune Fell strich.

"Hast du nicht Angst, es könnte die Tollwut haben? Es ist doch nicht normal, dass sie sich so nahe an Menschen heranwagen", bemerkte ich.

"Ist es nicht, du hast recht, aber es hat keine Tollwut."

Die nächste halbe Stunde schlug uns das Eichhörnchen in seinen Bann. Es sprang mir sogar auf die Schulter, hüpfte auf Susannes Schoß und wiederum auf meine Schulter zurück. Wir holten Haselnüsse, die es uns einzeln aus der Hand fraß. Fasziniert beobachteten wir, wie es dabei geschickt seine winzigen Pfötchen benutzte. Und mit welcher Schnelligkeit es die Nüsse zwischen den spitzen Zähnen zerkaute.

Es verließ uns, als es zu tröpfeln begann, als wüsste es, dass wenig später ein schweres Gewitter aufziehen würde, begleitet von wolkenbruchartigem Regen. Wir verließen eilig die Terrasse und machten es uns im Wohnzimmer gemütlich. Unser Streit war vergessen. Als hätte es ihn nie gegeben.

Aber Michael brachte uns keineswegs nur Frieden und Eintracht. Im Gegenteil: Er sorgte für Turbulenzen, wie ich sie noch nie zuvor erlebt hatte.

Freitag, zehnter Juni

Ich befand mich in einer sonderbaren Verfassung. Etwas in mir wehrte sich mit Vehemenz gegen seine Anwesenheit. Etwas anderes jedoch fühlte sich in seiner Gegenwart wohl. Freute sich manchmal sogar auf sein Kommen, wenn er längere Zeit Besorgungen für uns machte. Noch immer war ich mit mir im Clinch, ob wir es mit einem echten Engel zu tun zu hatten. Denn es gab keine Engel. Es konnte einfach keine geben. Auch wenn ich mir noch immer sein plötzliches Erscheinen und Verschwinden überhaupt nicht erklären konnte. Oder dass er Einsicht in meine Gedankenwelt hatte. Kopfschmerzen durch die *Information* seiner Hände heilte. Eichhörnchen wie auch immer zähmte.

Gleichzeitig entdeckte ich ein drittes Element in mir, ein Element, das sich wünschte, dass er ein echter Engel sein möge. Doch hätte ich mir die Existenz dieses Elements zum damaligen Zeitpunkt niemals eingestehen können. Wann immer damals dieser Wunsch in mir aufbegehrte, verleugnete ich ihn mit derselben Vehemenz, mit der ich mir sagte, schon bald einen neuen Job zu finden. Was ich aber tat, war, das in mir erwachte Interesse an Engeln zu befriedigen. Gleich nach dem Frühstück fuhr ich in die City und kaufte mir ein Buch über Engel in der Esoterikabteilung der größten Karlsruher Buchhandlung.

Als erstes las ich darin, dass der Begriff Engel seine Wurzel in dem griechischen Wort für Bote – Angelos – hat. Engel, so erfuhr ich dann weiter, das sind gemäß jüdisch-christlicher Tradition unsterbliche Wesen, die als Mittler zwischen Gott und dem Menschen fungieren. Sie sind hierarchisch geordnet und von sehr unterschiedlicher Bedeutung. Einen regelrechten Schock versetzte es mir, als ich las, dass an ihrer Spitze Michael, Gabriel und Raphael stehen, wobei Michael, dessen Name *der wie Gott ist* bedeutet, in der Apokalypse als Triumphator über den gefallenen Engel Luzifer bezeichnet wird. Wann immer von ihm geschrieben steht, ist nicht die Rede von einem himmlischen, Gott untergeordnetem Wesen, sondern von Gott selbst in einer irdischen Manifestation. Obwohl körperlos, sind Engel mit Verstand und freiem Willen ausgestattet und können sich jederzeit einen Körper erschaffen, um eine bestimmte Sendung auf der Erde auszuführen. Immer wieder in der Geschichte waren Engel Menschen begegnet, um sie zu warnen, um sie zu belehren, jedoch auch, um sie zu verführen, wenn es sich um sogenannte gefallene Engel handelte. Gefallene Engel gehören zu der Kategorie rebellischer Engel, die sich Luzifer angeschlossen hatten, als der sich in vergangener Ewigkeit gegen seinen Schöpfer erhob und ihn vom Thron stürzen wollte, woraufhin ihn der äußerst hart bestrafte. Über die Art der Bestrafung, so las ich, gibt es verschiedene Theorien, von denen ich eine bereits aus der Erzählung Claudias kannte. Dass nämlich die materielle Welt zum Kerker wurde für sie, aus der sie nun erlöst werden müssten. Für eine der verstiegensten Theorien hielt ich, dass ihre Bosheit den Urknall und die dichte Materie erzeugte, weil sich die atomare Schwingung feinstofflicher Reiche durch Gemeinheit verlangsamt, woraufhin sich dichte Materie manifestiert. Die klassische Theorie aber ist, dass Luzifer zum Fürst der Finsternis wurde und seine Helfer zu dunklen Dämonen, die mit ihm in der Finsternis herrschen und die Menschen zu üblen Taten verführen. Engelerscheinungen, gute und böse, so schrieb der Autor, seien gar nicht so ungewöhnlich, wie man im allgemeinen annehme und die Bibel berichte im Brief an die Hebräer sogar darüber, dass manch ein gastfreundlicher Mensch ohne sein Wissen Engel beherbergt habe, was wiederum darauf schließen lasse, dass sie sich in ihrer äußeren Erscheinung nicht wesentlich vom Menschen unterscheiden. Dies war die Essenz des einhundertzwanzig Seiten umfassenden Buches.

Stutzig machte mich, dass der Autor nicht, wie ich annahm, irgendein esoterischer Spinner, sondern Doktor der Naturwissenschaften war. Und dass er von einer persönlichen Begegnung mit einem Engel berichtete, als er noch ein junger Student- und aufgrund seiner naturwissenschaftlichen Studien dabei war, seinen Glauben über den Haufen zu werfen. Seit diesem Tag sei er felsenfest von der Existenz engelhafter Wesen überzeugt und kein größeres Ereignis würde es für ihn geben, als noch einmal jenem Engel begegnen zu dürfen.

Um das Taschenbuch in Ruhe lesen zu können, war ich mit dem Auto auf einen nahegelegenen Waldparkplatz gefahren. Anschließend warf ich es weg. Irgendwohin ins Gebüsch. Ich wollte nicht, dass Susanne erfuhr, dass ich mich sachkundig gemacht hatte.

Zuhause angekommen, begannen die ersten Turbulenzen. Ein früherer Mitschüler, den ich seit über zwanzig Jahren nicht mehr gesehen hatte, war ohne vorherige Ankündigung zu Besuch gekommen. Erwin Bemel, der Theologe. Oder *die Leiche*, wie wir ihn als Kinder genannt hatten.

Erwin Bemel war schon als Junge ein Außenseiter gewesen. Er spielte weder Fußball mit uns, noch warb er um die Mädchen aus unserer Klasse. Ein Streber und Stubenhocker war er. Ein Bücherwurm und Einsiedler. Alles an ihm war anders. Alles. Sein Gang, sein Blick, seine Sprache, sein Lachen, ja selbst seine Haut. Nur die Hautfarbe sehr alter Menschen war so blass, ja so fahl, wie die seine. Deshalb nannten wir ihn damals Leiche. Grausam, wie wir waren. Und heute noch sind, außer dass wir sie, die Grausamkeit, hinter witzig-ironischen Bemerkungen zu verstecken wissen. Schmallippig war er gewesen, hohlwangig, dünn, mit abstehenden Ohren und ängstlich blickenden Augen, die in tiefen, dunkel umrandeten Höhlen saßen, als ob sie sich dort aus lauter Scheu vor der ihm feindlich gesonnenen Welt versteckt halten wollten. Auf staksigen Beinen lief er, ein Klappergestell. Schön war eigentlich gar nichts an ihm. Wenn man ihn sah, musste man unwillkürlich lachen. Man war völlig hilflos dagegen. Ähnlich wie manchmal in der Schule, wenn man vom Kichern anderer angesteckt wurde, obwohl man sich mit aller Macht dagegen zu wehren versuchte.

Erwin Bemel war nun, ganz im Gegensatz zu früher, ein schwergewichtiger Mann geworden und auch sein ängstlicher Blick hatte sich entscheidend verändert, er war jetzt selbstsicher, ja, er hatte geradezu etwas Forsches an sich. Kein Wunder, war er doch Bischof innerhalb der katholischen Kirche geworden und ziemlich bekannt aufgrund seiner äußerst dogmatischen Haltung. Ich hatte ihn einmal in einer Talk-Show im Fernsehen gesehen, bei der er die mir unmöglich nachvollziehbare Meinung des Papstes über die Antibabypille und Pariser mit der Uneinsichtigkeit eines altkommunistischen Betonkopfs verteidigte.

Nach der üblichen Begrüßungszeremonie setzten wir uns. Susanne war in der Küche verschwunden, um Kaffee zu kochen. Für mich. Bemel trank keinen Kaffee. Auch keinen koffeinfreien. Michael war nicht gegenwärtig.

Ich war erstaunt, dass Erwin Bemel gerade mich besuchte, denn wir hatten uns, wenn könnte dies wundern, nie sonderlich leiden mögen. Nicht minder erstaunte es mich, woher er meinen Wohnort kannte. Ich fragte ihn danach.

"Dein alter Freund Wolf Treulach nannte ihn mir", sagte er, "und seine Adresse hatte ich noch."

"Wolf, mein Gott, ich habe ihn schon eine Ewigkeit nicht mehr gesehen. Wie geht es ihm denn?"

"Nicht sonderlich gut."

"Weshalb?"

"Er ließ sich vor einem halben Jahr scheiden."

"Wieso sollte es ihm deshalb schlecht gehen?"

Bemels Blick verdüsterte sich. "Nun, ich kann mir nicht vorstellen, dass ein Übertreten eines Gebots Segen mit sich bringt."

Er war noch immer derselbe. Dogmatisch. Verknöchert. Weltfremd. Völlig unmöglich, ihm zu erklären, dass eine Scheidung mitunter das Beste ist, was ein Ehepaar tun kann, um weiteren Jahrzehnten aufreibender Streitigkeiten oder öder Langweiligkeit zu entgehen. "Was führt dich zu mir?" fragte ich ihn, um das Thema zu wechseln und diesen unwillkommenen Besuch möglichst schnell hinter mich zu bringen.

"Kannst du dich noch an die Geschichte Josephs im Alten Testament erinnern? Den seine Brüder in ein Erdloch warfen, weil er ihnen von absonderlichen Träumen erzählte und von seinem Vater bevorzugt behandelt wurde."

"Wer würde sich daran nicht erinnern?" Mein Gott! War er etwa gekommen, um mir biblische Geschichten zu erzählen?

In seinen Augen begann etwas zu glitzern. "Ich hatte auch einen Traum."

"Und? Was hat das mit mir zu tun?"

"Nun, es war ein eigenartiger Traum, ein Traum, wie ich ihn noch niemals zuvor träumte, so wirklich, dass ich einen Moment lang meinte, überhaupt nicht geschlafen zu haben, als ich erwachte. Ich weiß nicht, wie ich es erklären soll..."

Er stockte und suchte nach geeigneten Worten, wobei er mit den Händen in der Luft herum ruderte.

"Um was ging es denn in dem Traum?"

Er sah mich mit einem hilflosen Blick an, einem Blick, in dem sich Angst spiegelte, Angst, jeden Moment verspottet, verhöhnt, ausgelacht zu werden. Wie früher. Nichts mehr von der Selbstsicherheit, die ihm noch kurz vorher aus allen Poren gedrungen war.

"Na sag schon, wovon hast du geträumt?"

"Von... einem Engel!" Er schluckte.

Susanne goss gerade Kaffee in meine Tasse und schien in gebückter Stellung zu versteinern. Ich war mindestens ebenso erstaunt. Irgendetwas Unfassbares ging hier vor sich. Das wurde mir nun endgültig klar.

Erwin Bemels Traum ist schnell erzählt. Ihm war also ein Engel erschienen. Mit Flügeln natürlich und jesusähnlichem Antlitz, wie auf den Gemälden alter Meister. Und dieser Engel sprach zu ihm mit Donnerstimme, dass er, Erwin Bemel, erwählt sei, eine Botschaft zu verkünden, durch welche die Menschen seiner Generation an das ewige Evangelium erinnert werden sollten, das alle Propheten gepredigt hätten. Angefangen von Abraham über Mose, Josua, Samuel, David, Jeremia, Jesaja, Amos, Daniel, Sacharja, Maleachi, bis hin zu Jesus, zu den Aposteln, zu den Kirchenvätern, bis hin zu dem katholischen Bischof Erwin Bemel. Und als er, Erwin Bemel, der katholische Bischof, daraufhin fragte, wie die Botschaft denn laute, da sagte der Engel, dass er sich, um sie zu erfahren, demütigen müsse zuvor, dass er sich klein machen müsse, so klein, wie sich ein Kamel klein machen müsste, wenn es sich durch ein Nadelöhr zu zwängen hätte. Und als Bemel wiederum fragte, um welche Form der Demütigung es sich denn handle, da wurde ihm ein Name, der Name seines einstigen Schulkameraden Klaus Andor genannt, denn bei ihm wohne der Engel des Herrn. "Bei ihm, dem Spötter, dem Mädchenaufreißer, dem Angeber, dem Atheist?" fragte Bemel den Engel im Traum, wobei er mich sogleich um Verzeihung dafür bat, so hässlich von mir gedacht zu haben, denn schließlich könne sich ja jeder Mensch ändern. Schon glaubte er, einem Engel des Teufels begegnet zu sein, weil sich mit meinem Namen – er bat mich noch einmal um Verzeihung – für ihn nur Unheil verbinde, als der ihm klar gemacht habe, dass auch früher schon Heiden benutzt worden seien, um der Welt die Wahrheit zu bringen, zum Beispiel der babylonische König Nebukadnezar in der Zeit des Propheten Daniel oder einer der ägyptischen Pharaonen in der Zeit Josephs. Da habe er sich gebeugt, gedemütigt und tief gebeugt, und deshalb sei er überhaupt da. "Wo ist der Engel?" fragte er dann, offenbar gänzlich zu seiner Selbstsicherheit zurückgekehrt und in einem Ton, als handle es sich bei dem Engel um ein ausgeliehenes Buch, das er nun abholen komme.

"Moment", sagte ich, um die Besitzverhältnisse zu klären, "du hast recht, wir haben hier einen Engel, obwohl ich mir noch immer nicht sicher bin, was hier eigentlich geschieht, doch der erzählte mir bisher überhaupt nichts davon, dass er dir etwas zu sagen hätte. Bisher, zumindest bisher, gab er mir den Auftrag, meine Erlebnisse mit ihm niederzuschreiben." Ich sagte das nicht ohne Stolz.

Erwin Bemels hässliches Gesicht wandte sich mir mit einer Langsamkeit zu, die mich an den beschuppten Kopf einer hundertjährigen Riesenschildkröte erinnerte. "Dir?" fragte er mit unverhohlener Verachtung, "einem Ungläubigen? Das glaubst du doch selbst nicht? Du hast doch nur einen Auftrag in dieser Sache. Du agierst hier als Nadelöhr."

Ich verstand. Dieser saft- und kraftlose, eingetrocknete Priester, dessen Religiosität sich für mich nur als Weltflucht deuten ließ, als einzige Alternative, um der einzig anderen, nämlich dem Selbstmord, entgehen zu können, hielt mich nur für ein notwendiges Übel, damit er die Voraussetzungen dafür, die Botschaft des Engels anvertraut bekommen zu können, erfüllen könnte. Ich war für diese lebendige Vogelscheuche nur ein Statist, ja weniger noch, ich war eine Sache, noch schlimmer, ich war nur ein winziges Loch, gerade so klein, dass ein winziger Faden hindurch gepasst hätte und existent nur ganz allein deshalb, damit sich dieses Kamel hindurch zwängen konnte.

"Ich habe noch nie gehört, dass sich ein Kamel durch ein Nadelöhr zwängen kann, egal, wie sehr es sich anstrengt."

"Dieses Wort des Herrn allegorisiert die Reichen bei ihrem Versuch, in den Himmel zu kommen. Ich aber besitze ohnehin nichts außer meinem Glauben." Er hob eine Hand und winkte voller Überheblichkeit ab. "Klaus, Theologie ist nicht dein Gebiet, also hör auf, dich mit mir darüber streiten zu wollen." In diesem Moment öffnete sich die Tür und Michael betrat den Raum.

"Das ist er!" sagte ich zu Erwin Bemel.

"Wer?" fragte er.

"Der Engel, wer sonst?" sagte ich.

"Mach bitte keine Witze mit mir!"

Er hatte sicher am allerwenigsten erwartet, dass sich der Engel als gutaussehender, verhältnismäßig junger Mann mit zeitgemäßer Frisur und Drei-Tage-Bart herausstellen würde, bekleidet mit hellblauen Jeans, Jeanshemd, Reebok-Sportschuhen und einem knallroten Seidenblouson, dessen er sich an der Garderobe entledigte, bevor er auf uns zu kam.

"Erwin Bemel, der Bischof aus Fulda, nehme ich an", sagte Michael und streckte ihm zur Begrüßung lässig die Hand entgegen, "es freut mich, dass du gekommen bist, um mich hier zu treffen, wie es dir im Traum gesagt wurde."

"Das könnte er niemals wissen, wenn er nicht... tatsächlich... der... Engel wäre", erwiderte Bemel betroffen, wobei er langsam von seinem Sessel herunter zu rutschen begann, schließlich auf die Knie fiel und in einem weinerlich-theatralischem Klanggemisch ausrief: "Es tut mir leid, vergib mir meine Ungläubigkeit, aber ich... ich erkannte dich nicht, es erging mir wohl wie den Emmausjüngern, deren Augen gehalten waren, als ihnen Jesus nach der Auferstehung erschien, aber nun, nun bin ich bereit, ich habe den Preis bezahlt, wie du siehst, ich bin hierhergekommen, in *dieses* Haus, wie es mir im Traum befohlen wurde, um dich zu treffen, dich, den Engel des Herrn, den Gesandten des Himmels, um der verdorbenen Welt, die immer weiter vom Glauben abfällt, die sich immer mehr in Sünde verstrickt, die Botschaft zu bringen, die du mir nun anvertrauen wirst!"

Michael hatte währenddessen ihm gegenüber auf der Couch Platz genommen, auf deren Lehne er beide Arme ausstreckte und mit den Fingern herum zu trommeln begann. Sein Mienenspiel blieb indifferent, cool, wie man es heute nennt, wenn ein Gesicht weder Achtung noch Mitleid, weder Akzeptanz noch Ironie oder Spott, also keinerlei Gefühl offenbart. "Bitte nimm doch wieder Platz", sagte er, als Bemel seinen Wortschwall beendet hatte.

Der kroch wie ein übergroßes Insekt auf seinen Sessel zurück, blieb jedoch in gebückter Haltung darauf sitzen. Wieder hatten seine Miene, sein Blick, sein ganzes Gehabe die Unsicherheit früher Kindheitstage angenommen. Doch sah man genau hin, erblickte man unter der Demutstünche Arroganz, Hochmut, Aggressivität.

"Möchtest du eine Tasse Kaffee trinken?" fragte Susanne Michael.

"Gern", erwiderte der.

„Ich habe noch von der Sahnetorte, die dir gestern so gut geschmeckt hat."

„Mmh." Er ließ seine Zunge genüsslich über die Lippen gleiten. „Das Angebot nehme ich gerne an."

Susanne verschwand in der Küche. Bedrückende Stille erfüllte einige Sekunden den Raum. Michael brach schließlich das Schweigen. "Die Botschaft, die ich dir zu sagen habe, ist schnell übermittelt", sagte er in beinahe gleichgültig klingendem Tonfall, "sprich in Zukunft nicht mehr über Himmel und Hölle, Sünde und Vergebung, Gebote und Verbote, Moral und Unmoral. Kläre die Menschen vielmehr darüber auf, dass das Leben ein Spiel ist und dass daher der Sinn des Lebens allein darin besteht, mitzuspielen. Und dabei genau das zu tun, was ihnen gefällt. Ganz allein ihnen und nicht etwa euch."

Einen Augenblick lang, dies sah man genau, sperrte sich das Wahrnehmungsvermögen Bemels gegen diese völlig unerwartete Aussage des Engels. Dann aber schoss die bisher hinter der freundlichen Fassade lediglich versteckte Aggressivität wie der Beute schlagende Kopf einer Kobra in sein Mienenspiel. Zornesröte übergoss sein Gesicht, blanker Hass spiegelte sich in seinen Augen, seine Wangen pulsierten unter dem Jochbein. Doch seine Gefühle kamen nicht in Worten zum Ausbruch. Er hielt an sich und dachte offenbar angestrengt nach. Kurze Zeit später erhellte sich sein Gesicht und er fragte scheißfreundlich: "Kannst du mir bitte erklären, was genau du mit dieser Aussage meinst?" Aus seiner Mimik und dem Ton seiner Stimme schloss ich, dass er die Anweisung des Engels wohl für einen weiteren Test hielt, den er zu bestehen hatte.

"Was gibt es da zu erklären?"

"Eine ganze Menge. Wenn jeder das machte, wozu er Lust hätte, würden die Gefängnisse nicht ausreichen, um die Mörder und Diebe zu fassen. Ungeborenes Leben würde in Massen vernichtet und die Menschheit würde moralisch gänzlich degenerieren."

"Deine Antwort beweist, was du von den Menschen hältst. Du glaubst also tatsächlich, dass sie zu Verbrechern würden, wenn sie das tun, was sie mit Freude erfüllt? Die Menschen sind weitaus weniger schlecht, als du meinst. Was an ihnen einzig und allein wirklich schlecht ist, ist ihre Unwissenheit."

Wieder war eine Wandlung in Bemel vorgegangen. Er nickte nun mit dem Kopf, als hätte er eines Rätsels Lösung gefunden. "Interessant, sehr interessant", erwiderte er, wobei der die Worte wie Kaugummi dehnte, "du glaubst also an das Gute im Menschen. Woher, so frage ich dich, kommt dann das Böse in dieser Welt? Wieso geschehen auf diesem Globus so unendlich viele Verbrechen? Weshalb sind Menschen fähig, andere Menschen zu quälen, zu vergewaltigen, zu unterdrücken, zu töten?"

"Ich sagte gar nicht, dass ich an das Gute im Menschen glaube. Gutes und Böses liegen außerordentlich dicht beieinander. Ich sprach vielmehr von *Unwissenheit*. Denn wo geschehen die meisten Verbrechen? Immer dort, wo die größte Unwissenheit herrscht. Wo foltert man Menschen? Wo quält und tötet man sie? Immer nur da, wo primitive Menschen über andere herrschen."

"Unsinn!" rief Bemel aufgebracht, "wie viel Grausamkeit geschah denn beispielsweise im dritten Reich? War Hitler etwa primitiv? Oder Goebbels? Intelligenz kann grausamer sein als ein wildes Tier."

"Intelligent zu sein bedeutet nicht zwingend *weise* zu sein. Goebbels war ohne Zweifel ein mentales Genie, aber gleichzeitig unendlich primitiv. Kaum ein Unterschied zwischen ihm und einem Kannibalen gab es in dieser Hinsicht. Das Wissen, von dem ich spreche, hat mit der Ratio wenig zu tun. Es handelt sich vielmehr um emotionale Intelligenz. Der Intelligenz eures Herzens. Unwissenheit ist, wenn man nicht begreift, dass man durch menschenverachtendes Handeln nicht nur andere, sondern sich selbst verletzt. Ihr aber habt die Menschen in ihren vorübergehenden Abenteuern des Schlechtseins bestätigt. Ihr habt sie sogar gelehrt, dass sie von Grund auf schlecht sind. So dass sie eurer Vergebung bedürfen. Und sie haben euch geglaubt. Wer aber glaubt, er *sei* schlecht, der erst *wird* schlecht. Dieses Gift habt ihr ihnen injiziert und injiziert es ihnen noch heute, wo man euch glaubt. Gott sei Dank lässt euer Einfluss immer mehr nach. Eure menschenverachtende Lehre hat das Böse genährt, hat das Böse gestärkt. Denn wo immer gepredigt wird, dass der Mensch schlecht ist und der Vergebung eines ansonsten auf Rache sinnenden Gottes bedarf, da erst wird er schwach sein und deswegen schlecht."

"Du bist nichts anderes als ein Dämon, ein Engel Satans, der sich verstellt zu einem Engel des Lichts!" rief der Bischof mit der finsteren Miene eines mittelalterlichen Inquisitors. Ich genoss diese Szene. Unverhohlen bekenne ich, dass es mir ungeheuren Spaß bereitete, den arroganten Bemel ausflippen zu sehen. Michael Engel aber blieb indifferent. Völlig gelassen. Ich sah zwar kein Mitleid in seiner Miene, aber die Erschütterung Bemels bereitete ihm offensichtlich auch keine Freude. "Jesus haben sie wie einen Verbrecher behandelt", erwiderte Michael, "und ihr würdet es heute wiederum tun, wenn ihr die Macht dazu hättet. Um zu beweisen, dass sich an eurem Verhalten nichts ändert, auch nicht innerhalb von zweitausend Jahren, kam ich in deine Träume. Insofern hast du wirklich einen Auftrag. In diesem Schauspiel spielst du die Rolle des modernen Pharisäers."

Bemel nahm sein vor der Brust hängendes Kruzifix in die Hand und hielt es dem Engel entgegen wie ein Exorzist, der sich anschickt, einen Dämon auszutreiben. "Kein anderer als Satan bist du. Ich hätte es wissen müssen. Wie sollte sich ein Engel Gottes im Haus eines Atheisten aufhalten können!"

"Zunächst einmal würde auch Jesus ganz sicher eher im Haus eines Zöllners und Sünders, als im Hause eines Bischofs oder in einer Kathedrale zu finden sein. Ich bleibe lediglich bei dieser Tradition. Zum andern aber bin ich tatsächlich kein Engel *Gottes*. Ich habe das auch nie behauptet."

"So gibst du also zu, ein Engel Satans zu sein?"

"Ich bin auch kein Engel des *Satans*."

"Willst du mich verhöhnen?"

"Reg dich doch nicht so auf, das schadet nur deiner Gesundheit. Hör mir lieber aufmerksam zu. Zu jeder Zeit besuchten Engel die Erde, um euch daran zu erinnern, was ihr in Wirklichkeit seid. Damit ihr sie verstehen konntet, bedienten sich dabei natürlich der Terminologie und der Sprache der jeweiligen Zeit. Die Begriffe Gott und Satan entstanden in einer Ära, in der die Menschen eines bestimmten Kulturkreises die Mächte des Guten und Bösen aufgrund ihrer kindlichen, naiven Denkart personifizierten. Heute aber sind diese Begriffe eher missverständlich, denn außer euch am Buchstaben klebenden Priestern und Theologen, die ihr, bildlich gesprochen, die Dinosaurier des Geistes seid, antike Museumsstücke, Fossilien aus der geistigen Steinzeit, sind den meisten gebildeten Menschen mit gesundem Menschenverstand anthropomorphe Gottheiten, die ein erwähltes Volk segnen und andere hinmorden lassen, äußerst suspekt. Vor zweitausend Jahren blieb unsereins gar nichts anderes übrig, als von Gott und Satan zu sprechen. Niemand hätte uns damals verstanden, wenn wir uns Engel als unerkannten Aspekt eures eigenen Wesens bezeichnet hätten, wie ich es heute tue."

"Du bist ein unerkannter Aspekt unseres eigenen Wesens? Das ist auch mir unverständlich!" warf Susanne ein.

"Nun, im Grunde ist es gar nicht so schwer zu verstehen. Als du noch ein Kind warst, Susanne, steckte die erwachsene Frau, die du jetzt bist, potentiell schon in dir drin. Du musstest aber noch wachsen, du brauchtest noch Zeit, damit sich die Frau in dir zu entwickeln vermochte. Die Begegnung mit einem von unserer Sorte ist eine Art Zeitsprung. Ich bin eine Art Projektion, ein Entwurf eurer eigenen unvermeidlichen Zukunft, die allerdings schon längst bevor ihr sie erlebt, Realität ist."

„Nennt man das nicht Eternalismus?" warf Susanne aufgeregt ein, „kürzlich im Verlag kam nämlich genau darüber ein Buch raus. Ich lieh es mir aus, weil ich das Thema derart spannend fand. Der Autor sprach darin vom Blockuniversum, in dem die Zeit eine reale vierte Dimension wie die drei anderen darstellt. Dass wir die Zeit aber fließend erleben, erklärte er mit der physikalischen Beschränktheit unseres Gehirns, das immer nur Momentaufnahmen herstellen kann. Ähnlich wie bei einem Zelluloidfilm, auf dem alle Bilder schon drauf sind, die aber beim Abspielen den Eindruck fließender Zeit machen, obwohl das Filmmaterial selbst zeitlos ist."

„Wow Susanne, das hast du dir gut gemerkt, und es trifft den Punkt. Es ist genauso wie du es gesagt hast", bestätigte

Michael, „ich komme sozusagen aus der Zukunft, um euch eure eigene vorzuführen."

"Keine Minute länger bleibe ich in diesem gottlosen Haus", rief Bemel entsetzt und wandte sich im selben Moment um.

"Bemel!" rief Michael wie ein General, als dieser schon zur Haustür hin strebte. Der blieb wie angenagelt stehen und wandte sich langsam um. "Herr Bischof, so einfach kommen Sie mir nicht davon!"

Von einem Moment auf den andern veränderte sich der Ausdruck Bemels und die Furcht stand dem ansonsten so selbstsicheren Bischof wieder im Gesicht geschrieben. "Wir werden uns noch einmal sehen, bevor ich gehe!"

"Niemals!" erwiderte Bemel, "auf gar keinen Fall!"

"Uns beiden bleibt leider keine andere Wahl", sagte Michael lächelnd.

"N-i-e-m-a-l-s!" schrie Bemel noch einmal. Die Tür fiel heftig ins Schloss, als er uns verließ.

Und Michael hielt Wort. Einen Tag, bevor er uns verließ, fand die Begegnung statt, wovon noch zu berichten sein wird.

Samstag, elfter Juni

Was geschieht heute? Dies fragte ich mich, nachdem ich mir am Morgen ein paar Notizen über den vorigen Tag gemacht hatte, weil ich eine Art Tagebuch zu führen gedachte, was ich jedoch schon am übernächsten Tag wieder verwarf. Schon deshalb verwarf, weil mir von da an aufgrund der vielen, teilweise dramatischen Ereignisse kaum noch Zeit dazu blieb. Die Aufzeichnungen über den zehnten Tag aber behielt ich und gebe sie gerade so weiter, wie ich sie in meiner Schreibtischschublade vorfinde:

Ein regnerischer Tag. Grau in Grau. Wolkenverhangen der Himmel. Passend zu meiner Stimmungslage.

Alle Unternehmen, bei denen ich mich bewarb, sagten ab. Niederdrückend. Ich sitze in meinem Büro vor dem Schreibtisch. Vor mir auf dem Regal erblicke ich meine Bücher. Alle gelesen. Die meisten erprobt:

Verkaufsgespräche. Vier Bände.
Führungsverhalten. Fünf Bände.
Motivationsstrategien.
Erfolgreich präsentieren.
Krisenmanagement.
Zeitmanagement.
Betriebswirtschaftslehre. Sechs Bände.
Marketingwissen. Drei Bände.
Und was doch noch so alles an Fachbüchern rumsteht.
Ich war kein schlechter Vertriebsleiter. Verdammt. Dem Rotstift der Ratte fiel ich zum Opfer. Warum gerade ich?
"Warum nicht du?" fragt mich Michael. Plötzlich ist er wieder da. Sitzt mir gegenüber. Ich erschrecke nicht mehr, wenn er aus dem Nichts auftaucht. Wie schnell man sich doch an alles gewöhnt. Selbst an so etwas völlig Irrationales.

Seine Frage macht mir die Unsinnigkeit meiner Frage bewusst. Könnte nicht jeder sich fragen, warum gerade er etwas erlebt, das ihm nicht gefällt? Denn jeder leidet. Irgendwie leiden wir alle. Beim dem einen ist es die Ehe, die zu zerbrechen droht. Beim andern sind es die Kinder, die sich zu ihrem Nachteil entwickeln. Sitzen bleiben. Oder gar dem Rauschgift verfallen. Ein Verbrechen begehen. Der nächste wieder ist krank. Hat vielleicht sogar Krebs. Oder Aids. Wieder ein anderer wohnt in einem Land, in dem ein Krieg wütet und all seine Lieben dahinrafft, wie erst kürzlich im früheren Jugoslawien oder in Ruanda geschehen.

"Richtig gedacht!" sagt Michael, der wie immer meine Gedanken zu lesen vermag, "Leid und Glück sind gleichmäßig verteilt."

Das allerdings vermag ich nicht zu glauben.

"Es scheint nur so, als sei Glück und Unglück ungleich verteilt", sagt Michael darauf.

"Das sehe ich anders. Manche haben offenbar einen Glücksstern und andere befinden sich ständig auf der Schattenseite des Lebens."

"Etwas fehlt immer. Mit irgendeinem Problem, irgendeinem Mangel hat doch jeder zu kämpfen. Egal wie vollkommen sein Glück dir von außen betrachtet erscheint. Kennst du das Symbol der taoistischen Weisheit aus China, die schon Tausende von Jahren alt ist?"

Ich schüttle den Kopf. Mit weltanschaulichen Fragen beschäftigte ich mich bisher so gut wie nie. Ich frage ihn: "Sind Engel denn Taoisten?"

Er lacht. "Das ist typisch für euch Erdenbürger, dass ihr immer Schubladen braucht. Alle Religionen und Philosophien sind ein Versuch, die Wirklichkeit hinter den Erscheinungen zu erfassen, was jedoch in den wenigsten Fällen gelingt." Er zeichnet das Symbol auf ein Stück Papier.

Ein Kreis, der denselben durch eine geschwungene Linie, die einem S ähnlich ist, von oben nach unten in zwei Hälften teilt. Eine bleibt weiß und die andere dunkel. Wobei in der weißen Hälfte ein kleiner Punkt dunkel und in dem dunkel schraffierten ein kleiner Punkt hell bleibt. "Das ist das sogenannte Tao-Symbol, und der Kreis symbolisiert die Zeitlosigkeit. Kein Anfang, kein Ende. Doch wird das, was man auch non-dual nennen könnte, manifest, wird Dualität benötigt. Yin und Yang. Negatives und Positives. Und zwar, wie du erkennen kannst, zu zwei gleichen Teilen."

"Was bedeutet der kleine, helle Punkt in dem dunklen Feld und der dunkle dort in dem hellen?"

"Dass das Helle niemals ganz hell ist und das Dunkle niemals gänzlich dunkel. Man könnte auch sagen: Im Guten findet sich immer auch Böses und das Böse ist nie gänzlich Böse."

"Aha." Das Ganze ist mir wieder viel zu abstrakt.

"Bestätigt sich diese Theorie nicht in deiner Erfahrung? Dass du arbeitslos wurdest ist ohne Frage keine helle Erfahrung, doch gleichzeitig hast du Susanne, du bist gesund, besitzt ein eigenes Haus, und, nicht zu vergessen, du hast einen richtigen Engel im Haus." Er schmunzelt.

Ich seufze. "Wer weiß wie lange ich noch in diesem Haus wohne. Wenn ich keinen Job finde, werde ich es verkaufen müssen."

"Und dieser Gedanke ängstigt dich, nicht wahr?"

"Weißt du denn, was passiert, wenn ich es zum jetzigen Zeitpunkt verkaufen muss?"

Michael nickt. "Und wenn du in Miete wohnen würdest?"

"Du hast ja keine Ahnung von unseren Verhältnissen hier! Es gibt ja kaum freie Wohnungen! Und wenn du eine bekommst, zahlst du Preise dafür, die sich gewaschen haben. Und wenn du die nicht bezahlen kannst, ist dir der soziale Abstieg sicher."

"Und davor hast du wiederum Angst!"

"Natürlich, davor hat jeder Angst, der nicht ohnehin schon bis zum Hals im Sumpf steckt."

"Du bist dir doch dessen bewusst, dass Angst deinen sozialen Abstieg begünstigt?"

„Ich halte mich lieber an handfeste Tatsachen."

"Was sind handfeste Tatsachen?"

"Dass wir uns in einer Rezession befinden, in einer strukturbedingten dazu, die weit schwieriger zu überwinden sein wird als alle vorhergehenden."

"Klaus, hört es sich nicht absurd an, wenn ich sage: Die Trompete spielt den Trompeter. Oder die Uhr setzt den Uhrmacher zusammen?"

"Das hört sich allerdings absurd an. Aber was hat das mit der Rezession zu tun?"

"Sogenannte Schicksalsschläge kann freilich jeder erleben. Die entscheidende Frage aber ist, wie man ihnen begegnet. Mit Zuversicht oder Angst."

"Das ist leichter gesagt als getan, wenn man nur Absagen bekommt." Ich nehme die Briefe und halte sie hoch. "Alles Absagen!"

"Wenn du verstanden hättest, was ich gerade sagte, würdest du den Grund kennen. Nährst du nicht ständig den Zweifel daran, dass man dich wieder anstellen könnte?"

„Moment, Moment", setze ich mich zur Wehr, "am Anfang hatte ich überhaupt keinen Zweifel, dass sich unsere

Wettbewerber die Finger nach mir lecken würden. Passiert ist trotzdem überhaupt nichts. Das widerlegt deine Theorie."

"*Vordergründig* hattest du Hoffnung. Doch bitte sei ehrlich zu dir: Saß dir die Angst nicht damals schon im Nacken?"

"Auch da muss ich dir widersprechen. Ich glaubte immer an meinen Erfolg."

"Erfolg ist keine Sache des Glaubens. Ein wirklich erfolgreicher Mensch *glaubt* nicht an seinen Erfolg. Es ist *selbstverständlich* in seiner Wahrnehmung, dass er erfolgreich ist und sein wird." Er sieht mir an, dass ich nicht überzeugt bin und fährt fort: "Ich gebe dir ein Beispiel. Viele Leute haben Probleme, öffentliche Vorträge zu halten. Ich meine, vor vielen Menschen. Selbst dann, wenn sie Profundes zu sagen haben. Ihr Herzschlag erhöht sich, an den Handflächen bildet sich Aquaplaning, ihre Hände beginnen zu zittern, ihr Hals wird trocken, ihre Stimme versagt. Auch wenn sie sich tausendmal einreden, darin erfolgreich zu sein, bleibt die Suggestion wirkungslos, wenn die freie Rede vor vielen Menschen nicht zur Selbstverständlichkeit wird. Positive Suggestionen bleiben auf der Strecke. Tief in dir steckt die Angst vor dem Scheitern. Und sie ist die Wurzel des Übels, das du gerade erlebst."

"Wenn es tatsächlich so ist, dann lehre mich die Methode, wie man Angst überwindet."

"Es gibt dafür keine Methode und jeder, der dir hinsichtlich dessen eine Methode anbietet, macht lediglich ordentlich Reibach mit ihr. Vertrauen ins Leben kann man nicht auf einer Schule oder in einem Seminar lernen. Aus diesem Grund gibt es Menschen, die ohne jemals von suggestiven Methoden auch nur gehört zu haben, erfolgreich sind. Es liegt einfach in ihrer Natur. Sie sind wie eine Blume, die ohne sich je darüber Gedanken zu machen, wie sie vom Samen zur Blüte gelangt, wächst und gedeiht."

Sonntag, zwölfter Juni

Was er über die Angst gesagt hatte, ließ mich nicht los. Denn damit hatte er recht. Tief in mir, und das schon seit ich im Internat gewesen war, steckte diese Furcht vor dem Scheitern. Gleich am nächsten Morgen beim Frühstück, das wir auf der sonnigen Terrasse einnahmen, fragte ich ihn deshalb: "Mir ist noch immer nicht klar, was meine Angst mit der Restrukturierung des Unternehmens zu tun haben könnte, das mich vor die Türe setzte?"

Michael hatte gerade in ein knuspriges Brötchen mit Marmeladenaufstrich gebissen und wies mit dem Finger auf seinen Mund, um anzudeuten, dass ich noch ein wenig Geduld haben müsse. Genüsslich nahm er einen Schluck Kaffee, bevor er antwortete. "Wie du weißt sind nicht alle Vertriebsleiter vor die Tür gesetzt worden."

"Ja, aber auch dafür gibt es einen logischen Grund. Podolsky konnte mich einfach nicht ausstehen. Außerdem stand ich seinen kruden Absichten im Weg."

"Natürlich spielen auch äußere Umstände eine Rolle."

"Weshalb hast du dann gestern mangelnde Zuversicht als Grund für meinen Misserfolg genannt?"

"Weil alles zwei Seiten hat, Klaus. Selbstverständlich ist der Einzelne abhängig von vielen äußeren Faktoren. Von der Entwicklung der Völker, von den Entscheidungen der Politiker, von den Stärken und Schwächen seines ererbten Charakters, von seiner Erziehung, von seinen Lehrern, von Vorgesetzten, Lebensgefährten, Freunden und Feinden. Und nicht zuletzt auch von all den bereits gelebten Leben, die zu dem gegenwärtigen führten."

Susanne fragte wie aus der Pistole geschossen: "Haben wir denn wirklich schon einmal gelebt?"

"Einmal? Das wäre reichlich untertrieben."

„Michael, ich finde das hochinteressant. Willst du uns nicht mehr darüber erzählen?"

„Wenn ihr das wollt?"

Darauf war ich ganz und gar nicht erpicht. Wann immer im Fernsehen über Erlebnisse sogenannter Reinkarnation berichtet wurde, zappte ich einen anderen Sender auf den Bildschirm. "Mich würde vielmehr interessieren, wie man aus dem Schlamassel raus kommen kann", sagte ich nicht zuletzt deshalb, um weitschweifige Ausführungen über Reinkarnation zu verhindern.

"Dann allerdings wär's ja nicht von Nachteil zu erfahren, wie man in den Schlamassel gerät", erwiderte Michael lächelnd, „oder was meinst du Klaus?"

"Wenn du kein Interesse hast, hör doch einfach weg", sagte Susanne ärgerlich.

Ich nahm mürrisch die Zeitung zur Hand und verbarg mein Gesicht hinter ihr.

"Es gibt keinen Tod", fuhr Michael fort. „Geburt und Tod sind eine Art Drehtür. Auf der einen Seite gehst du raus und auf der anderen kommst du wieder rein." Er lachte übers ganze Gesicht.

Ich nahm die Zeitung wieder herunter. „Warum lachst du darüber", bemerkte ich, „ist es etwa nur ein Witz?"

„Durchaus nicht. Aber der Vergleich kam mir gerade. Ich habe ihn niemals zuvor gemacht, geschweige denn, von jemandem gehört."

„Und warum erinnere ich mich nicht daran? Weder ans Raus- noch ans Reingehen?"

„Weil *Klaus Andor* weder raus noch rein kommt."

„Sondern?"

„Das unter der Maske natürlich."

„Maske? Welcher Maske denn, lieber Himmel!"

„Die Person ist gemeint. Persona kommt aus dem Lateinischen und bedeutet eigentlich Maske."

„ Aha. Und was ist unter der Maske oder meiner Persona?"

„Das unter der Maske spielt alle Rollen in diesem Welttheater. Im Allgemeinen ohne zu wissen, dass es sie spielt. Und das ist auch gut so."

„Gut wofür?"

„Weil eine Rolle nur dann gut gespielt werden kann, wenn der, der sie spielt, vollkommen mit ihr verschmilzt, so dass er gar nicht mehr weiß, wer er in Wirklichkeit ist. Das drunter ist ohnehin immer das, was es ist. Es kann nie etwas anderes sein."

„Oh je, oh je, denk dran Michael, ich bin ein Normalo, kein Student der Philosophie!"

„Wer Milliardär ist, braucht sich doch nicht dessen bewusst zu sein, dass er Milliardär ist, seine Scheckkarte ist in jedem Fall immer gedeckt. Allein darauf kommt's doch an. Oder nicht?"

„Ist das unter der Maske Gott?" fragte Susanne.

Er schüttelte den Kopf.

„Wovon zum Henker redest du dann?" monierte ich.

„Von einer Kraft und Weisheit, die unmöglich benannt oder gar personalisiert werden kann. Obwohl sie in allem ist. Allerdings ohne jemals zu werden, was aus ihr heraus manifest wird. Es wäre kontraproduktiv das unter allen Masken zu benennen, denn was dabei rauskam, wenn man es tat, sind tote religiöse Organisationen. Im Kontext deiner Frage, lieber Klaus, wäre es viel wichtiger zu verstehen, weshalb die bereits gelebten Leben Einfluss auf das gegenwärtige haben."

„Erklär es uns bitte", bat Susanne.

„Vielleicht hilft uns eine Metapher. Ihr wisst ja sicher besser als ich was ein Zip-Programm ist."

„Klar, ein Archivierungs-Programm. Wende ich öfter im Verlag an. Es erlaubt mir, einzelne oder mehrere Dateien, bzw. Verzeichnisse und Ordner, komprimiert in ein Archiv zu packen."

„Komprimierung. Ausgezeichneter Begriff! Genau das geschieht mit jedem gelebten Leben, das letztlich nichts anderes ist als ein Programm, wie ihr es von Computerspielen her kennt. Der gezippte Lebenslauf wird nach der Komprimierung wieder entpackt und ein neuer Mensch betritt die Weltenbühne."

„Nicht *der* Mensch, der schon einmal lebte?" fragte Susanne.

„Nein, keinesfalls handelt es sich um denselben Mensch. Der ist perdu. Daher erscheint auch ein anderer Körper. Mit anderen Genen. Und natürlich auch in einem anderen Kontext, was seine Umgebung betrifft. Jedoch mit all den Informationen, die die gezippte Datei enthält. Die meisten dieser Informationen bleiben jedoch nach dem Entpacken unbewusst. Und weil sie unbewusst bleiben, wisst ihr zum einen nichts von früheren Leben und erlebt euch zum anderen oftmals in Situationen, deren Ursache ihr nicht nachzuvollziehen vermögt."

„Warum wird uns denn die Information vorenthalten?" fragte Susanne.

„Wäre euch bewusst, was gelernt und erfahren wurde, wäre Leben wie ein aufgewärmtes Chop Suey vom Vortag, ein Urlaubsort, den du x-mal aufgesucht hast oder ein Film, dessen Szenen und Dialoge du auswendig kennst. Und es gäbe keine Wunderkinder wie beispielsweise Wolfgang Amadeus Mozart. Denn Mozart ist schlicht das Ergebnis einer ganzen Reihe gelebter Leben, in denen das, was das Kind bereits konnte, in harter Arbeit erlernt worden war."

„Abgefahrene Theorie", bemerkte ich kopfschüttelnd.

Susanne allerdings war begeistert. „Das muss publik gemacht werden", fuhr sie euphorisch fort, „was wirst du tun, um es publik zu machen?"

Er zuckte die Achseln, als ob ihm dies völlig gleichgültig wäre. „Klaus wird ja einen Roman über meinen Besuch bei euch schreiben und dabei natürlich auch dieses Gespräch erwähnen. Aber es geht mir nicht etwa darum, dass die Menschen dran glauben."

„Aber um was denn sonst?" fragte sie.

„Warum liest du einen Roman?"

„Zur Unterhaltung", bemerkte Susanne

„Genau" Er lächelte hintergründig. „Es ist reiner Luxus. Ohne ihn würdest du weder verhungern noch verdursten. Oder?"

"Kommen wir doch bitte auf meine Frage zurück", sagte ich, weil ich bemerkte, dass Susanne eine weitere Frage stellen wollte, die mich nicht interessierte, "wie komme ich 'raus aus der Prägung, die ich durch meine Eltern, meine Erziehung und so weiter erhielt? Und vor allem: Wie komme ich zu einem neuen Job?"

"Wenn das Leben nur ein Spiel ist, dessen Sinn allein darin besteht, dass es sich spielt, wäre es dann nicht von Vorteil, wenn du es als ein solches durchschaust?" fragte er, während er eine Weintraube abriss, die er zusammen mit einer Scheibe französischen Camemberts genüsslich in den Mund führte.

Ich hatte den Eindruck, als langweilten ihn jetzt meine Fragen. "Wenn das Leben tatsächlich ein Spiel ist, dann ist es ein Scheißspiel", sagte ich mit einer wegwerfenden Geste.

"Ändert das etwa etwas an den Fakten? Und was bringt es, wenn du gegen dein Schicksal rebellierst? Oder resignierst, wenn du das Spiel zu verlieren scheinst. Wie ein kleines Kind, das beim Mensch-ärgere-dich-nicht die Spielsteine umwirft und wütend zu plärren beginnt. Was würde das ändern? Ein Spiel bleibt dennoch ein Spiel."

"Ziemlich abstrakt, was du da sagst, Michael. Mir würde es schon reichen, wenn ich ganz einfach wieder arbeiten könnte wie früher." Ich wollte eine weitere Frage stellen, doch Michael unterband sie, indem er mich darum bat, mit ihm zu joggen. Was ich nach einigem Zögern tat. Im nahegelegenen Wald. Eine Strecke von etwa fünf Kilometern, die ich zum letzten Mal vor etwa drei Jahren zurückgelegt hatte.

Michael war schneller als ich. Aber schließlich war er auch jünger. Und hatte nicht zehn Kilo Übergewicht. Während wir nebeneinander her rannten, fragte ich ihn, weshalb er das Gespräch unterbrochen hatte.

„Was ich sagte reicht fürs Erste!"

„Ganz so blöd bin ich nun auch wieder nicht!"

„Das wollte ich damit auch nicht sagen. Außerdem kann das, was ich euch heute lehrte, ohnehin nicht mit der Ratio begriffen werden."

„Sondern?" Ich bekam Seitenstechen und wurde ein wenig langsamer.

„Intuitiv!"

„Intuitiv?" keuchte ich.

„Ganz richtig." Er verlangsamte seinen Lauf, um sich meinem Schneckentempo anzupassen. „Und nur das, was sich in dir richtig anfühlt, solltest du akzeptieren. Gleichgültig wer es sagt."

Das Seitenstechen wurde so stark, dass ich mich genötigt sah, stehenzubleiben. „Lauf weiter, ich kann nicht mehr!" presste ich mühsam hervor und ging erschöpft in die Hocke.

Er war aus Solidarität ebenfalls in die Hocke gegangen und sah mir in die Augen. „Wenn sich eine Lehre in deinem Inneren so ähnlich anfühlt, wie sich diese Stiche anfühlen", sagte er, „schmerzhaft, unangenehm und hinderlich", solltest du sie nicht akzeptieren, gleichgültig, wo sie geschrieben steht und wer sie auch immer verkündet hat oder verkündet haben soll. Wenn sich aber eine Lehre so anfühlt, wie dies hier" – er legte seine Hände oberhalb meiner Hüften auf meinen Körper, woraufhin mich an dieser Stelle ein angenehmer, warmer Strom durchflutete, in dem sich der Krampf auf Anhieb auflöste – „dann akzeptiere sie, nimm sie an. Denn ob etwas richtig ist oder falsch, wird immer gefühlt, spontan und intuitiv – niemals rational begriffen oder verstanden."

Montag, dreizehnter Juni

Ich hatte die Nacht wieder einmal mit Claudia verbracht und nur einen Wunsch: Faul im Garten unter der strahlenden Sonne zu liegen und mich von dem Exzess auszuruhen. Doch Susanne war nicht davon abzubringen, schwimmen zu gehen. Wie sehr ich sie auch davon zu überzeugen versuchte, dass sich das Wasser noch nicht genügend erwärmt hat. Also packten wir schließlich unsere Badesachen zusammen und machten uns auf den Weg zu einem nahegelegenen Baggersee.

Nicht sehr idyllisch liegt dieser künstlich geschaffene See, aber immer noch besser als jedes Freibad mit seinen lärmenden Massen und dem total verchlorten Wasser. Obwohl es ein Wochentag- und aufgrund des durchwachsenen Wetters der letzten Tage nicht allzu warm war, tummelten sich auf der Liegewiese viel zu viele Menschen. Zumindest nach meinem Geschmack.

Wir hatten unsere Liegestühle mitgebracht, die wir ziemlich weit vom Wasser entfernt aufstellen mussten, weil nahe am Ufer eine Decke und Liege neben der anderen lag. Ich pflockte den Gartenschirm in den Boden und legte mich in den Schatten. Was allerdings nicht notwendig gewesen wäre, denn die Sonnenstrahlen waren noch viel zu kraftlos, um sich in die Haut einzubrennen.

Michael hatte sich eine Badehose von mir geliehen, die mir aufgrund meiner Leibesfülle nicht mehr passte. Als ich seinen schlanken, athletisch gebauten Körper betrachtete, wurde mir klar, dass er unmöglich zu der Kategorie geschlechtsloser Engel gehören konnte, da sich die Hose genau an der Stelle wölbte, an welcher sie sich bei jedem Mann zu wölben pflegt. Claudia war offensichtlich nur unzulänglich informiert über Engel. Bei dem Gedanken an Claudia durchströmten mich wohlige Schauer der Erinnerung an die vergangene Nacht. Wie schön war es wieder mit ihr gewesen. Nur bei ihr konnte ich alles vergessen. Doch jetzt war ich wiederum nicht zum Abschalten fähig. Immer wieder stellte sich mir die Frage nach meiner Zukunft. Was würde geschehen, wenn ich tatsächlich keinen neuen Job kriegen würde? Und das Haus verkaufen müsste? Nicht auszudenken. Die Angst davor schlug mir wie eine Faust in den Magen.

Als ich einige Zeit später neben Michael her schwamm – Susanne war am Strand liegen geblieben – rief er mir zu: "Vergiss für einen Moment deine Sorgen!" Er schlug mit beiden Händen aufs Wasser und spritzte es mir ins Gesicht.

"Na, was ist?" rief er mir gutgelaunt zu, "lass dich fallen mein Freund!"

Seine Freude sollte wohl ansteckend auf mich wirken, doch ich empfand sie wie Hohn. Deshalb schwamm ich wütend davon. Weit hinaus auf den See. Vor allem weit von ihm weg.

Ich war etwa fünfzig Meter vom Ufer entfernt, als sich mein rechter Oberschenkel verkrampfte. Ich begab mich sogleich in Rückenlage, um den Muskel zu entspannen, aber der Krampf nahm nicht ab und war äußerst schmerzhaft. "Nur nicht in Panik geraten!" sagte ich mir und versuchte mit beiden Händen den Krampf im Oberschenkel zu lösen, dann wieder, weil ich immer wieder unterzugehen drohte, den Kopf über Wasser zu halten. Der Krampf wurde dabei noch schmerzhafter. Verdammt! Ich sah um mich her. Weit und breit war kein Mensch, der mir hätte helfen können. Gerade als ich um Hilfe rufen wollte, geriet mein Kopf unter Wasser, ohne dass ich darauf gefasst war. Ich verschluckte mich. Als ich empor tauchte, würgte und hustete ich so stark, dass sich mir, anstatt eines Hilferufes, nur einige gurgelnde Laute entwanden. Und schon wieder geriet mein Kopf unter Wasser. Mit aller Kraft strampelte ich mich empor. Versuchte noch einmal um Hilfe zu rufen. Was mir jedoch wiederum nicht gelang. Panische Angst ergriff mich. Grauenvolle Erinnerungen an einen aufgedunsenen Wassertoten, den ich einmal gesehen hatte, nachdem man ihn aus dem Main gefischt hatte, rasten pfeilschnell durch mein Gehirn. Ich nahm meine ganze Kraft zusammen, um den Kopf aus dem Wasser zu recken. Umsonst. Unmöglich finde ich Worte für das namenlose Entsetzen, das mich ergriff, als mir die Luft wegblieb. Schon hatte ich das Gefühl, als müsste mein Schädel in tausend Stücke zerspringen, als mich plötzlich Finsternis umgab. Jedoch nur für einen kurzen Moment. Dann tauchten unbeschreiblich herrliche Farbspiele auf, Farben von solcher Intensität und Schönheit, wie ich sie noch niemals zuvor gesehen hatte. Gleichzeitig hörte ich wundervolle, sphärische Klänge, die mich berauschten. Vor allem jedoch empfand ich tiefen Frieden. Dass ich dem Sterben nahe war, war vergessen.

Meine Wangen schmerzten. Ich öffnete meine Augen und sah das Gesicht Michaels vor mir, der mir abwechselnd auf beide Wangen schlug.

Susanne kniete auch über mir. Mit entsetztem Gesichtsausdruck. Ich war von Michael ohnmächtig an Land geschleppt worden, wie ich wenig später von ihr erfuhr. Dass ich zu ertrinken drohte, hatte weder sie noch irgendeiner der Badegäste bemerkt. "Wie konnte das denn nur passieren?" fragte sie mich aufgeregt, „du bist doch so ein verdammt guter Schwimmer!"

Als ich einigermaßen zu mir gekommen war, erzählte ich es ihr mit stockenden Worten. Als ich wieder an Kraft gewann, hätte ich Michael ohrfeigen mögen, weil mir bewusst war, dass er diesen Unfall sicher vorausgesehen hatte und früher hätte einschreiten können, doch ich bezwang mich wegen der Leute, die uns zwar nicht mehr wie kurz zuvor noch gaffend umgaben, jedoch ihre neugierigen Blicke immer noch auf uns richteten.

"Du hast mich beinahe absaufen lassen", presste ich wütend hervor, als wir schließlich allein waren.

Er versuchte mich zu besänftigen. "Ich nahm die Gelegenheit wahr, um dich in ein Geheimnis einzuweihen. Du warst in keinem Moment in Gefahr."

"Treib deine metaphysischen Spielchen wegen mir mit Susanne. Ich habe jetzt endgültig, hörst du, e-n-d-g-ü-l-t-i-g die Schnauze voll davon!" Mit diesen Worten wälzte ich mich auf den Bauch und versuchte mich zu beruhigen, was mir jedoch erst nach etwa einer viertel Stunde gelang. Halbwegs gelang. Michael hielt sich während der ganzen Zeit an meinen Wunsch. Und das war kein Wunder. Denn als ich schließlich aufblickte, bemerkte ich, dass weder er noch Susanne anwesend waren. Wenig später kamen sie mit einigen Hamburgern und Cola-Dosen zurück.

"Na, hast du dich inzwischen beruhigt?" fragte mich Susanne und reichte mir einen Hamburger.

Mir war alles andere als zum Essen zumute. "Warst du eigentlich schon mal kurz vor dem Absaufen?" fragte ich sie, wobei ich Michael einen wütenden Seitenblick zuwarf.

"Mein Gott, er hat dir doch erklärt, warum er es tat! Er wollte dir etwas beibringen. Außerdem kannst du doch ihn nicht für deinen Krampf im Bein verantwortlich machen. Du solltest ihm dankbar sein. Schließlich hat er dir das Leben gerettet."

Ich richtete mich auf. "Jetzt reicht's mir wirklich! Egal was er tut – es ist richtig! Was interessieren mich seine Lehren? Ich lebe mein Leben, wie es mir passt."

Sie schüttelte den Kopf. "Was bist du doch für ein Ignorant!"

Michael verhielt sich, wie immer in solchen Situationen sehr distanziert. Als würde ihn unser Konflikt auch nicht das Geringste angehen. Was mich maßlos ärgerte. Schließlich hatten wir nur Streit wegen ihm! "Hast du eigentlich gar nichts dazu zu sagen?" fragte ich ihn in provozierendem Ton.

"Ich verstehe deine Aufregung Klaus", sagte er und versuchte mir, seine Hand begütigend auf die Schulter zu legen.

Ich wich zur Seite hin aus.

Unbeeindruckt fuhr er fort: "Man kann das auch erleben, ohne dem Tode nahe zu sein."

"Was kann man erleben?"

"Jenen vorher erlebten Bereich deiner Existenz, für den du dich gewöhnlich verschließt."

„Wovon verdammt nochmal redest du denn schon wieder?"

„Du erinnerst dich doch an die Farben und Töne, vor allem aber den tiefen Frieden, nachdem du ohnmächtig wurdest?"

Eigenartig war das. Während er sprach, beruhigte ich mich. Meine kurz vorher noch tief empfundene Wut erschien mir wie etwas völlig Unnützes. Wie eingetrockneter Klebstoff oder hart gewordene Farbe. Ich empfand es als völlig sinnlos, auch nur für eine Sekunde weiter darin herum zu rühren. „Das kann man auch im normalen Leben erfahren?" fragte ich ihn, mir ganz plötzlich wieder dessen bewusst, wie unglaublich angenehm und wohltuend diese Erfahrung gewesen war.

"Du tust es bereits, besser, du *bist* es bereits."

"Ich tue es bereits, ich bin es bereits? Du redest mal wieder in Rätseln, die höchstwahrscheinlich selbst für einen Philosophieprofessor unlösbar wären."

"Mit Philosophie hat das ja auch nicht das Geringste zu tun. Es geht lediglich darum, dass du nicht wahrzunehmen vermagst, wer oder was du eigentlich bist. Denn du bist dermaßen intensiv mit deiner ungewissen Zukunft beschäftigt, dass du dich selbst darüber vergisst. Solange du dich aber von äußeren Umständen abhängig machst, entfernst du dich von dir selbst. Immer weiter und weiter. Vorhin unter Wasser wurdest du sozusagen dazu gezwungen, dich auf deine Wurzeln zu besinnen. Aber es bedarf keines Zwanges, um das zu tun. Im Prinzip geht es nur darum, da zu sein, anstatt ständig danach zu trachten, deiner Vorstellung dessen, was oder wer du sein solltest, nachzujagen."

Ich versuchte die Erfahrung von vorhin nachzuempfinden, was mir jedoch nicht gelang.

"Wie kannst du erwarten, etwas zu empfinden, was du schon bist? Nur nimmst du dich eben nicht wahr. Und zwar allein deshalb, weil deine Gedanken beinahe unentwegt um deine ungewisse Zukunft kreisen. Wie sollte es da nicht zu dem Gefühl des Mangels und der Unzufriedenheit kommen? Das simple Empfinden deiner ureigenen Existenz wandelt sich nicht, gleichgültig, ob du erfreuliche oder deprimierende Dinge erlebst."

"Vorhin im Wasser, da hatte ich aber ein besonderes Erlebnis. Ich sah herrliche Farben, ich hörte grandiose Musik und empfand tiefen Frieden."

"Ich weiß, aber da warst du auch in einer außergewöhnlichen Situation. Du kannst dich doch aber nicht ständig in Nahtodsituationen begeben: Täglich einmal ins Wasser gehen und dich kurz vor dem Ertrinken raus ziehen lassen! Und das musst du auch nicht. Mitten im Leben kannst du gänzlich bei dir sein."

"Wie denn? Ein Mönch im Kloster, der kann vielleicht so ein nach innen gerichtetes Leben führen, möglicherweise auch ein Beamter, der keinerlei Druck ausgesetzt ist und ein Drittel seines Lebens vor dem Schreibtisch verpennt, aber ich, ich bin eben ganz anders gestrickt."

"Kannst du dich eigentlich noch an die Zeit erinnern, als du in Susanne verliebt warst?"

Susanne, die wieder einmal allem, was Michael sagte, fasziniert zuhörte, winkte ab. "Mein Gott, ist das lange her!"

Ohne auf ihre Bemerkung einzugehen fragte er mich noch einmal: "Kannst du dich noch an diesen Zustand erinnern?"

"Ich weiß nicht, worauf du hinaus willst." Ich befürchtete wiederum, dass er meine Beziehung zu Claudia ansprechen würde und hielt mich deshalb zurück.

"Versuche dich einfach zu erinnern. Was war charakteristisch für diese Zeit des Verliebtseins?"

"Nun, es war ein irres Gefühl, manchmal meinte ich förmlich abzuheben."

"Was noch?"

"Es gab Tage, an denen ich die ganze Welt umarmen wollte."

"Musstest du nicht auch damals schon angestrengt arbeiten?"

"Sehr sogar. Gerade zu diesem Zeitpunkt wurde ich Führungskraft, hatte also zum ersten Mal ein Vertriebsteam zu leiten, das aus lauter erfahrenen Leuten bestand, übrigens alle wesentlich älter als ich. Das war verdammt hart und ziemlich schweißtreibend."

"Und trotzdem gab es Tage, an denen du die ganze Welt umarmen wolltest?"

"Ja, innerlich war ich so gelöst, alles ging mir trotz meines Engagements leicht von der Hand, wie gesagt, obwohl ich rein äußerlich wahnsinnig eingespannt war."

"Wie war das wohl möglich?"

"Tja, ich war eben verliebt!"

"Was beweist, lieber Klaus, dass der Mensch unabhängig von äußeren Umständen Bewusstseinszustände zu erleben vermag, die nicht von äußeren Umständen abhängig sind. Das beweist auch, dass du weder Beamter noch Mönch werden musst, um du selbst sein zu können. Unzählige Mönche fristen ein trauriges, zutiefst unbefriedigendes Dasein, weil sie meinen, Enthaltsamkeit sei der Schlüssel zum Glück. In Wirklichkeit aber richtet sich ihre Aufmerksamkeit lediglich auf einen anderen äußeren Umstand, nichts weiter."

"Bei mir müsste da erst mal ein Wunder geschehen", sagte ich.

"Ist es etwa ein Wunder, einfach zu sein, was du bereits bist?"

"Was sollte ich denn *etwas anderes* sein, als ich selbst?"

"Wie gesagt, in deiner *Erfahrung* bist du nicht wirklich du selbst, so weit hast du dich schon von dir selbst entfernt. Im Grunde bestehst du nur noch aus Vorstellungen, aus Träumen und Wünschen, aus Erinnerungen, Sorgen und Ängsten. Oder blitzen durch dein Gehirn nicht ständig Bilder über dich selbst, die sich an bestimmten Normen messen lassen müssen? Normen, die entweder durch die Gesellschaft, deine Erziehung oder von dir selbst aufgestellt wurden? Entspricht dein äußerer Zustand diesen Normen, fühlst du dich glücklich. Entspricht er ihnen aber nicht, bist du deprimiert oder wütend. Die meisten Inder würden sich glücklich schätzen, wenn sie deinen Wohlstand besäßen. Du aber, aufgrund deiner Vorstellung dessen, was dich glücklich machen kann und was nicht, du bist deprimiert. Beweist dies nicht, wie sehr du von Vorstellungen abhängig bist?"

"Ich bitte dich! Du vergleichst mich mit einem Inder. Wir leben in einer anderen Welt. Mit anderen Normen. Wenn ich diese Normen außeracht lasse, gehe ich unter."

"Und du verwechselt Äpfel und Birnen, scheint mir. Existierst du nicht zunächst mal außerhalb aller Normen als Mensch? Einfach nur als Mensch. Nackt. Und ohne Besitz. Weder deine Kleider noch dein Körper, der ja auch nur eine Art Bekleidung ist, gehören dir über den Tod hinaus. Du aber, du als dein eigener Ursprung, bist unzerstörbar. Und wird das wahrgenommen, bist du im Frieden mit dir und der Welt. Nicht irgendwann. Jetzt!"

Wieder versuchte ich den vorher empfundenen Frieden erneut zu erleben. Aber da war nichts, da war überhaupt nichts, was auf sein Vorhandensein schließen ließ. Es war nur ein weiterer Gedanke, der mir durch den Kopf ging und dann wie eine Seifenblase zerplatzte.

Da legte er mir eine Hand auf die Schulter und sagte: "Wie sollte man etwas erfahren können, der man schon ist? Es geht dir ähnlich, als würdest du überall deine Lesebrille suchen, obwohl sie auf deiner Nase sitzt. Die Brille zu finden ist keine Frage angestrengten Suchens, sondern schlicht und einfach eine Sache spontanen Realisierens: „Ach, da ist ja die Brille, die ich überall suchte, auf meiner eigenen Nase!"

"Ich frage mich, weshalb ich bisher noch niemanden traf, der das erlebte, wenn es so einfach ist, wie du sagst."

Er lachte. "Genau das ist das Problem. Denn jeder sagt sich, dass etwas, worüber sich schon die größten Genies ohne Ergebnis die Köpfe zerbrachen, nicht so unglaublich einfach realisiert werden kann. Und deshalb suchen sie angestrengt weiter, anstatt sich einfach an die eigene Nase zu fassen."

Dienstag, vierzehnter Juni

Kurz nach elf Uhr erhielt ich einen Anruf von meiner Mutter. "Klaus, ich bin's." Ihre Stimme klang unendlich müde.

"Mutti, wie geht's dir?"

"Nicht besonders, ehrlich gesagt." Ihre Stimme zitterte.

"Was ist denn los?"

"Ich war heute Morgen beim Arzt... und... der..." Ihre Stimme brach und ging unter in Schluchzen.

"Mutti, beruhige dich bitte, sag mir, was der Arzt dir gesagt hat."

Nachdem sie sich gefasst hatte, bestätigte sie meine Ahnung mit stockenden Worten. „Die letzte Operation Klaus... sie... sie hat gar nichts gebracht... Metastasen... überall Metastasen... es ist alles noch schlimmer geworden... es... es gibt keine Hoffnung."

"Beruhige dich Mutti, gleich morgen besuchen wir dich."
"Das ist doch nicht nötig."
"Keine Widerrede. Gegen elf Uhr sind wir bei dir, wir fahren gleich morgen früh los."
"Soll ich dir Hefeknödel mit Blaubeersoße machen, die isst du doch so gern?"
"Gar nichts machst du, wir gehen essen. Du bist selbstverständlich eingeladen"
"Aber das ist doch wirklich nicht nötig."
"Wäre ja noch schöner, dass du dich so verausgabst. Du brauchst jetzt all deine Kräfte."
"Klaus, wir wissen doch beide, wie es um mich steht."
Ich durfte nicht daran denken und wechselte deshalb das Thema. "Übrigens, ist *er* da?"
"Ja, er ist da."
"Ist er gerade trocken?"
"Die letzten zwei Wochen hat er keinen Tropfen getrunken. Warum fragst du?"
"Wenn er nüchtern ist, kann er zum Essen mitkommen, sonst nicht."
"Wichtig ist doch nur, dass du kommst. Oh Junge, ich freue mich so, dass du kommst!"

Nachdem ich aufgelegt hatte, hätte ich aufschreien mögen vor Schmerz. Was musste diese Frau denn noch alles durchstehen? Alles, woran sie Freude fand, war ihr ständig genommen worden. Ihr ganzes Leben war eine Geschichte des Verlierens gewesen.

In Schlesien geboren, musste sie mit ihren Eltern kurz vor Kriegsende die Heimat verlassen. Auf einem Pferdewagen flüchteten sie vor den einmarschierenden Russen während des bitterkalten Winters des Jahres 1945. Damals war sie erst achtzehn Jahre alt gewesen. Kurz nachdem sie damit begannen, sich mit den wenigen Habseligkeiten, die sie mitbringen konnten, im freien Westen des Landes eine neue Existenz aufzubauen, verlor sie ihren Vater. Ein halbes Jahr später auch ihre Mutter. Das Herz ihres Vaters hatte zu sehr an seiner Heimat und all dem gehangen, was er sich dort aufgebaut hatte, als dass er hätte weiterleben wollen, die Mutter hing zu sehr an ihrem geliebten Mann und starb an gebrochenem Herzen.

Doch damit nicht genug. Ihren ersten Mann, meinen Vater, den sie mit einundzwanzig Jahren heiratete, verlor meine Mutter, als ich erst elf Jahre alt war. Morgens fuhr er mit dem Motorrad zur Arbeit und abends lag er schon im Sarg. Bei einem Überholvorgang hatte ihn ein Auto gestreift. Er stürzte, verfing sich mit dem Fuß in der hinteren Stoßstange des Wagens und wurde etwa fünfzig Meter mitgeschleift, weil der Fahrer es nicht bemerkt hatte. Erst durch eifriges Fuchteln und Winken aufmerksam gewordener Passanten brachte man ihn schließlich zum Anhalten. Niemand glaubte, dass mein Vater noch leben könnte, aber der hatte einen derart harten Schädel, dass er sich noch einmal erhob, den Kamm aus der Gesäßtasche holte und sich, eitel wie er war, zu kämmen begann. Erst als er dann an dem Kamm sein eigenes Blut kleben sah, sank er in tiefe Bewusstlosigkeit, aus der er nie mehr erwachen sollte. Im Krankenhaus versuchte man zwar noch ein Blutgerinnsel aus seinem Kopf zu entfernen, das sich durch den Aufprall gebildet hatte, doch er hauchte sein Leben aus, als man ihm gerade die Schädeldecke aufzusägen begann.

Etwa vor einem Jahr bemerkte meine Mutter einen Knoten in der linken Brust. Sie ließ sich daraufhin untersuchen. Die Diagnose hätte nicht niederschmetternder sein können: Krebs. In einem Stadium, in dem es nur noch eine Alternative gab: Amputation. Meine Mutter war damals schon sechsundsechzig. Aber welche Frau ist wohl alt genug, um sich ohne Schmerz von einer ihrer Brüste zu trennen? Es schnitt mir ins Herz, wann immer ich sie vor ihrer Operation besuchte und in Tränen ausbrechen sah.

Ich hatte ein zwiespältiges Verhältnis zu meiner Mutter. Ohne Frage liebte ich sie. Liebte sie sogar abgöttisch, bis ich etwa vierzehn Jahre alt wurde. Danach konnte ich mich nicht immer gewisser Gefühlsaufwallungen des Hasses erwehren. Und zwar deshalb, weil sie zugelassen hatte, dass mich mein Stiefvater ins Internat gesteckt hatte. Aber die Liebe zu ihr überwog. Auch später noch. Obgleich ich nie verstand, was sie an ihm fand. Denn er war ein brutaler Mensch. Ein Quartalssäufer, der sie ständig mit anderen Frauen hinterging und um ihretwillen zeitweise verließ. Ein primitiver Macho übelster Sorte.

Sie hatte ihn etwa zwei Jahre nach dem Tod meines Vaters kennengelernt. Als ich ihm zum ersten Mal begegnete, wusste ich intuitiv, dass er ein übler Mensch war und benahm mich so schlecht wie nur möglich, um ihn zu vergraulen. Aber ich war chancenlos. Er verstand es nicht nur, meine Mutter einzuwickeln und an sich zu binden, sondern sie auch davon zu überzeugen, dass ich besser in einem Internat aufgehoben wäre. Da verlor sie auch mich, was ihr ein paar Jahre später unendlich leid tat, woraufhin sie mein Herz wieder zu gewinnen versuchte. Doch obwohl jener Dorn, der mein Innerstes verletzt hatte, mit der Zeit stumpf wurde und nicht mehr schmerzte, gedieh unsere Beziehung nie mehr zu der Blüte, die wir erlebten, bevor dieses Tier in Menschengestalt sie brutal abgerissen und zertreten hatte. Als sie seinen wahren Charakter zu durchschauen begann, verlor sie jedoch das Wichtigste in ihrem Leben: Den Glauben an die Liebe. Für die Liebe hatte sie sogar ihren eigenen Sohn geopfert. Doch sie musste erkennen, dass ihr Angebeteter sie nur ausgenutzt hatte.

Er hatte in der Zeit, als ein Brandschutzgesetz eingeführt wurde, das jedem Betrieb vorschrieb, Trockenfeuerlöscher in ausreichender Anzahl zu installieren, eine Handelsvertretung für Feuerlöschgeräte gegründet. Die meisten Betriebe hatten bis dahin entweder Nasslöscher benutzt oder gar keinen Feuerlöscher besessen. Dementsprechend groß war zu jener Zeit der Bedarf gewesen und das Geschäft warf enormen Gewinn ab. Ohne Zweifel hätte er ein reicher Mann werden können. Er aber gab das Geld mit vollen Händen aus. Gab es aus für Alkohol und für Frauen. Manchmal schneller, als er es verdienen konnte. Immer wenn er am Ende war und außer Schulden nichts mehr besaß, kam er reumütig und Besserung gelobend zu meiner Mutter zurück.

Jedes Mal nach diesen Perioden maßloser Trunksucht arbeitete er, manchmal über Monate hinweg, wie ein Workaholic. Und trank keinen einzigen Tropfen, was sie immer wieder Hoffnung schöpfen ließ, er würde sich ändern. Aber dann ritt ihn wieder der Teufel. Plötzlich war er wieder weg. Und mit ihm alles Geld. Manchmal kam er schon nach einer Woche zurück. Meistens aber blieb er über einen Monat verschwunden. War er in dieser Hinsicht völlig unzuverlässig, blieb er sich in einer Sache immer treu: Stand er wieder vor der Tür, war er jedes Mal abgefüllt bis zum Rand und hatte nie auch nur einen Pfennig Geld in der Tasche.

Nachdem meine Mutter operiert worden war, machten ihr die Ärzte Hoffnung, wieder ganz gesund werden zu können. Schon nach drei Monaten aber stellte man in der anderen Brust und unter dem Arm Metastasen fest. Man operierte zwei Tage später. Aus dem Krankenhaus kam ein gänzlich veränderter Mensch. Weil meine Mutter unsäglich darunter litt, nur noch eine halbe Frau zu sein, wie sie es nannte. Sah man vorher ohnehin kaum noch ein Lächeln auf ihrem ehemals so schönen Gesicht, so waren ihre Züge nun wie erstarrt. Und ihre Augen die einer Greisin.

Unaussprechlich war in diesen Tagen der Hass auf meinen Stiefvater, wusste ich doch, dass er in Wahrheit der Krebs war, der die Lebenskraft meiner Mutter aufgefressen hatte. Sie hatte ihm ihr ganzes Leben geopfert, sie hatte seine Schwächen getragen, seine Eskapaden geduldet, seinen Betrug toleriert. Immer und immer wieder hatte sie ihm vergeben und einen neuen Anfang mit ihm gewagt. Er aber hatte sie immer wieder enttäuscht. An keines seiner hehren Versprechungen hatte er sich gehalten.

Allerdings nahm ihn die Krankheit meiner Mutter ungeheuer mit. Obwohl sie ihn nicht daran hindern konnte, seine

Besäufnisse fortzusetzen. Der Schmerz über ihr bitteres Schicksal diente ihm vielmehr als Rechtfertigung dafür.

Nachdem ich den Hörer aufgelegt hatte, hielt ich meinen Schmerz und die Tränen nicht mehr zurück.

"Was ist denn passiert?" Susanne kam zufällig aus der Küche und sah die Tränen in meinen Augen.

"Es ist wegen Mutter, sie wird sterben."

Sie nahm meinen Kopf in die Hände und drückte ihn an sich. "Woher kam denn der Anruf?"

"Von ihr."

"Ist sie im Krankenhaus?"

"Nein, noch zu hause."

"Sie war wohl beim Arzt?"

"Ja, war sie."

"Sie ... sind also wieder da?"

"Der ganze Körper ist voller Metastasen."

"Oh Gott!"

"Ich habe ihr versprochen, dass wir sie morgen besuchen."

"Morgen schon? Du wolltest doch morgen zu Franz?"

"Mutter geht vor!"

"Dann musst du Franz in Stuttgart absagen."

"Ja richtig." Ich hatte Susanne wieder belogen, um mich mit Claudia zu treffen, weil sie jetzt zweimal in der Woche Zeit für mich hatte.

"Wann wollen wir fahren?"

"Gleich morgen früh."

Ich befreite mich aus ihrer Umarmung und erhob mich abrupt. Die Wohnung wurde mir zu eng. Ich musste ins

Freie. In die Natur. In den Wald. Ganz allein sein mit mir. Ich sagte es ihr. Sie verstand. Wusste, wie nah mir das mit Mutter ging.

Es regnete. Ich nahm keinen Schirm mit. Dass ich durchnässt werden würde, war mir egal. War mir sogar irgendwie recht.

In weniger als zehn Minuten war ich mit dem Auto am Ziel. Parkte am Waldrand. Lief hinein in das beklemmende Dunkel des Waldes. Mittlerweile hatte der Regen an Heftigkeit zugenommen.

In mir wühlte der Schmerz.

Sie würde sterben. Schon bald. Es gab keine Hoffnung.

Bilder aus meiner Kindheit tauchten vor mir auf. Bilder glücklicher Tage. Wenn wir am Sonntag, als mein Vater noch lebte, Eis essen gingen. Oder im Wald Picknick machten. Ausgelassen auf der Wiese herum tollten.

Ich erinnerte mich, wie ich ihr einmal am Muttertag ein selbst gemaltes Bild geschenkt hatte. Wie hatte sie sich darüber gefreut. Es hing jahrelang über ihrem Bett. Ungerahmt, nur mit vier Heftzwecken befestigt. Und wenn ich mich manchmal zu ihr ins Bett kuscheln durfte, musste ich ihr immer erzählen, was ich mir beim Malen dieses Bildes vorgestellt hatte. Obwohl es jedes Mal dieselbe Geschichte war, hörte sie mir immer wieder wie gebannt zu, küsste mich währenddessen auf die Stirn, auf mein Haar, streichelte meinen nackten Rücken, bis ich neben ihr einschlief. Und weil das alles so schön war, so wunderschön war, hörte ich nicht auf zu erzählen, sondern schmückte die Geschichte jedes

Mal aus, erfand Szenen und Personen, die es auf dem Bild an der Wand gar nicht gab.

Sie würde sterben. Schon bald. Ich würde sie nie mehr sehen, nie mehr mit ihr sprechen können.

"N-e-i-n!" schrie ich in den Wald hinein. Ich blieb stehen, den Kopf rebellisch nach oben gereckt. Aufbegehrend gegen das Urteil des Himmels. Auf mein Gesicht prasselte der Regen. Vermischte sich mit meinen Tränen. Lief in meinen Kragen. Durchnässte mein Hemd.

Plötzlich durchzuckte mich eine Idee. Konnte Michael nicht heilen? Natürlich! Er hatte es ja an Susanne bewiesen! Wieso war mir das nur nicht schon viel früher eingefallen! Im Eiltempo rannte ich zum Auto zurück. Fuhr nach Hause, ohne die Geschwindigkeitsbegrenzungen zu beachten. Lief durch den Garten. Riss die Tür auf. Hastete durchs Foyer.

"Wo ist Michael?" rief ich, als mir Susanne entgegenkam.

"Klaus, was ist passiert?" fragte Susanne erschrocken, als sie mich sah. Durchnässt bis auf die Haut. Die Haare verwildert.

"Wo ist er?"

"Im Wohnzimmer denke ich", erwiderte sie.

Ich stürzte hinein. Er saß auf der Couch. Zeitung lesend. Die Beine übereinander geschlagen.

"Du musst uns helfen!" rief ich ihm zu.

Er sah über den Rand der Zeitung.

Ich setzte mich ihm gegenüber. "Hör zu, meine Mutter ist unheilbar krank. Sie wird sterben, wenn nicht ein Wunder geschieht. Heile sie. Bitte heile sie."

Er nahm die Zeitung herunter. Während er langsam den Kopf schüttelte, sah er mir in die Augen. "Klaus, ich kann deine Mutter nicht heilen."

"Wieso nicht?"

"Weil ihre Zeit gekommen ist, Klaus."

In seiner Antwort schwang tiefes Mitgefühl. Doch ich war zu betroffen, war zu sehr enttäuscht nach diesem kurzen, heftigen Aufwallen von Hoffnung, als dass ich sie hätte hinnehmen können.

"Dann scher dich zum Teufel!" schrie ich und sprang auf, "für unsere Kopfschmerzen haben wir Alka-Seltzer."

"Beruhige dich Klaus!" sagte Susanne.

Ihr Ansinnen erreichte mich nicht.

"Hast du zu Anfang nicht gesagt, du wärst so einer wie Jesus? Hat der nicht die Leute geheilt? Hat er nicht sogar Menschen vom Tod auferweckt?" Ich lachte zynisch. "Alles nur Märchen. Legenden. Wenn es drauf ankommt, zieht ihr alle den Schwanz ein. Alles was ihr könnt, das ist schwafeln. Immer nur schwafeln."

Michael schwieg.

Ich verließ das Zimmer im Eilschritt.

Bis zum späten Abend hielt ich mich in meinem Arbeitszimmer auf. Hatte die Tür abgeschlossen. So dass Susanne vergeblich klopfte und um Einlass bat. Erst gegen zehn Uhr abends hatte ich mich beruhigt. Ich wollte gerade das Zimmer verlassen, um mich bei Susanne zu entschuldigen, als er vor mir stand.

"Wollen wir reden?" fragte er leise.

Ich setzte mich wieder. Er sich mir gegenüber. Auf dem Schreibtisch stand eine Flasche Jack Daniels. Ich hatte mir einige Gläser genehmigt.

"Trinkst du ein Glas mit mir?" fragte ich.

Er nickte.

Wir nahmen beide einen kräftigen Schluck.

"Es tut weh, sehr weh, nicht wahr?"

Ich nickte.

"Nichts von dem, was ich jetzt sagen würde, könnte dich trösten, nur eins sollst du wissen: Wann immer du mich brauchst, bin ich für dich da. Erwarte jedoch keine Heilung. Krankheit ist nur dann heilbar, wenn sie nicht den Tod herbei führen soll."

"Dann sag mir wenigstens, weshalb meine Mutter so fürchterlich leiden muss? Ihr Leben lang schon!"

"Später werde ich es dir erklären."

"Warum denn erst später?"

"Weil dir meine Antwort im Moment nicht helfen wird."

"Ach was, ich will es wissen."

"Du wirst es erfahren, aber nicht jetzt. Alles hat seine Zeit."

Mittwoch, fünfzehnter Juni

Kaufbeuren.
Tor zum Allgäu.
Hier wuchs ich auf.
Eine seltsame Stimmung, immer wenn ich mein verschlafenes Heimatstädtchen besuche. Erinnerungen, die sich nur in unbestimmten Gefühlen ausdrücken. Nahezu unbeschreiblich mit Worten.
Irgendwie empfinde ich wieder als Kind. Erlebnisse und Personen, die sich mit bestimmten Gefühlen verbinden, stehen mir wieder vor Augen. Der erste Schultag. Die Klasse. Meine Freunde. Die Lehrer. Klettern auf hohe Bäume. Raufereien auf dem Schulhof. Eislaufen auf dem zugefrorenen Weiher. Schneeballschlachten. Versteckspiele. Räuber und Gendarmspiele. Doktorspiele mit der hübschen Liane von

nebenan. Der erste unbeholfene Kuss. Alles vermischt sich miteinander. Was zuletzt bleibt, ist Sentimentalität.

Gleichzeitig diesmal Nervosität. Ich musste der todkranken Mutter begegnen. Hoffnung spenden, wo keine mehr war. Ihr in die Augen sehen. Und lachen. Wo es nichts mehr zu lachen gab.

Würde ich durchhalten? Würde ich ihr Mut machen können?

Ich wusste es nicht.

Da war sie, unsere Wohnung. Wörishofenerstraße fünfunddreißig. Hier war ich aufgewachsen. In dieser hässlichen Mietskaserne, die der Staat Bayern für die große Zahl der Flüchtlinge in den frühen Fünfzigerjahren erbaut hatte. Weil mein Vater nur ein kleiner Arbeiter war und viel zu früh starb. Und weil sein unwürdiger Nachfolger alles versoff, was er erarbeitet hatte.

Ich hielt an. Mit meinem 7er BMW. Ein großes Auto für diese kleine Straße. Ich hatte es ziemlich weit gebracht für einen, der im Flüchtlingsviertel aufgewachsen war.

Susanne drückte meine Hand. "Wird schon mein Schatz, ich bin ja bei dir."

Ich stieg aus. Atmete einmal tief durch. Sah dieses Schild an der Haustür, das alte Wunden aufbrechen ließ:

Feuerlöschgeräte.
Groß- und Einzelhandel.
Jacob Leiding

Leiding hieß sie nach der Eheschließung mit diesem Scheusal. Zum ersten Mal fiel mir auf, dass dieser Name Synonym war für das war, was er ihr angetan hatte. Er brachte ihr Leiden. Er hatte ihr *nur* Leiden gebracht.

Meine Mutter hatte uns kommen sehen. Nahm die Gardinen beiseite. Lächelte. Tränen füllten meine Augen. Susanne reichte mir ein Papiertaschentuch.

Als meine Mutter die Tür öffnete, übermannten mich meine Gefühle. Ich drückte sie an mich und weinte.

Sie weinte.

Dann zwang sie sich zu einem Lächeln und sagte: "Du bist da, das ist jetzt alles, was zählt!"

Drinnen am Esstisch saß mein Stiefvater. Zigaretten qualmend. Eine nach der anderen. Wie immer. Als er mich hereinkommen sah, erhob er sich, kam auf mich zu und umarmte mich.

Ich sah ihn verständnislos an. Wie einer, der aus einem Traum erwacht. Es war mir unmöglich, sein spontanes Gefühl zu erwidern und entwand mich seiner Umarmung. Verbrüderung von Leidensgenossen? Nicht mit diesem Mann, den ich abgrundtief hasste.

Er fragte, ob wir etwas trinken wollten.

"Nein", sagte Susanne, "lasst uns besser gleich aufbrechen. Ich habe den Tisch so bestellt, dass wir in spätestens einer halben Stunde aufkreuzen sollten." Sie hatte von zuhause aus im Restaurant den Tisch reserviert.

"Wo werden wir essen?" fragte meine Mutter.

"Im Hirsch", antwortete Susanne.

"Das wäre doch nicht nötig gewesen", sagte Mutter. Der Hirsch war das teuerste Restaurant in der Kleinstadt.

Ich kann mich an kein Zusammensein mit Mutter zusammen mit meinem Stiefvater erinnern, das so harmonisch verlief. Jacob war völlig verwandelt. Und meine Mutter schien die Diagnose des Arztes völlig vergessen zu haben. Jede Gelegenheit nahm sie wahr, um über etwas Witziges, das ich ihr erzählte, schallend zu lachen. So schallend zu lachen wie früher. So lebenslustig wie früher. Als ich das zweite Glas Riesling getrunken hatte, vergaß ich sogar für ein paar Minuten den ernsten Anlass unseres Besuches.

Die Rechnung lag bei etwa fünfhundert Mark. Das war nicht gerade wenig. Aber wer wusste schon, ob wir noch einmal zusammen essen würden?

Wieder zuhause angelangt veränderte sich allerdings die ausgelassene Stimmung. Die Realität erhob ihr grausames Haupt.

"Was wird jetzt geschehen?" fragte Susanne, nachdem meine Mutter noch einmal detailliert erzählte, was ihr der Arzt mitgeteilt hatte.

"Es gibt nur zwei Möglichkeiten, Susanne. Entweder noch einmal Chemotherapie, was den Prozess ein wenig hinauszögern würde. Oder aber... nun, ihr wisst selbst."

"Sie will nicht mehr in die Therapie", beklagte Jacob weinerlich, "obwohl es ihre einzige Chance ist. Ich glaube nicht, dass es keine Hoffnung mehr gibt. Es hat immer wieder Fälle gegeben, die geheilt wurden. Entscheidend ist doch der Wille zum Leben. Das habe ich erst kürzlich in einer Illustrierten gelesen."

Meine alten Aggressionen gegen Jacob brachen wieder auf. Wille zum Leben! Den hatte doch er ihr genommen.

"Nein Jacob, kommt überhaupt nicht in Frage", wehrte sich meine Mutter, "niemand, der das nicht selbst durchgemacht hat, kann sich vorstellen, was es bedeutet. Ich kann nicht mehr. Und ich will auch nicht mehr."

"Das ist aber ziemlich egoistisch von dir", sagte Jacob.

Dieser Satz wirkte auf mich wie ein heftiger Windstoß, der jene Glut des Hasses entfachte, die ohnehin latent in mir schwelte. "Das musst du gerade sagen, gerade du!" brachte ich ihm wütend entgegen.

Nichts Schlimmeres kann es jedoch für meinen Stiefvater geben, als an seine Fehler erinnert zu werden. Zornesröte schoss in sein Gesicht. "Ich habe immer für deine Mutter gesorgt, aber du, du hast voriges Jahr sogar ihren Geburtstag vergessen."

Er hatte recht. Ich hatte ihn tatsächlich vergessen. Und es gab natürlich keine Entschuldigung dafür. Aber dass gerade *er* mir das vorwarf, noch dazu als Rechtfertigung seiner eigenen Versäumnisse, das ging zu weit. Entschieden zu weit. Einen Moment lang sah ich mich zu ihm hinüber eilen und ihm die Faust ins Gesicht schlagen, doch dann fiel mir etwas ein, was ihm weitaus mehr weh tun würde, als der härteste Faustschlag. "Bist du dir eigentlich jemals dessen bewusst geworden", begann ich leise, meine Wut mit großer Willenskraft bändigend, was jedoch zur Folge hatte, dass meine Worte, egal wie leise ich sie auch aussprach, wie vergiftete Pfeilspitzen wirkten, die ihm tief ins Fleisch fahren mussten, "dass du, ganz allein du, meine Mutter auf dem Gewissen hast?"

"Klaus!" rief meine Mutter, um mich zu stoppen, aber nicht einmal der liebe Gott selbst hätte mich zu stoppen vermocht. Jacob wurde weiß wie die Wand. Seine Lippen schmal wie ein Strich.

"Du bist in Wahrheit der Krebs, der sie auffrisst", fuhr ich fort", ihre Krankheit ist nur ein Symptom, deren alleinige Ursache du bist!"

Jacob sprang auf, ballte die Fäuste und kam zornentbrannt auf mich zu. Meine Mutter stellte sich zwischen uns, wie früher so oft.

"Lass ihn nur Mutter, lass ihn", erwiderte ich und erhob mich gleichfalls, mir meiner körperlichen Überlegenheit gegenüber dem abgewrackten Säufer voll und ganz bewusst, "ich habe mir ohnehin schon lange gewünscht, diesem Drecksack mal so richtig eins in die Fresse zu hauen."

"Seid ihr denn völlig verrückt!" schrie Susanne, schob meine Mutter behutsam zur Seite und stellte sich zwischen uns. Mit funkelnden Augen sah sie mich und ihn abwechselnd an. "Schämt ihr euch nicht? Denkt ihr denn beide nur an euch selbst?"

"Ich denke nicht an mich selbst", schrie ich, blind vor Wut, "dieser Mann hat das Leben meiner Mutter zerstört und beschuldigt sie nun auch noch, egoistisch zu sein! Dieser Mann ist kein Mensch, sondern ein Tier!"

Der ganze Hass, den ich all die Jahre verdrängt hatte, ballte sich da zusammen und wurde zu einer Ladung Dynamit. Ich war nicht mehr Herr meiner selbst. Der Wunsch, die angestauten Aggressionen endlich einmal zu entladen, war jetzt stärker, als die Liebe zu meiner Mutter, die auf ihrem Stuhl saß und weinte. Viel zu geschwächt, um etwas unternehmen zu können.

"Mein Gott, nun komm doch endlich zu dir!" schrie Susanne, "du wirst doch nicht zum Schläger werden wollen!" Dann gab sie mir einen Rempler, der mich mit dem Rücken an die Wand prallen ließ. Ich stieß mir dabei den Ellenbogen. Und erst dieser elektrisierende Schmerz ernüchterte mich. Erst dieser Schmerz. Und nicht etwa die Einsicht, das Leiden meiner Mutter durch unseren Streit nur noch zu vermehren.

Als Jacob sah, dass ich mich zurücknahm, setzte auch er sich und zündete sich mit zitternden Händen eine Zigarette an. Und als ich ihn schließlich bat, mir eine zu geben, tat er dies, ohne zu zögern. Er wusste ja selbst, wie recht ich hatte. Nur eingestehen konnte er es sich nicht.

Als wir am späten Abend aufbrachen, hatten wir uns wieder versöhnt. Ich allerdings nur wegen Mutter. Wie immer. Wenn sie einmal gestorben war, das stand für mich fest, würde er ein toter Mann für mich sein. Egal wie lange er noch leben würde.

Susanne fuhr uns nachhause. Auf der Höhe von Ulm schüttelte mich ein heftiger Weinkrampf.

Mutter würde sterben.

Es wollte mir nicht in den Kopf gehen.

Donnerstag, sechzehnter Juni

Verwirrt.
Zornig.
Dann wieder lethargisch.
Wechselbad der Gefühle.
So verbrachte ich den Vormittag.

Michael war mit Susanne unterwegs. Ich wusste noch nicht einmal, wohin sie gefahren waren. Oder hatte sie es mir gesagt? Ich erinnerte mich nicht mehr. Es war wieder ein Tag, grau in grau. Dieses Jahr schien der Sommer Urlaub zu machen. Erst las ich die Zeitung. Dann versuchte ich es mit einem Buch. Aber ich war nicht fähig, mich zu konzentrieren. Nachdem ich zum soundsovielten Mal von vorne begonnen hatte, weil ich mich immer wieder in Gedanken verlor, legte ich es zur Seite und starrte dumpf vor mich hin. Um mich abzulenken rief ich schließlich bei Claudia an, obwohl kaum eine Chance bestand, dass sie zu Hause sein würde. Ich war daher ziemlich überrascht, als sie sich meldete.

"Claudia, ich fasse es nicht. Du bist da?"

"Aber das weißt du doch Klaus!"

Erst in diesem Moment erinnerte ich mich, dass ich ja eigentlich gestern Nacht bei ihr sein wollte. Den Tag darauf hatte sie immer frei.

"Natürlich, weißt du, ich bin ziemlich konfus."

"Ist doch verständlich."

Ich hatte ihr von meiner schwerkranken Mutter erzählt, als ich vorgestern bei ihr angerufen hatte, um meinen Besuch abzusagen.

"Ich wäre so gerne bei dir", sagte ich.

"Warum kommst du dann nicht!"

"Musst du heute nicht wieder weg?"

"Du wirst ziemlich vergesslich, mein Lieber. Ich sagte dir doch, dass ich diesmal zwei Tage hintereinander frei habe. Erst morgen Nachmittag geht's wieder los."

Ich überlegte. Warum eigentlich nicht? Schließlich hatte ich noch den erlogenen Gesprächstermin mit Franz nachzuholen. Ich würde Susanne eine Nachricht hinterlassen. Und vorher bei Franz in Stuttgart anrufen. Damit nichts schief gehen könnte, wenn Susanne womöglich bei ihm anrufen würde.

Die Last fiel von mir, als ich duschte und neue Kleider anzog.

Claudia hieß das Zauberwort ewiger Jugend.

In weniger als zwei Stunden würde sie mich umarmen. Und mich mit ihren jungen, festen Schenkeln umschließen. Mir neues Leben einhauchen.

Während der Fahrt fieberte ich ihrer Berührung entgegen.

Claudia blieb hinter der Tür verborgen, als sie mich herein ließ. Als ich die Wohnung betrat, war mir klar weshalb. Außer einem knappen Dessous, Strapsen und schwarzen Nylonstrümpfen war Claudia nackt. Eine ungeheuer dichte erotische Spannung lag zwischen uns. Unsichtbar wie jedes Energiefeld, doch nichtsdestoweniger existent und real. Unbeschreibliches lag in der Luft. Der Funke sprang sofort auf mich über. Ich hatte das erst ein paar Mal erlebt. Noch nie zuvor mit ihr. Ich wusste sofort, dass wir es heute anders miteinander tun würden als je zuvor. Ich sah es nicht nur in ihren Augen. Jede ihrer Bewegungen offenbarte es mir. Es ging von ihr aus wie ein starkes Parfüm mit einem betörenden Duft.

Ganz langsam näherte ich mich ihr. Wir sprachen kein Wort. Noch nicht einmal begrüßt hatten wir uns. Es war heute nicht nötig. Es wäre nur störend gewesen.

Sie stand vor mir, fordernd, mit halboffenem Mund. Ich gab ihr einen meiner Finger. Sie saugte ihn auf, dann biss sie auf ihn, bis es weh tat. Und lachte ein lüsternes Lachen, das meine Lust steigerte.

Meine Finger berührten ihren kleinen, festen Busen. Sie schmiegte sich an mich. Dann küsste sie mich leidenschaftlich und öffnete währenddessen den Gürtel meiner Hose. Sie fiel zu Boden.

Jedes Geräusch, ihr Lutschen an meinem Finger, das Öffnen des Gürtels, das Herunterfallen der Hose, das Knistern ihrer Nylonstrümpfe, unser keuchender Atem war erotisch und steigerte meine Begierde.

Claudia kniete langsam vor mir nieder und sah zu mir auf, sah mir in die Augen, mit einem Blick, der mich beinahe noch mehr erregte als das, was sie wenig später mit ihrem Mund tat. Wir sanken zu Boden. Und wussten, dass wir einander benutzten. Auch wenn wir jeweils zum Sklaven des anderen wurden.

Triebhaft.

Egoistisch.

Selbstvergessen.

Ganz und gar Lust.

Ohne Tabu.

"Ich habe bisher nicht gewusst, dass ich es auf diese Art brauche", sagte sie nach dem Exzess. Ein wenig verlegen. Wir saßen am Tisch und aßen eine Lasagne, die sie im Mikroherd aufgewärmt hatte. Tranken Apollinaris dazu. Zwei Flaschen. Unsere Kehlen waren wie ausgetrocknet.

Ich war stolz auf meine Manneskraft, obwohl ich wusste, wie töricht und infantil dieses Gefühl war.

„Du hast doch nicht nur *wegen mir* solange durchgehalten?"

"Meinst du wirklich, ich könnte mich über eine Stunde lang so gut verstellen?"

Sie schüttelte den Kopf. "Und außerdem bist du dazu viel zu egoistisch."

"Ach, es war einfach phantastisch. Ich könnte schon wieder."

Sie kicherte. "Weißt du was?"

"Na?"

"Ich auch. Wenn ich nicht wüsste, dass es jetzt unerträglich weh tun würde, wäre ich schon wieder an dir dran."

"Nymphomanin", sagte ich grinsend.

"Wer weiß?"

Nachmittags, es war etwa vier Uhr, läutete es. Susi, ihre beste Freundin stand vor der Tür. Etwa fünfundzwanzig Jahre alt. Schlank wie ein Model. Kaffeebrauner Teint. Gesichtszüge, wie eine wohl proportionierte Skulptur. Ebenso ihre Figur. Die krausen Haare zu unzähligen Rastazöpfchen geflochten, die bis zu ihrer Schulter herab reichen. Wie Claudia war Susi Stewardess.

"Das ist Klaus, mein Freund", stellte sie mich ihr vor.

Ich erhob mich und sie gab ihr die Hand, eine geschmeidige, samtweiche Hand, die jedoch zugreifen konnte und mich elektrisierte.

"Ich kenne Susi schon viele Jahre. Sie weiß von uns", sagte Claudia.

Ich sah Claudia prüfend an.

"Ja, ja, sie weiß auch, dass du verheiratet bist. Wäre ja auch ein Wunder, wenn ich mal einen ledigen Mann kennenlernen würde."

Susi lachte und setzte sich mir gegenüber. "Das stimmt allerdings."

"Wie kommt es, dass wir uns noch nie kennenlernten?" fragte ich sie, als ich wieder saß.

Susi sah Claudia fragend an. "Ja, warum hast du mir deinen Freund eigentlich so lange vorenthalten?"

"Du hättest ihn auch heute nicht kennengelernt, wenn ich gewusst hätte, dass du mich besuchst."

"Warum eigentlich?" fragte sie.

"Muss ich darauf wirklich antworten", erwiderte Claudia und zwinkerte Susi dabei zu, „bei deinem Männerverschleiß?"

Im Gespräch mit ihr erfuhr ich, dass sie in Äthiopien geboren wurde. Von einem deutschen Ehepaar als Kind adoptiert, wuchs sie von ihrem vierten Lebensjahr an in Stuttgart auf. Nach dem Abitur war sie Stewardess geworden. Während der Ausbildung hatte sie Claudia kennengelernt. Die beiden hatten schon einige Höhen und Tiefen miteinander durchgestanden. Und kannten keine Geheimnisse voreinander, was man ihrem vertrauten Umgang miteinander ansehen konnte. Dann musste ich erzählen. Von mir. Von meinem Beruf. Wie ich arbeitslos geworden war. Wie ich Claudia im Flieger kennengelernt hatte.

Im Gegensatz zu Claudia war Susi eine aufmerksame Zuhörerin. Claudia hatte schließlich genug von der Konversation. Sie schob eine CD ein und begann zu tanzen. Verrückt. Exaltiert. "Kommt", sagte sie, "steht auf und macht mit."

Es ist äußerst schwierig, Claudia etwas abzuschlagen. Wenn sie etwas will, übt sie eine geradezu magnetische

Kraft aus. Auch Susi schien es ebenso zu empfinden. Wir sahen uns an, zuckten die Achseln und erhoben uns.

Während des Tanzens vergaß ich mein Alter. Aber nach einer Weile erinnerte mich mein übergewichtiger Körper unmissverständlich daran zurück. Ich geriet außer Atem und war deshalb froh, als ein langsamer Blues ertönte. Die beiden legten ihre Arme um meine Schultern und nahmen mich in ihre Mitte.

Als es Mitternacht war – wir hatten so viele Wodka Lemons und Caipirinhas getrunken, dass ich sie längst nicht mehr zu zählen vermochte – entbrannte in mir das Verlangen auf einen flotten Dreier, nicht zuletzt auch, weil ich spürte, dass dieses Verlangen nicht nur von mir ausging. Als ich über Möglichkeiten zur Realisierung meines Wunsches nachdachte, erinnerte ich mich prompt an eine Methode, mit der ich früher zusammen mit meinem Freund zum Ziel gelangt war, als wir einmal ein Mädchen, das wir unbedingt gemeinsam vernaschen wollten, auf deren Zimmer abgeschleppt hatten. Irgendwann hatte mein Freund über eine Verspannung im Nacken geklagt, woraufhin sie ihn zu massieren begann. Ich klagte wenig später über Rückenschmerzen und hatte dieselbe Behandlung erfahren, die schließlich in einer außerordentlich reizvollen Ganzkörpermassage resultierte, die wir anschließend auch ihr angedeihen ließen.

Diese Methode sollte auch diesmal von Erfolg gekrönt sein. Ganz plötzlich konnte ich meinen Kopf kaum noch drehen, worauf sich Susi, ohne dass ich meinen Wunsch ausgesprochen hatte, erhob und mich im Nacken zu massieren begann. Claudia reagierte erstaunlich gelassen auf ihre

Initiative und schließlich machte sie mir sogar den Vorschlag, das störende Hemd auszuziehen. Dazu war ich natürlich aufgrund meines schmerzenden Nackens nicht in der Lage. Claudia erhob sich daraufhin, streifte es mir vom Körper und leistete Susi Assistenz, indem sie die unteren Partien meines Rückens massierte. Wenig später boten sie mir an, den Stuhl durch die Couch zu ersetzen, damit die Massage für mich und auch für sie bequemer sein würde. Sie hatten am Anfang wie Gören gekichert und herum gewitzelt, doch zunehmend wurde es ruhiger und die knisternde erotische Spannung nahm zu. Schließlich waren nur noch unser stoßweiser Atem und meine wohligen Laute zu hören. Dann löschte eine von beiden das Licht und ich spürte, wie eine zärtliche Hand meinen Gürtel löste. Welche von beiden es war, wusste ich nicht. Und ich muss gestehen: es war mir gleichgültig.

Freitag, siebzehnter Juni

Susanne verhielt sich sehr distanziert, als ich etwa um zwei Uhr nachmittags zuhause eintraf. Woraufhin ich sofort mit Franz telefonierte. Doch der erklärte mir, Susanne hätte ihn nicht angerufen, obwohl er den ganzen gestrigen Abend zuhause gewesen sei. Also war ihr seltsames Benehmen nicht darauf zurückzuführen, dass sie womöglich Lunte roch, was ich aus ihrem eigenartigen Verhalten schloss. Nachdem ich einige Male den Versuch unternommen hatte, ihr näher zu kommen, fragte ich sie auf den Kopf zu, was mit ihr los sei.

"Was soll mit mir los sein?"

"Susanne, mach mir doch bitte nichts vor."

"Es ist nichts, wirklich nichts", erwiderte sie und verschwand in der Küche.

Ich lief ihr nach, nahm sie bei den Schultern und sah ihr mit prüfendem Blick in die Augen. "Natürlich ist was." Das Klingeln des Telefons unterbrach uns.

"Gehst du mal ran?" bat sie mich.

Am Telefon war mein Stiefvater. "Klaus", nuschelte er mit weinerlicher Stimme, die bewies, dass er alkoholisiert war, "heute Morgen musste der Notarzt kommen."

Der Schreck fuhr mir in die Knochen. "Was ist denn passiert?"

"Der Kreislauf deiner Mutter ist total zusammengebrochen. Man hat sie ins Krankenhaus gebracht. Der Arzt sagte mir, dass sie dort vorerst bleiben muss."

"Ist sie wieder bei Bewusstsein?"

"Ja, aber man kann noch nicht mit ihr sprechen." Dann schluchzte er auf und fing an zu plärren.

Ohne ein Wort des Abschieds legte ich auf. Erneut brach meine Wut auf. Er und nur er hatte sie dahin gebracht, wo sie heute war.

Wenig später läutete das Telefon noch einmal. Wieder war mein Stiefvater am anderen Ende der Leitung. "Wir wurden unterbrochen", lallte er.

"Wir wurden keineswegs unterbrochen!" Ich legte auf.

"Sag mal, was bist du eigentlich für ein Mensch?" sagte Susanne in herausforderndem Ton, beide Hände in die Hüften gestemmt.

"Frag' lieber, was *er* für ein Mensch ist?"

"Der Mann ist mindestens genauso betroffen wie du. Du bist doch der einzige Mensch, den er jetzt noch hat."

Ich lachte schrill auf und schrie: "Dass ich nicht lache! Du weißt doch wie er mich früher behandelt hat? Und das wäre noch nicht einmal das Schlimmste. Er ist es, der meine Mutter auf dem Gewissen hat. Er hat ihr Leben und ihre Gesundheit zerstört. Dieses korrupte Schwein."

Sie verzog das Gesicht, als hätte sie ein plötzlicher Migräneanfall überrascht und legte beide Hände auf ihre Ohren. "Könntest du deine Stimme vielleicht ein wenig dämpfen. Ich bin nicht schwerhörig!"

"Als wenn das jetzt wichtig wäre!"

"Wenn es nicht wichtig ist, kannst du es ja auch leise sagen! Du weißt, wie sehr ich das hasse, weil's mich an meinen Vater erinnert, der bei jeder Gelegenheit ausgeflippt ist!"

Das Telefon läutete wieder. Ich nahm ab und legte, ohne etwas zu sagen, sofort wieder auf. Susanne wandte sich seufzend ab und war gerade dabei, zurück in die Küche zu gehen, als es noch einmal läutete. Blitzschnell wandte sie sich um. "Diesmal gehe ich ran!" sagte sie und eilte schnellen Schrittes auf das Telefon zu.

"Dieser Drecksack hat es nicht verdient!" schrie ich und versuchte sie daran zu hindern.

"Du wirst mich jetzt ans Telefon lassen!" schrie sie zurück.

"Dann leck mich doch am Arsch!" brüllte ich wutentbrannt und hilflos, stürmte in mein Arbeitszimmer und warf die Tür hinter mir laut ins Schloss.

Als ich mich setzte, schüttelte mich ein Weinkrampf. Ich war mit meinen Nerven am Ende. So fertig war ich schon lange nicht mehr gewesen. Keinen Job. Keine Aussicht auf einen neuen. Mutter war dem Tod nahe. Mit meiner Frau Streit. Und die Nacht zuvor mit meiner Geliebten und deren Freundin geschlafen, beides Frauen, deren Vater ich hätte sein können. Noch völlig gerädert. Die Gefühle verwirrt. Ein schlechtes Gewissen gegenüber Susanne. Und zu allem Übel noch einen Verrückten im Haus, der tatsächlich glaubte, ein Engel zu sein.

Michael! Wo war er eigentlich, wenn man ihn brauchte?

"Ich bin hier, wenn du mich suchst!" Als ich die Augen aufschlug, saß er vor mir.

"Du weißt doch sicher wo ich letzte Nacht war", sagte ich, meine Tränen verlegen mit dem Handrücken abwischend.

Er nickte.

Sollte ich ihn fragen, was er von der Affäre hielt? Etwas hielt mich zurück. Vielleicht war es meine Furcht vor seiner Antwort. Sicher würde er mein Handeln verdammen. Ich entschied mich, das Thema nicht weiter zu verfolgen. "Du weißt sicher auch um den Zustand meiner Mutter. Wird sie bald sterben?"

Er nickte.

"Wann?"

"Sehr bald."

"Noch während der Zeit deines Hierseins?"

Er nickte.

"Oh Gott!" Ich verbarg mein Gesicht in den Händen und begann wieder zu flennen, obwohl ich beileibe kein rührseliger Mensch bin. Mann oh Mann, war ich fertig!

Ich spürte seine Hand auf der Schulter. "Weine nur", sagte er, "weine, wann immer und solange dir danach ist."

Als ich mich gefasst hatte, sagte er: "Du erinnerst dich doch noch daran, was passiert, wenn man stirbt?" Bei der Erinnerung an die herrlichen Farbspiele und faszinierenden Klänge, damals auf dem See, nachdem ich ohnmächtig geworden war, wünschte ich Mutter, dass sie schnell sterben könnte, um all ihr Leid hinter sich zu lassen. Um endlich einmal etwas zu gewinnen, anstatt andauernd nur zu verlieren.

"In Wahrheit hat deine Mutter nie etwas verloren", sagte er.

Ich winkte ab. „Michael, komm mir doch jetzt bitte nicht wieder mit solchen Weisheiten, die ich überhaupt nicht verstehe."

"So schwer ist das nicht zu verstehen. Du weißt doch, wie das ist, wenn man aus einem Traum erwacht, in dem man alles zu verlieren schien. Man freut sich, dass es nur ein Traum war, steht auf und geht seinem Tagwerk nach. Als wäre gar nichts passiert."

"Selbst wenn das Leben nur ein Traum wäre, was ist der Gewinn?"

"Das was man dabei erlebt. Höhen und Tiefen. Erfolg und Misserfolg. Schönes und Hässliches. Gewinn und Verlust. Eines ist unmöglich ohne das Andere."

"Hätte sich denn der liebe Gott nichts Besseres einfallen lassen können?"

"Der liebe Gott ist eine schöne Gutenachtgeschichte für Kinder. Und das ist es doch was du ohnehin glaubst, oder täusche ich mich?"

Ich nickte geistesabwesend.

Worauf er wieder verschwand und mich mit meinem Kummer alleine ließ.

Erst abends im Bett versöhnte ich mich mit Susanne. Als das Licht bereits gelöscht war. Ganz vorsichtig schob ich meine Hand zu ihr rüber, bis sie ihre Wange berührte. Als ihre Hand die meine umschloss, wusste ich, dass sie mir vergeben hatte.

Plötzlich verlangte mich nach ihr. Doch als ich zu ihr kommen wollte, bat sie mich um Verständnis. So schnell gehe das nicht bei ihr. Ihr Gefühl mache da einfach nicht mit. Und ohne Gefühl könne sie sexuell nichts empfinden. Auch nicht für mich.

Es war das allererste Mal während unserer zehnjährigen Ehe, dass sie mich abwies, wenn ich nach ihr verlangte. Außer in den Tagen ihrer Menstruation.

Samstag, achtzehnter Juni

Wir waren spät aufgestanden und hatten uns spontan dazu entschieden, das Frühstück im Scandic Crown einzunehmen. Danach machten wir einen Verdauungsspaziergang durch den Schlossgarten, in dessen Zentrum das imposante Karlsruher Schloss steht. Vor uns auf der Wiese lagen die Menschen unter der strahlenden Sonne im Gras und genossen das Wochenende. Einige spielten Frisbee. Andere tollten mit ihren Hunden herum. Ein blondes Mädchen mit blauem Stirnband in eng anliegenden, grellrot schimmernden Latex-Hosen probte Tai-Chi.

"Wieso habt ihr eigentlich keine Kinder?" fragte Michael.

"Erst wollten wir keine, dann bekamen wir keine und jetzt ist es zu spät, obwohl wir welche bekommen könnten", erwiderte ich.

"Warum zu spät?"

"Ich bin vierundvierzig. Und Susanne vierzig. Wir haben beide nicht mehr den Nerv für ein Kind."

"Siehst du es auch so?" fragte Michael Susanne.

"Ich sehe es ähnlich", erwiderte sie.

"Wieso ähnlich? Ich dachte, wir seien uns einig?" sagte ich.

Sie schwieg.

Warum sie nur schwieg? "Bist du plötzlich anderer Meinung?" fragte ich sie.

"Nein, nein, ich denke nur manchmal, wir hätten vielleicht damals, als es noch möglich gewesen wäre... denn jetzt..."

Ich unterbrach sie. „Das ist mir neu!"

„Quatsch. Ich habe es dir schon einmal gesagt."

„Mir gesagt?"

„Natürlich dir. Wem denn sonst!"

„Ich erinnere mich überhaupt nicht daran!"

„Wahrscheinlich hast du mir wieder mal nicht zugehört."

„Also ich gebe zu, dass ich deinen Worten manchmal nicht meine volle Aufmerksamkeit widme, aber *das* hätte ich mit Sicherheit gehört!"

„Eben nicht, sonst wüsstest du es. Ich habe es dir nämlich nicht nur *einmal* gesagt!"

„Nicht nur einmal? Also wirklich Susanne..."

Sie zuckte die Achseln. „Es ist aber so!"

Da war sie wieder – diese Beharrlichkeit eines Berges, diese Sturheit eines bockigen Esels, mit der sie manche Dinge stocksteif behauptete. Auch dann noch, wenn ich ihr das

Gegenteil beweisen konnte. Ihre Unnachgiebigkeit hatte mich mehr als einmal zur Weißglut gebracht.

„Vielleicht solltest du mal wieder deine Ohren untersuchen lassen?" setzte sie nach.

So war es immer. Zuerst beharrte sie auf ihrer Meinung, dann provozierte sie mich. Darin stand ich ihr allerdings in nichts nach.

„Womöglich ist es Alzheimer?" sagte ich in sarkastischem Tonfall, und zwar weil ich wusste, dass sie es hasste, wenn man schwere Krankheit oder ein Gebrechen für Albernheiten benutzte. Meine Antwort verfehlte nicht ihre von mir beabsichtigte Wirkung.

„Also damit sollte man nun wirklich nicht spaßen!" entgegnete sie aufgebracht.

„Wenn die Erinnerung nachlässt, kann es ja nur Alzheimer sein." Ich grinste gehässig.

„Klaus, bitte!" Sie stellte sich mir in den Weg und stach mit ihrem Zeigefinger auf meine Brust. „Ich weiß genau, dass ich es dir sagte."

Ich war zum Stehenbleiben genötigt und sah ihr fest in die Augen. „Und ich weiß genau, dass ich es nicht hörte."

Händeringend lief sie weiter. „Dass du mir nie richtig zuhören kannst!"

„Dass du mir nie richtig zuhören kannst", äffte ich sie nach, „wenn ich das schon höre! Warum musst du i-m-m-e-r a-l-l-e-s generalisieren?"

„Du tust doch gerade dasselbe."

„Wieso denn das?"

„Indem du behauptest, ich würde i-m-m-e-r a-l-l-l-e-s generalisieren!"

„Tust du doch auch! Verdammt noch mal!" Unsere Konversation war derart lautstark geworden, dass uns einige entgegenkommende Spaziergänger befremdet ansahen. Es hinderte uns jedoch nicht daran, ebenso laut weiter zu streiten.

„Und du kannst niemals etwas einsehen. Stattdessen fährst du eine billige Retourkutsche."

Ich bemerkte, dass Michael schmunzelte. „Du hast leicht lachen", sagte ich zu ihm gewandt.

„Allerdings", erwiderte er. „Ich stehe dem menschlichen Leben offensichtlich zu fern, um eure Emotionen verstehen zu können. Kannst du mir mal erklären, wie das ist?"

„Wie was ist?" versetzte ich barsch.

„Was fühlt ihr, wenn ihr miteinander so redet wie eben!"

„Tja, was fühlt man dabei? Wut eben. Ärger. Frust."

„Und was gewinnt man dabei?"

„Du stellst vielleicht Fragen! Was sollte man dabei gewinnen? Gar nichts! Zumindest nicht bei Susanne."

„Warum wirst du dann wütend?"

Ich lachte laut auf. „Die Frage habe ich mir noch nie gestellt, bevor ich wütend wurde. Besser: Ich habe sie mir nie stellen können. Wut ist nicht kalkulierbar, mein Lieber. Sie kommt wie ein Blitz aus heiterem Himmel. Verstehst du?"

„Diese Frage solltest du dir aber stellen. Ich meine grundsätzlich stellen, nicht erst dann, wenn der Blitz bereits einschlug."

„Warum erklärst du das nicht Susanne? Sie wurde schließlich auch wütend. Sie hat doch den Streit mit ihrer Unnachgiebigkeit und Rechthaberei überhaupt erst ausgelöst!"

Er lachte und legte mir seinen Arm um die Schulter. „Ich rede hier nicht über Schuld. Wenn ihr Lust habt, zu streiten, dann streitet euch nur."

„Manche Psychologen sagen, es sei heilsam, Aggressionen raus zu lassen", meinte Susanne.

„Es ist besser, als sie zu unterdrücken, das stimmt. Aber als *heilsam* würde ich sie nicht gerade bezeichnen."

Ich zuckte die Achseln. „Manchmal werde ich halt aggressiv. Dagegen bin ich machtlos."

„Solange du das glaubst, wirst du machtlos bleiben."

„Unsinn! Ich hab' mir doch schon vorgenommen, gelassen zu bleiben. Explodiert bin ich aber immer wieder."

„Gute Vorsätze richten nichts aus."

„Sondern?"

„Willst du das wirklich wissen?"

Ich winkte missgelaunt ab.

„Ich möchte aber", sagte Susanne.

„Lernt, dass es bei verschiedenen Standpunkten niemals um Wahrheit, sondern immer nur um Wahrnehmung geht. Wenn du meinst, du hättest Klaus gesagt, dass du ein Kind wolltest, ist das offenbar *deine* Wahrnehmung. Klaus glaubt, dass du es ihm nicht gesagt hast – das ist s*eine* Wahrnehmung. Wenn ihr akzeptiert, dass es verschiedene Möglichkeiten zur Wahrnehmung der Wirklichkeit gibt, könntet ihr unmöglich wütend aufeinander werden. In dem Kontext eures Gesprächs entsteht Wut nur deshalb, weil ihr glaubt, eure Wahrnehmung der Realität sei die Wahrheit."

„Aber so eine Einstellung führt doch zu nichts!", warf ich ein, „Friede, Freude, Eierkuchen, aber kein konkretes Ergebnis."

„Und was für ein Ergebnis brachte deine Wut?" fragte er. Darauf wusste ich freilich nichts zu sagen. Er fuhr fort. „Wenn ihr realisiert, dass es verschiedene Wahrnehmungen ein und derselben Sachlage gibt, bedeutet das nicht, dass ihr eure Meinungsverschiedenheiten undiskutiert lassen müsst. Doch die Diskussion würde mit dieser Voraussetzung in einer Atmosphäre des Friedens verlaufen. Die ganze Aufregung würde sich dann schlicht als überflüssig erweisen."

Wir standen jetzt vor einem Teich, den eine Entenmutter mit sieben niedlichen Küken durchkreuzte, die artig hinter ihr her schwammen. Blühende Seerosen prangten auf ihren grünen Inseln aus Blättern. Einige Schwäne schwammen in unsere Richtung ans Ufer, weil sie wohl Nahrung erwarteten.

"Wollen wir uns ein wenig setzen?" schlug Michael vor.

Schweigend saßen wir die nächsten Minuten am Ufer und blickten auf das Wasser, in dem sich die Sonne als grell blinkender, ruhelos hin und her wogender Streifen widerspiegelte. In seinem blendenden Licht konnte man unzählbare Mücken auf und ab tanzen sehen. Ab und zu stieß ein Fischmaul aus dem Wasser und sabotierte, gierig seinem angeborenen Futtertrieb folgend, den ausgelassenen Reigen.

Michael saß so, dass ich von der linken Seite auf sein Profil sehen konnte. Sein schönes Profil mit der Römernase und dem energischen Kinn. Links, ziemlich nah neben ihm, saß Susanne. Ich war an den Buchladen in Hannover erinnert, als er neben mir stand und mir erklärte, dass er jener Engel in der Bibel sei, die ich aufgeschlagen in Händen hielt. Aber was war seitdem geschehen? Das Leben ging weiter wie bisher auch. Schlimmer noch: Meine Mutter lag mittlerweile im Sterben.

Ich legte mich auf den Rücken und sah zum Himmel, dessen stahlblaue Endlosigkeit nur von ein paar winzig kleinen Wölkchen durchlöchert wurde. Wie zerfranste Wattebäusche sahen sie aus, ohne Bewegung, als wären sie ans Firmament geklebt worden. Als ich meinen Blick wieder auf die Schwäne warf, die sich langsam entfernten, nachdem sie das erhoffte Futter nicht erhalten hatten, schrak ich zusammen. Susanne streichelte über seinen Handrücken und er legte daraufhin seine Hand auf die ihre. Wahrscheinlich hatten sie gar nicht bemerkt, dass ich mich auf den Rücken gelegt hatte, denn im Sitzen hätte ich ihre Hände, mit denen sie ihre Körper aufstützten, nicht beobachten können.

Wilde Gedanken rasten durch mein Gehirn. Hatte sie womöglich mit ihm geschlafen, als ich bei Claudia war? War das der Grund für ihre abweisende Haltung am nächsten Morgen gewesen? Konnte es sein, dass sie sich mir deshalb gestern Nacht verweigert hatte? Aber wie konnte sie denn mit einem Engel...? Verdammt noch mal, er war doch gar keiner! Oder war das ganze Engeltheater ein niederträchtiges Komplott, den die beiden ausgeheckt hatten, damit er sich bei uns einnisten konnte? Unsinn! Unsinn! Zu solch einer tolldreisten Handlung wäre Susanne niemals imstande! Außerdem hatte er sie doch gar nicht gekannt? Oder doch? Vielleicht war es doch des Rätsels Lösung?

Über mehrere Stunden herrschte Chaos in meinem Gehirn. Als ich jedoch Susanne in jener Nacht nahm wie in alten Zeiten, verflogen all meine Zweifel und ich fragte mich, ob ich nicht bei meiner Beobachtung am Nachmittag schlicht einer Täuschung erlegen war. Außerdem: Dass Michael der geheime Liebhaber meiner Frau sein sollte, passte überhaupt nicht in das Bild, das ich mir von ihm gemacht hatte.

Sonntag, neunzehnter Juni

"Klaus, Klaus, komm schnell, Bischof Bemel ist im Fernsehen zu sehen!" rief Susanne aufgeregt, als ich mir am Sonntagabend, es war schon kurz nach zehn Uhr, noch eine Flasche Warsteiner aus dem Kühlschrank holte, um mir danach *Talk im Turm* anzusehen. Schnellen Schrittes betrat ich das Wohnzimmer. Tatsächlich. Bemel war in der Runde zugegen. Ich vergaß mein Bier und setzte mich neben Susanne.

"Heute Abend wollen wir uns darüber unterhalten, weshalb sich die Kirchenaustritte in den letzten Jahren immer stärker häufen", sagte der Talkmaster, seine Brille wie immer mit der Hand in der Luft herum wedelnd, "und dazu haben wir Menschen eingeladen, die dieses brisante Thema kompetent diskutieren werden. Da ist einmal Bischof Bemel aus Fulda als Vertreter der katholischen Kirche. Herzlich willkommen, Herr Bischof. Ihm gegenüber sitzt ein evangelischer Pfarrer, Herr Skapsis, der erst kürzlich ein Buch über die Auferstehung Christi herausbrachte, die aufgrund seiner Nachforschungen überhaupt nicht stattgefunden haben soll. Dann haben wir weiterhin hier, rechts neben mir, Frau Pritsch, die ebenfalls ein Buch schrieb, ein kritisches Buch über die New Age Bewegung, die anders als die traditionellen Kirchen, gegenwärtig ungeheuren Zulauf erfährt. Frau Pritsch ist Pfarrerin innerhalb der evangelischen Kirche. Neben ihr sitzt Frau Swan aus England, die seit vielen Jahren als Wunderheilerin arbeitet und eine Reihe von medizinisch belegten Heilungen aufzuweisen hat. Und schließlich begrüße ich Herrn Dr. Prazclaw, der ein bekannter Leiter in der New Age Bewegung ist, Philosophie und Psychologie studierte und einige Bücher über parapsychologische Phänomene herausgebracht hat, die alle zu Bestsellern wurden. Also, Sie sehen, eine sehr ausgewogene Runde zu diesem Thema."

"Michael!" rief Susanne laut, "das musst du dir unbedingt ansehen."

Aber er kam nicht. Gab auch keine Antwort.

"Wo ist er denn?" fragte sie.

"Was weiß ich?"

"Das muss er unbedingt sehen."

"Wenn er es wollte, wäre er ganz sicher hier."

Inzwischen war Bemel aufgefordert worden, seinen Standpunkt darzulegen. Der erklärte, dass er überhaupt nicht erstaunt sei über die rasante Entwicklung der Kirchenaustritte, denn Jesus und Paulus und überhaupt alle Apostel hätten ja prophezeit, dass viele auftreten würden, die sich als Christus bezeichnen und Irrlehren verbreiten würden. Und dass die Menschen, weil es ihnen in den Ohren juckt, diesen abstrusen Lehren anhängen würden, dämonischen Lehren, wie sie beispielsweise auch die New-Age Bewegung verbreite. Er wollte fortfahren, doch Dr. Prazclaw, der New-Age Vertreter, schnitt ihm das Wort ab und erklärte seinerseits, dass nicht die New-Age Bewegung, sondern die katholische Kirche Lehren verbreite, die überhaupt nichts mit Jesu Lehre zu tun hätten, die vielmehr ganz und gar menschlichen Ursprungs seien, wozu unter anderem die Kindertaufe gehöre, die Menschen ohne ihre Entscheidungsgewalt zum Christentum verurteile oder auch der Zölibat, zu dem katholische Priester gezwungen würden, obgleich er ein freiwilliges Opfer darstelle. Woraufhin sich der evangelische Pfarrer einschaltete und mit überheblicher Miene einwarf, dass man sich über ein Phantom unterhalte, denn historisch sei nicht nur zweifelhaft, ob Jesus auferstanden sei, sondern ob er überhaupt gelebt habe. Was jedoch die Kirchenaustritte betreffe, so führe er dies in erster Linie darauf zurück, dass die Kirche sich nicht auf ihre Hauptaufgabe konzentriere, die eindeutig sozialer Natur sei. Einer der wenigen Texte, die ihn in der Bibel wirklich überzeugten, sei der über den barmherzigen Samariter. Über diese Aussage regte sich die Wunderheilerin dermaßen auf, dass sie den ersten Satz ihrer Entgegnung, der Pfarrer habe offensichtlich seinen Beruf total verfehlt, nur überhastet vorbringen konnte und sich sichtlich bemühen musste, ihre ewig lächelnden Gesichtszüge nicht auf jener Schiene des Zorns entgleisen zu lassen, auf der ihr Gefühl bereits unkontrolliert einher raste. Die Kirche sei ganz im Gegenteil dazu da, die Menschen mit dem Sinn des Lebens und mit ihrem Schöpfer vertraut zu machen. Und weil sie das eben nicht mehr tue, weil sie sich mit Dingen beschäftige, die jede weltliche Institution weitaus besser könne, deshalb und ganz allein deshalb liefen ihr die Menschen in Scharen davon.

Der Wortkrieg wogte hin und her und begann mich zu langweilen. Ich erinnerte mich, kurz vorher eine Flasche Bier geöffnet zu haben und ging in die Küche, um mir ein Glas einzuschenken, bevor es schal schmecken würde. Ich war noch nicht damit fertig, als Susanne mich wiederum mit erregter Stimme herein rief. Einer der New-Age Vertreter hatte bemerkt, rief sie mir erregt zu, dass der Teufel lediglich ein Bild für die negative Seite Gottes sei, als Bemel ihm ins Wort gefallen sei. Als ich hereinkam, war er gerade dabei zu erklären, dass der Teufel Realität sei und dass er in diesem Zusammenhang sogar zugeben müsse, kürzlich beinahe selbst auf seine Schliche hereingefallen zu sein. Und dann erzählte er haarklein die Story von seinem Traum und der Begegnung mit einem vermeintlichen Engel, der jedoch in Wirklichkeit ein Sektierer sein müsse und mit dämonischen Kräften umgehe. Meinen Namen erwähnte er allerdings nicht, obwohl ihn der New-Age Vertreter äußerst interessiert fragte, wo sich denn diese Geschichte zugetragen habe.

"Siehst du, nun werde ich sogar schon im Fernsehen erwähnt", sagte da Michael. Wie wir es nun schon gewohnt waren, saß er wieder einmal urplötzlich auf einem der Sessel hinter mir und Susanne.

Ich wandte mich um. "Hast du das gehört!" sagte ich.

"Ich habe alles gehört."

"Was sagt man dazu?"

"Bemel dient nur als Werkzeug", bemerkte daraufhin Michael, "was er da erzählt, das muss er erzählen. Er hat überhaupt keine andere Wahl."

"Warum sitzt du dann nicht selbst auf einem dieser Sessel?"

"Das entspricht nicht unserer diskreten Art."

"Aber du könntest doch dort beweisen, dass du ein richtiger Engel bist. Millionen von Menschen würden dich sehen und hören. Du könntest dort plötzlich verschwinden und wieder auftauchen. Jemanden heilen und was weiß ich noch."

Michael schüttelte den Kopf. "Glaub mir Klaus, es gibt keinen Beweis für uns Engel, und sei er auch noch so beeindruckend und gewichtig. Selbst wenn sie im Augenblick überzeugt wären, ich sei ein Engel, hätten sie mich doch morgen schon wieder vergessen. Mein Auftritt würde nicht vielmehr für sie bedeuten als eine Illusionsshow David Copperfields. Für die meisten wäre ich noch weniger interessant als ein Fußballspiel ihrer favorisierten Mannschaft."

"Aber wieso hast du dann Bemel von dir sprechen lassen?"

„Ich hab das nicht arrangiert. Niemand arrangiert irgendwas, das gesamte Universum ist ein sich selbst generierendes Spiel. Ich wusste lediglich, dass es geschehen würde."

„Und welchem Zweck soll es dienen?"

"Warte ab!" sagte er augenzwinkernd und bat mich um ein Glas Wein. „Der Herr Bischof wird noch eine spannende Wende in unserem Roman ermöglichen."

Montag, zwanzigster Juni

An sich können außer Millionären und Pensionären nur Friseure, Einzelhandelsverkäufer und Beschäftigte der Gastronomie am Montag Ausflüge unternehmen. Da ich am Sonntagnachmittag wieder einmal zwölf Bewerbungsschreiben auf den Weg gebracht hatte, nahm ich dies als Legitimation, mich dieser Minorität anzuschließen. Daher schlug ich vor, gemeinsam in den Hochschwarzwald zu fahren, wo wir, Susanne und ich, einen Spazierweg in herrlicher Landschaft kannten, der selbst an Wochenenden nicht allzu bevölkert war und deshalb Aussicht auf Ruhe und Beschaulichkeit bot.

Bei strahlender Sonne fuhren wir etwa um zehn Uhr los. Kurz vor der Autobahnabfahrt Freiburg kam der Verkehr ins Stocken. Die Autos vor uns hatten die Warnblinkanlage eingeschaltet. Ich musste so stark abbremsen, dass sich das Antiblockiersystem einschaltete. Das Auto war gerade zum

Stillstand gekommen, als Michael die Tür öffnete und den Wagen eilig verließ.

"Was ist denn los?" fragte Susanne.

"Ich muss nach vorne!" erwiderte er.

"Wieso musst du nach vorne?"

"Ich werde gebraucht!" sagte er. Dann verschwand er im Nichts.

Hinter uns ertönten Sirenen. Im Rückspiegel sah ich, dass sich in der Mitte der Straße eine Gasse bildete. Blaulicht. Polizei. Gefolgt von einem Notarztwagen. Ein schwerer Unfall musste passiert sein.

Ich bin kein Schaulustiger. Und halte niemals an, wenn ich an einem Unfall vorbei komme. Gaffer widern mich an. Deshalb wollte ich sitzen bleiben und warten, bis alles vorbei war. Doch irgendetwas in mir befahl mir diesmal geradezu, den Wagen zu verlassen. Susanne ging es genauso. Wir sahen uns an und wussten, dass wir Michael folgen sollten.

Kurzerhand stiegen wir aus und rannten auf dem Standstreifen nach vorne. Als wir den ungefähr einen Kilometer entfernten Unfallort erreichten, hatte der Notarzt schon mit der Behandlung begonnen. Ein Kind war offenbar schwer verletzt worden und lag auf der Straße. Seine Eltern, ein Ehepaar um die dreißig, standen hilflos davor. Wenn man sie ansah, hatte man den Eindruck, als würden sie überhaupt nicht begreifen, was vor sich ging. Von einigen neugierig umher Stehenden erfuhren wir, ohne danach zu fragen, dass ihr Wagen offenbar grundlos an die Leitplanke geknallt sei und sich dann überschlagen habe. Die Eltern seien nahezu unverletzt geblieben, da sie angeschnallt waren. Das zehnjährige Mädchen aber habe auf dem Hintersitz geschlafen, sei bei dem Aufprall durch die Windschutzscheibe geflogen und dann auf die Straße gestürzt. Um den behandelnden Notarzt hatte sich eine dicke Traube sensationslüsterner Gaffer gebildet. Die Polizei hatte Mühe, sie zumindest einigermaßen auf Distanz zu halten.

Unsere Augen suchten nach dem Engel, der sich wieder einmal in Luft aufgelöst zu haben schien. Ich stieg auf die Leitplanke und stützte mich dabei auf Susanne ab. Vielleicht befand er sich in einer der vorderen Reihen. Doch anstatt seiner fiel mir lediglich ein Hobbyfilmer auf, der seine Videokamera pietätlos auf das in einer Blutlache liegende Kind hielt.

Von dem erhöhten Standpunkt aus war es mir möglich, der Behandlung des Arztes zuzusehen. Er war gerade dabei, Wiederbelebungsversuche zu machen, indem er den Brustkorb heftig und wiederholt mit beiden Händen zusammenpresste, was jedoch nicht zu helfen schien. Er zog eine Spritze auf. Adrenalin nahm ich an. Nichts geschah nach dem Einstich. Wenig später schüttelte er den Kopf und zog eine Decke über den Körper des Kindes. Die Mutter stieß einen fürchterlichen Schrei aus, es war der Schrei eines verwundeten Tieres, der mir durch Mark und Bein ging. Ihr Mann versuchte sie zu beruhigen. Doch sie schlug ihm mit beiden Fäusten auf die Brust, wobei sie immer wieder "Warum nur, warum!" schrie und: "Sie hat doch gerade noch gelebt, noch gelebt!"

Plötzlich trat Michael aus der Menge der Gaffer, trat neben das Kind und beugte sich zu ihm hinab.

Was machen Sie da?" schrie ihn einer der Helfer des Notarztes an, welcher gerade dabei war, den Eltern zu kondolieren.

"Seine Zeit ist noch nicht gekommen", sagte Michael in die angespannte Stille hinein.

Der Arzt schaltete sich ein. "Reden Sie keinen Unsinn und treten Sie sofort zurück!"

Doch Michael beugte sich ganz im Gegensatz zu dessen Befehl zu dem Kind herab und zog die Decke von seinem blutbeschmierten Körper herunter. Mit schnellen Schritten eilten der Arzt und zwei Polizeibeamte auf den Engel zu und ergriffen ihn bei Schultern und Armen, um ihn gewaltsam zu entfernen.

"Lasst ihn!" schrie da die Mutter, "lasst ihn, ich glaube auch nicht, dass mein Kind tot ist!"

"Es tut mir aufrichtig leid, aber ihr Kind ist gestorben" erwiderte der Arzt mit einer hilflosen Geste, "Herzstillstand, trotz all unserer Versuche, es wiederzubeleben."

"Aber es ist mein Kind, nicht das eure, lasst ihn!" rief sie, stürzte sich auf den Arzt und drängte ihn mit solcher Gewalt beiseite, dass er beinahe stürzte.

Kopfschüttelnd bat der Arzt die Beamten, die Michael noch immer festhielten, den Mann gewähren zu lassen, was diese jedoch nur widerwillig taten. Michael legte eine Hand auf die Stirn, die andere auf die Brust des Mädchens und sah ihr dabei in das fahle Gesicht, aus dem alles Leben gewichen zu sein schien.

Nach einigen Minuten riss dem Arzt der Geduldsfaden. "Was hier geschieht, ist pietätlos, mein Herr", sagte er, "machen Sie diesem elenden Schauspiel doch endlich ein Ende."

"Nur noch einen Moment", erwiderte Michael versöhnlich, "schon bald wird sie die Augen aufschlagen und leben."

Der Arzt rang die Hände. Die Polizeibeamten standen mit düsteren Blicken am Straßenrand. Man sah ihnen die Anspannung an.

Susanne und ich standen jetzt beide vor Aufregung zitternd auf dem Teil der Leitplanke, die sich durch den Aufprall zum Winkel verbogen hatte und deshalb sicheren Stand bot. Und wussten genau, dass wir jeden Moment Zeuge eines Wunders werden würden. Denn so viel war klar: Wer auch immer Michael war, niemals würde er ein uneinlösbares Versprechen abgeben.

Unbeschreibliches geschah, als das Mädchen wenig später tatsächlich die Augen öffnete und ihre Arme zu bewegen begann. Die Mutter kniete vor dem Engel nieder und küsste seine Schuhe. Der Vater fiel ihm um den Hals und riss ihn dabei beinahe um. Der Arzt und seine Helfer standen fassungslos vor dem Wunder und sahen sich achselzuckend an. Die beiden Polizisten machten ein Gesicht, als hätten sie sich eines kriminellen Delikts schuldig gemacht. Die meisten der Gaffer waren völlig aus dem Häuschen. Einige rannten zu den Autos zurück, um Fotoapparate zu holen. Andere, es handelte sich um einen Kleinbus mit Italienern, nahmen sich bei den Händen und tanzten singend im Kreis auf der Straße umher. Einige weinten verschämt. Andere flennten hemmungslos.

"Wo ist der Mann?" fragte eine Frau, die gerade wieder zurückgekehrt war, um Michael zu fotografieren. Aber er war nicht zu finden.

"Typisch für ihn", meinte Susanne, als wir beide zum Auto zurück liefen, in dem er bereits saß, als wir es erreichten, obwohl ich mich zu erinnern glaubte, es abgeschlossen zu haben. Als ich in den Rückspiegel sah, zwinkerte er mir kurz zu und sah dann aus dem Fenster. Mehr nicht. Als wäre es das Normalste der Welt, einen Menschen dem sicheren Tod zu entreißen.

Während Susanne ihm viele Fragen stellte, dachte ich an meine Mutter, die immer noch im Krankenhaus lag. Spätestens jetzt wurde mir klar, dass er sie, wäre es möglich gewesen, sicher auch geheilt hätte.

"Du sagtest, die Zeit des Mädchens sei noch nicht gekommen", fragte ich.

"So ist es."

"Sie sollte also noch nicht sterben?"

"Der Beweis dafür liegt darin, dass sie nicht starb."

"Warum gab es dann überhaupt einen Unfall? Lag es an ihrem Karma?" fragte Susanne, die sich irgendwann einmal mit östlichen Religionen beschäftigt hatte. Ich hatte von Karma gehört, wusste aber nicht recht, wobei es sich dabei handelte.

„Weißt du eigentlich was das Wort Karma bedeutet?" fragte der Engel.

„Soweit ich weiß bedeutet Karma, dass jedes Handeln und Wirken Konsequenzen mit sich bringt und sich nicht nur im gegenwärtigen, sondern auch in späteren Leben niederschlagen kann."

„Im Grunde bedeutet das Wort nichts anderes als Tat. Und mehr als Taten, die sich sozusagen die Klinke in die Hand geben, gibt es auch nicht."

„Ich las irgendwo, schlechtes Karma kann durch gute Taten abgearbeitet werden", bemerkte Susanne.

„Das ist eine spirituelle Fabel aus Indien, Susanne. Und sie konnte nur deshalb entstehen, weil ihre Erfinder an den freien Willen glaubten. In Wahrheit jedoch gibt's keinen Täter, nur Taten. Jede Handlung und jede Erfahrung geschieht schlicht deshalb, weil nichts anderes geschehen kann als genau das, was jeweils geschieht."

„Aber ich kann mich doch frei entscheiden", sagte ich.

„Wenn du das wirklich könntest, lieber Klaus, hättest du mich schon längst vor die Tür gesetzt. Und es gibt auch noch ein paar andere Dinge in deinem Leben, die du anderes entscheiden würdest, wenn du tatsächlich und nicht nur scheinbar frei wärest in deiner Wahl. Hab ich recht?" Ich sah im Rückspiegel in seine wissenden Augen und wagte nicht zu widersprechen.

Da wir gerade an dem geräumten Unfallort vorbei fuhren, verschwand Michael wieder im Nichts, damit ihn keiner der Polizisten, die noch immer am Straßenrand standen und heftig gestikulierend miteinander diskutierten, erkennen konnten.

"Warum willst du nicht erkannt werden? fragte Susanne, als er kurze Zeit darauf wieder Gestalt annahm.

"Das kommt noch früh genug", erwiderte er. Und schloss dann die Augen, bis wir an unser Ziel gelangten.

Unglaublich war das. Da spazierten wir nun mit einem Mann, der noch vor ein paar Stunden einen jungen Menschen dem Tod entrissen hatte, auf einem einsamen Spazierweg, ließen uns von der Sonne bescheinen und genossen die einzigartige Landschaft des Hochschwarzwalds zwischen Feldberg und Belchen, die von eiszeitlichen Gletschern geschaffen wurde. Ich muss ehrlich gestehen, dass ich in diesen Stunden nahe dabei war, seiner Behauptung, er sei ein Engel, zu glauben. Doch dieser zaghaft beginnende Glaube wurde schon am nächsten Tag auf eine äußerst harte Probe gestellt.

Dienstag, einundzwanzigster Juni

Er sagte mir noch am gleichen Tag, kurz vor Mitternacht, er hätte gewusst, dass es passieren würde. Schon lange vorher. Das heißt noch vor seinem Besuch.

Er sagte mir auch, es sei notwendig gewesen. Nicht nur wegen mir. Nicht nur wegen Susanne.

Teil der Botschaft sei es gewesen.

Und Teil des Romans.

Der Tag begann wie die anderen vorher. Keineswegs spektakulär. Wir frühstückten gemeinsam gegen neun Uhr morgens. Wir räumten gemeinsam auf. Dann klingelte das Telefon.

Es war Claudia. Sie hatte noch nie angerufen. Wie es ausgemacht gewesen war. Ich sprach sie mit Frau Veltin an. Ich gab ihr diesen Namen, weil Susanne wenige Meter von mir entfernt den Garderobenspiegel säuberte. "Ah so, du bist nicht allein", sagte Claudia, „antworte einfach mit Ja oder Nein."

"Okay."

"Ich habe heute frei, wir könnten uns sehen, du kannst auch über Nacht bei mir bleiben. Ist es möglich bei dir?"

In mir wurden Erinnerungen wach, bei denen mich heiße Wellen durchfluteten. Ich überlegte nicht lang. "Ja", sagte ich.

"Ich freu mich. Wann kannst du kommen? Jetzt gleich?"

"Nein", sagte ich.

"Gut, dann heut' Nachmittag, so etwa um vier Uhr?"

"Gut, Frau Veltin, dann um vier. Meine Bewerbungsunterlagen liegen Ihnen ja vollständig vor."

Sie kicherte. "Gut machst du das."

"Kein Problem Frau Veltin, dafür habe ich volles Verständnis. Hauptsache es klappt. Und vielen Dank auch."

"Also bis bald du Schlawiner."

"Bis um vier Uhr. Ja, ich weiß den Weg. Vielen Dank. Auf Wiederhören."

Sie lachte.

Ich legte auf.

"Wer war das?" fragte Susanne.

"Aber Susanne, ich habe doch den Namen von Frau Veltin schon so oft erwähnt. Die von der Unternehmungsberatung."

"Ach die. Was wollte sie denn?"

"Einen Vorstellungstermin mit dem Geschäftsführer von der Firma Knoeder bot sie mir an. Die den EDV-Schnick-Schnack produziert. Einen nationalen Vertriebsleiter suchen die. Anfangsgehalt hundertachtzig per anno. Vielleicht klappt es, wer weiß?"

"Habe ich vorhin richtig gehört? Du hast einen Termin schon heute Nachmittag um vier Uhr?"

"Ganz richtig, mein Schatz."

"So kurzfristig? Das ist doch nicht üblich."

"Ach weißt du, die haben auf einen Bewerber gesetzt, der kurzfristig abgesagt hat. Erst heute Morgen. Sie können aber nicht länger warten. Die Position ist schon seit einem Jahr vakant. Frau Veltin erinnerte sich an mich. Sie erzählte Knoeder von mir und der war bereit, mich anstelle des anderen noch heute zu sehen. Der Termin stand ja ohnehin fest." Im glaubwürdigen Lügen war ich geübt. Ich sah auf die Uhr. "Halb eins, ich werd' mich schon einmal duschen." Voller Elan sprang ich die Treppenstufen empor. Dann blieb ich stehen und sah zu Susanne hinab. "Übrigens, ich werde über Nacht bleiben. Knoeder will mich nach dem Gespräch zum Abendessen einladen, sagte Frau Veltin. Da wird sicher einer über den Durst getrunken. Ich werde deshalb in dem Hotel übernachten, wo wir uns treffen. Das verstehst du doch mein Schatz?"

"Natürlich."

Als ich das Badezimmer betrat und vor dem Waschbecken stand, musste ich den Kopf über mich schütteln. "Du elender Lügner", sagte ich zu meinem Spiegelbild, "was bist du doch für ein elender Lügner. Aber warum lüge ich denn? Weil ich Susanne liebe! Nur weil ich sie liebe. Schließlich würde ich mich nie von ihr trennen. Niemals. Und schließlich lüge ich nicht, weil ich sie belügen *will*! Und auch nicht, weil ich sie betrügen *will*! Darum geht es doch überhaupt nicht. Ich belüge sie letztlich doch nur, um sie nicht zu verletzen. Nur um sie zu schützen belüge ich sie. Zu schützen vor all dem Schmerz, der über sie käme, wenn sie von meiner Geliebten erführe.

Ich bekam einen Ständer unter der Dusche.

Und bei Claudia dann war es ähnlich wie beim letzten Mal: Total ausgeflippt. Nur dass ihre Freundin nicht kam, sondern ein Anruf. Etwa um sechs Uhr abends. Von ihrer Fluggesellschaft. Sie würde dringend gebraucht. Zwei Stewardessen seien ausgefallen. Beide krank. Und im Bett. Die eine mit Grippe, die andere wegen einer Lebensmittelvergiftung. Ob sie nicht einspringen könne. Man habe sonst keinen Ersatz. Für die letzten zwei Flüge nach Hamburg. Und morgen dann den ganzen Tag.

Claudia bat mich um Verständnis. Ich könne ja um meiner Glaubwürdigkeit willen über Nacht in der Wohnung bleiben.

Ich nahm das Angebot an. Doch nach etwas zwei Stunden langweilte ich mich. Was sollte ich hier in der Nähe Stuttgarts? Ganz allein. Ein Aufreißertyp, das war ich schon lange nicht mehr. Zum Anbaggern war ich viel zu bequem geworden. Wie die meisten der im Sternzeichen Löwe Geborenen, die in den sicheren Hafen der Ehe gefunden- und eine Geliebte nebenbei haben. Also fuhr ich eine Stunde später nach Hause. Ziemlich frustriert. Auch darüber wusste Michael Bescheid. Sagte er mir, nachdem es passiert war.

Zumeist steht die Terrassentür offen, wenn es so angenehm warm ist wie an diesem Abend. Ich wollte sie überraschen. Aus Jux und Tollerei überraschen. Und schlich mich deshalb durch den Garten auf die Terrasse. Auf Zehenspitzen. Ganz leise. So dass sie mich nicht hören konnten. Es war etwa 22:30 Uhr. Ich sah um die Ecke. Sie saßen nicht draußen und hatten die Rollläden herunter gelassen. Jedoch nicht vollständig. Wenn man nahe heran ging, konnte man durch die Schlitze ins Wohnzimmer sehen.

Auch das hatte Michael gewusst. Sagte er mir hinterher.

Durch einen der Schlitze erblickte ich Susanne. Sie kniete mit dem Rücken zu mir am Boden. Unter ihr ragten zwei behaarte Männerbeine hervor. Der Rest war durch ihren nackten Oberkörper verdeckt, der sich rhythmisch bewegte. Ihr Kopf lag weit im Nacken. Ich sah ihre Augen. Sie waren lustvoll geschlossen.

Sie ritt auf ihm. Ich glaubte nicht, was ich sah.

Ich zwickte mich zweimal mit allen Fingern meiner rechten Hand in die Backe. So fest, dass mich noch eine Woche später ein Nachbar allen Ernstes fragte, ob mich ein Hund gebissen hätte.

Nachdem mir klar wurde, dass ich nicht träumte, lief ich auf und davon. In die nächste Kneipe. Bestellte Whisky. Einen und gleich noch einmal einen. Jack Daniels. Ohne Sodawasser. Ohne Eis. Pur.

Die obszöne Szene hämmerte mir ins Gehirn: Susannes verzücktes Gesicht. Wie sie es genoss. Und er, dieses Schwein, er lag rücklings auf dem Teppich. Auf *meinem* Teppich. Und ließ sich bedienen. Von *meiner* Frau. Von Susanne. *Meiner* Susanne.

"Himmel, Arsch und Zwirn, das darf doch ganz einfach nicht wahr sein!" Ich schrie es angetrunken ins Glas. Ohne dass ich es wollte. Bis ich mich selber hörte. Ich kippte den Whisky herunter wie Wasser.

Der Barkeeper wandte sich um. "Noch ein Glas?"

"Ja bitte." Gott sei Dank hatte er nicht verstanden, was ich zuvor gesagt hatte. Die laute Musik. Die Entfernung. Ich trank das Glas mit einem Zug leer und knallte es auf den Tresen. „Noch einmal einen Doppelten bitte!" Das Gesöff beruhigte mich mit jedem Glas ein wenig mehr.

Eine Stunde später zahlte ich und verließ das Lokal. Auf der Straße dann kam der Zorn wieder. Kam plötzlich wie eine Sturzflut. Unbändig. Gewaltig. Riss alles mit. Ich war ihm ausgeliefert. Töten würde ich ihn. Diesen Hund. Dieses Schwein. Diesen Bandit. Er, ein Engel, dass ich nicht lache! Engel die ficken, noch dazu die Frau eines Anderen, wo gibt es denn so was? Von Anfang an war er auf sie aus gewesen. Alles war nur gespielt.

"Und wie brachte er dieses Kind ins Leben zurück?" fragte mich eine leise Stimme im Inneren.

"Was weiß ich? Irgend ein fauler Zauber!"

"Und wie ist es möglich, dass er plötzlich auftaucht und dann wieder im Nichts verschwindet?"

"Woher soll ich das wissen? Fest steht, dass er ein Schwein ist! Er hat Susanne verführt!"

"Und wieso kennt er deine Gedanken?"

"Verflucht, es ist mir egal. Vollkommen egal!"

"Und wieso liebst du ihn?"

"Ich *ihn l*ieben? Dass ich nicht lache! Ich werde ihn töten, verstehst du! Ich werde ihn umbringen. Noch heute Nacht. Und dann verscharren. Irgendwo im Wald. Oder besser noch in meinem Garten. Damit ich täglich auf ihn pissen kann! Ja, auf ihn drauf pissen kann. Du hast ganz richtig gehört. Er kam aus dem Nichts und dahin geht er zurück. Ich sorge dafür."

Ich drehte den Schlüssel herum. Im Schloss meines Hauses. Noch war es *mein* Haus. Susanne saß in einem der Sessel. Michael ihr gegenüber. Beide wieder bekleidet.

"Klaus, sag mal, bist du etwa betrunken nachhause gefahren?" fragte Susanne. Sagte es, als wenn nichts passiert sei. Überhaupt nichts.

Plötzlich war ich nüchtern. Glaubte ich wenigstens. "Hure!" brüllte ich, "gottverdammte Hure!"

Sie senkte betroffen den Kopf. Michael saß wieder da, als ginge ihn das Ganze nichts an. Der Wunsch ihn zu töten, ihn zu erwürgen, ihn zu entfernen aus meinem Leben, jetzt gleich, wurde übermächtig. Mit einem Wutschrei stürzte ich mich auf ihn. Legte ihm beide Hände um den Hals. Und drückte zu. So fest ich nur konnte. Ohne zu denken. Mit geschlossenen Augen. Bevor Susanne eingreifen konnte.

Doch Michael wehrte sich nicht. Wehrte sich nicht ein bisschen. Nicht einmal seine Halsmuskeln spannte er an.

Ich kann nicht beschreiben, was in diesem Moment in mir vor sich ging. Dass er sich überhaupt nicht verteidigte, wirkte auf mich wie eine Nadel, die einen bis zum Bersten mit Gas angefüllten Ballon zerplatzen lässt. In einem Moment auf den anderen erschlaffte ich. Fiel in mich zusammen. Und sah ihm erstaunt in die Augen. Die mich anlächelten. Nicht etwa ironisch. Oder gar überheblich. Auch nicht mitleidig. Oder gar schuldbewusst. Ganz im Gegenteil. Ich sah in Augen ohne List und Berechnung. Furchtlose Augen. Unschuldige Augen. Ich wusste nicht wie mir geschah, als ich zu weinen begann und dabei vor ihm in die Knie ging.

Als er mir die Hand auf die Schulter legte, wurde ich mir des sonderbaren Rollentausches bewusst. Als ob ich der Schuldige wäre! Ich befreite mich von seiner Hand und schrie ihn an: "Du behauptest ein Engel zu sein und fickst meine Frau. Hinter meinem Rücken?"

"Susanne", sagte Michael, wobei er ihr einen liebevollen Blick zuwarf, "würdest du uns bitte allein lassen?"

"Warum sollte sie gehen? Ich möchte, dass sie bleibt!" rief ich.

Susanne kämpfte offenbar einen Moment lang mit dem Verlangen, sich mir zu erklären, dann erhob sie sich und verließ uns, ohne etwas zu sagen, außer leise: "Gute Nacht."

"Du bleibst hier!" brüllte ich.

Aber sie hörte nicht auf mich.

"Wie war es bei Claudia?" fragte er, als sich die Tür hinter Susanne geschlossen hatte.

Claudia! Ich hatte nicht mehr daran gedacht, dass er um sie wusste. Aber weshalb brachte er sie jetzt ins Spiel? Gerade jetzt, auf der Anklagebank. Wollte er etwa meine Affäre als Rechtfertigung für sein hinterhältiges Handeln benutzen?

"Nein", erwiderte er, bevor ich meine Gedanken aussprechen konnte, "aber mir sei die Frage gestattet, weshalb du Susanne nicht dieselbe Freiheit einräumst wie dir?"

"Darum geht es zunächst einmal überhaupt nicht", sagte ich lautstark, "es geht vielmehr um dich und deine Freiheiten. Du bist schließlich ein Engel oder hast zumindest behauptet einer zu sein. Du hast davon gesprochen, mir irgendein Evangelium verkünden zu wollen. Du hast sogar behauptet, so eine Art moderner Jesus zu sein. Und nun erwische ich dich mit meiner Frau. Meinst du nicht auch, dass du mir eine Erklärung schuldig bist?"

"Ich denke nicht", erwiderte er, ohne zu zögern.

"Sag mir, dass ich spinne! Sag mir's!" rief ich, reckte dabei beide Arme empor und drehte mich einmal im Kreis, worauf mir schwindlig wurde. Ich ließ mich in einen der Sessel plumpsen. Kopfschüttelnd sah ich ihn an. Dann beugte ich mich weit nach vorn und hob warnend den Zeigefinger. "Du hast mich lange genug verarscht. Jetzt reicht es. Endgültig! Die Frau eines anderen zu bumsen soll zu der Botschaft eines Engels gehören! Das ist doch die Höhe! Sagt nicht eins der zehn Gebote, dass man nicht begehren soll seines Nächsten Weib?"

"Ja, das steht da. Aber es hat nichts mit dem Begehren an sich, sondern mit dem Anspruch, des Nächsten Weib zu besitzen, zu tun."

"Das ist deine verlogene Interpretation!"

"Nein, ganz und gar nicht. Das ist die einzig mögliche Interpretation. Denn da ist gleichzeitig auch die Rede von deines Nächsten Haus, Knecht, Magd, Rind, Esel und alles was sein ist, was nicht unbedingt mit sexuellem Begehren zu tun hat, oder?"

"Wo ist der Unterschied zwischen Besitzanspruch und Begehren?"

"Das muss ich doch dir nicht erklären. Oder hast du etwas dagegen, dass dich Susanne begehrt? Würdest du aber wollen, dass sie über dich verfügt, als wärest du ihr Besitz?"

"Natürlich nicht."

"Aber du betrachtest sie als deinen Besitz."

"Nein, ganz und gar nicht."

"Wieso bist du dann wütend auf sie? Hat sie nicht dasselbe Recht sich zu vergnügen wie du?"

"Hat sie, natürlich, hat sie", erwiderte ich, ohne an meine Beteuerung zu glauben, "aber dass gerade du dich mit ihr vergnügst, du als einer, der behauptet, ein Engel zu sein, das bleibt mir ein Rätsel."

"Es geht überhaupt nicht um mich."

"Um wen denn sonst bitteschön?"

"An sich geht mich das gar nichts an, aber nun muss es wohl raus. Susanne hat einen Liebhaber. Übrigens: schon einige Zeit."

Mir verschlug es die Sprache.

"Du hast ganz richtig gehört."

Ich war völlig perplex.

"Wie kommst du darauf, dass ich dich betrogen hätte? Hast du mich etwa mit ihr zusammen gesehen?"

"Das nicht, ich war nur fest davon überzeugt, dass du..." Ich stockte. Führte er mich immer noch an der Nase herum? Oder war da wirklich ein anderer Mann im Spiel? Seine

Ruhe schien die Wahrhaftigkeit seiner Aussage zu bestätigen. Niemand, der ein schlechtes Gewissen hatte, könnte so ruhig bleiben, könnte so gefasst sein, wenn er dem Betrogenen ertappt gegenüber stehen würde. Auch nicht der geschickteste Lügner. Und es stimmte auch, dass ich das Gesicht des auf dem Teppich liegenden Mannes nicht gesehen hatte, weil es hinter dem Rücken Susannes verborgen gewesen war.

"Engel haben zwar alle Freiheiten, zum Betrug jedoch eignen wir uns nicht."

Eine Weile sah ich ihn prüfend an. Ich hatte keine andere Wahl, als ihm zu glauben. Es war mir jedoch unmöglich, meine Aggressionen zu unterdrücken. "Du hast aber gewusst, dass sie es mit einem anderen Mann treibt!"

"Ich weiß auch, dass du es mit einer anderen Frau treibst."

"Warum hast du mich niemals daraufhin angesprochen?"

"Schweigen hat seine Zeit und Reden hat seine Zeit."

Ich ließ mich neben ihm auf die Couch sinken. "Ich will jetzt wissen, wie du darüber denkst."

"Entscheidend ist nicht, wie ich darüber denke, sondern wie du gegenüber Susanne empfindest, wenn du dich mit Claudia vergnügst. Empfindest du es als Treuebruch gegenüber Susanne?"

"Als Treuebruch? Nein!"

„Brichst du ihr denn nicht die Treue?"

„Äußerlich mag das aussehen. Innerlich wurde ich ihr noch nie untreu."

"Aber dennoch bist du im Zwiespalt!

"Allerdings."

"Wieso eigentlich?"

"Weil ich es hasse, sie zu belügen, sie hintergehen zu müssen."

"Warum tust du es dann?"

"Ich habe doch gar keine andere Wahl!"

"Weshalb?"

"Ich könnte ebenso fragen, weshalb sie mich hintergangen hat?"

"Das wäre nicht geschehen, wenn Susanne nicht ebenso wie du glauben würde, ihr Verhältnis verheimlichen zu müssen."

Ich lachte laut auf und schlug mir mit der flachen Hand auf die Stirn. "Sag mal, bist du wirklich so naiv oder tust du nur so? Wie stellst du dir das denn vor? Hätte Susanne mich etwa um Erlaubnis bitten sollen, mit ihrem Lover hier auf dem Teppichboden herum turnen zu dürfen?"

"Nicht um Erlaubnis, aber vielleicht um Verständnis. Tatsache ist doch, dass ihr beide das Bedürfnis habt, Sex nicht ausschließlich mit eurem Partner zu erleben. Warum also nicht drüber reden, anstatt sich gegenseitig etwas vorzumachen?"

"Dann bist du also für eine offene Ehe? Es wird immer schöner."

"Ich bin weder dafür noch dagegen. Schon weil jeder Fall anders liegt, kann es kein Patentrezept geben. Und auch weil jeder Mensch andere Bedürfnisse hat. Ich versuche nur, die Wurzel eures Problems aufzuzeigen. Tatsache ist, wie gesagt, dass ihr dieses Bedürfnis, euch sexuell nicht exklusiv in der Ehe zu vergnügen, offenbar in euch tragt. Nicht nur ihr übrigens. Und nicht nur eure Generation. Kein Gebot und Verbot hat daran jemals etwas geändert. Im Gegenteil: Es hat das Bedürfnis sogar intensiviert, wie jedes Verbot."

"Du meinst doch nicht etwa, dass dieses Bedürfnis durch das Aufheben des Verbots verschwinden würde?"

"Keineswegs. Das Bedürfnis als solches würde bleiben. Ebenso wie ein Kind auch dann noch Pralinen mag, wenn man ihm nicht mehr verbietet, sich ohne vorher zu fragen, einfach zu bedienen. Wenn man ihm aber die Freiheit dazu gibt, normalisiert sich sein Bedürfnis und es muss die Eltern nicht mehr betrügen. Ähnlich würde es auch bei euch sein, wenn ihr offen miteinander reden würdet. Denn ohne Aufrichtigkeit scheitert jede Partnerschaft irgendwann. Selbst wenn man zusammen bleibt. Dauernde Unaufrichtigkeit schafft unsichtbare Barrieren, die irgendwann unüberwindbar werden."

"Ich stelle mir das äußerst problematisch vor."

"Ist es etwa jetzt weniger problematisch? Sagtest du vorhin nicht selbst, du würdest es hassen, Susanne belügen zu müssen?"

"Natürlich. Aber dass ich ihr sagen sollte: Tschüs Susanne, ich bin heute Nacht wieder mal bei Claudia, weil ich gerade geil auf sie bin, das wäre völlig unvorstellbar für mich."

"Und weshalb?"

"Weil ich mir immer vorstellen würde, wie sie zuhause innerlich leidet, während ich mich vergnüge. *Das* ist pervers.

Und viel schlimmer als mein schlechtes Gewissen. Das tut ihr schließlich nicht weh."

"Vorausgesetzt es würde ihr weh tun."

"Es würde ihr *mit Sicherheit* weh tun."

"Warum bist du dir da so sicher?"

"Wenn sie mich noch liebt, würde es ihr weh tun. Es tut mir schließlich auch weh."

"Weshalb tut es dir weh?"

"Du kannst vielleicht Fragen stellen! Natürlich weil ich sie liebe."

"Hierin muss dir widersprechen, mein Freund. Der Grund liegt vielmehr in deinem Besitzanspruch gegenüber ihr. Und in deinem verletzten Stolz. Deine Eifersucht ist durchaus kein Zeichen von Liebe."

"Ich begreife nicht, wie einer wie du diese Meinung vertreten kann! Steht nicht sogar in der Bibel, dass Sex nur innerhalb der Ehe praktiziert werden darf? Und nur der Zeugung dienen soll?"

"Keineswegs. Das ist lediglich eine theologische Interpretation. Die lustfeindliche Lehre der Kirche beruht unter anderem auf dem Ausspruch des Apostel Paulus, es wäre besser für jeden Mann, wenn er keine Frau berühren würde. Damit machte er jedoch seine individuelle Erfahrung zum Maßstab für alle anderen. Jesus sagte so etwas nie. Die neutestamentlichen Texte vermögen noch nicht einmal zu beweisen, dass er ein enthaltsames Leben führte. Es wird zwar nie erwähnt, dass er sexuelle Beziehungen unterhielt, aber das Gegenteil wird auch nirgendwo behauptet."

"Ich erinnere mich aber ziemlich genau an seinen Ausspruch, Ehebruch sei bereits, eine Frau gedanklich zu begehren."

"Und? Stimmt das etwa nicht? Beginnt nicht alles im Kopf?"

"Sicher. Aber er sagte doch auch, dass man ein begehrliches Auge lieber ausreißen und von sich werfen soll, bevor der ganze Leib in die Hölle geworfen wird."

"Das hast du dir gut gemerkt."

"Ja, weil mich dieses Gebot als junger Mann beinahe zur Weißglut brachte, als ich mit einem Mädchen ins Bett gehen wollte, das stockkatholisch war und sich mir verweigerte."

"Weil man diesen Text dazu missbrauchte, dem Mädchen zu beweisen, dass Lust etwas Schlechtes, Sündiges sei, verweigerte sie sich dir. Der Kontext aber beweist, dass es Jesus mit dieser Aussage allein darum ging, die Menschen vor den Problemen und mitunter auch vor den seelischen Höllenqualen zu bewahren, die Ehebruch nun mal mit sich bringt. Besonders in jener Zeit, in der das Gesetz des Moses verlangte, Ehebrecherinnen zu steinigen. Und in der außerdem nur die Frau Ehebruch begehen konnte, weil sie sozusagen zum Besitzstand des Mannes gehörte. Die Tatsache, dass der Mann damals nicht zum Ehebrecher werden konnte, zeigt doch nur allzu deutlich, dass es sich dabei nicht etwa um ein göttliches Gebot handelte, sondern um eine zutiefst egoistische Maßnahme des Patriarchats. Dass Jesus mit dieser unmenschlichen, frauenverachtenden Sitte keineswegs konform ging, zeigt seine Reaktion, als man ihm eine auf frischer Tat ertappte Ehebrecherin vorführte. Anstatt sich dem

Gesetz zu beugen, stellte er ihre Ankläger bloß, indem er sie aufforderte: Wer unter euch ohne Sünde ist, werfe den ersten Stein auf sie."

"Dann verstehe ich nicht, weshalb wir im Religionsunterricht lernten, Jesus habe die Lust des Fleisches als sündig bezeichnet?"

"Lies die Evangelien. Du wirst keinen einzigen Ausspruch von Jesus finden, der deine Meinung bestätigt. Selbst einer Frau, die fünf Männer hatte und in wilder Ehe lebte, machte Jesus keinen Vorwurf. Und von Maria Magdalena, die von den Klerikern als Sünderin bezeichnet wurde, ließ er sich sogar die Füße waschen und hatte auch nichts dagegen, als sie dieselben küsste, was auf ein intimes Verhältnis zu ihr schließen lässt. Mit keinem einzigen Wort wies er seine Nachfolger zu sexueller Enthaltsamkeit an. Erst seine Apostel entwickelten lustfeindliche Lehren, weil sie noch unter dem Einfluss des Zeitgeistes standen. Insbesondere der frauenfeindliche Paulus."

„Angeschmiert haben uns diese Pfaffen. Irgendwie wusste ich das schon immer", sinnierte ich vor mich hin.

"Es gibt kein effizienteres Mittel, um Macht über euch zu gewinnen, als sexuelle Lust als Sünde zu brandmarken. Denn der Orgasmus ist eine Form der Ekstase, die, wie jede Ekstase, das Bewusstsein verändert. Für Sekunden fühlt ihr euch überaus glücklich, befreit, verzückt, emporgehoben, der Welt entrückt. Wobei ihr vom Prinzip her dasselbe Terrain betritt, das du während deiner Nahtoderfahrung erlebtest. Und weil ihr als Menschen letztlich in allem nichts anderes sucht, als euren eigenen Ursprung, sehnt ihr euch so sehr nach dieser Explosion der Gefühle, die euch die Wurzel eurer Existenz wie kaum eine andere Erfahrung erleben lässt. Deshalb ist es Unsinn, Sexualität zu verwerfen- oder sie zu sublimieren-, also veredeln, zu wollen. Ihr werdet umso weniger Probleme haben, desto unkomplizierter ihr mit euren sexuellen Bedürfnissen umgehen könnt."

"Du plädierst also für außerehelichen Sex?"

"Der ist immer mit Problemen verbunden, wenn er auch nicht mehr zur Steinigung führt, wie zur Zeit des Nazareners."

"Und was schlägst du vor? Soll man diesen Wunsch etwa verleugnen?"

"Verleugnung hieße ihn zu intensivieren."

"Dann bleibt doch nichts anderes übrig, als ihn auszuleben?"

"Ihn auszuleben bringt meistens Probleme für eine bestehende Partnerschaft mit sich, vor allem dann, wenn die Partner nicht zu differenzieren vermögen zwischen Liebe und Lust."

"Dann gibt es offensichtlich keinen Ausweg aus diesem Dilemma?"

"Es gibt einen Ausweg."

"Dann nenne ihn mir."

"Du musst ihn selbst finden."

"Und wo soll ich ihn suchen?"

"Du brauchst ihn nicht suchen. Am Ende des Labyrinths erwartet er dich."

"Was für ein Labyrinth?"

"Behalte unser Gespräch gut im Gedächtnis. Am letzten Tag werde ich dir sagen, was es mit dem Labyrinth auf sich hat."

"Wieso erst am letzten Tag?"

"Weil meine Antwort dann besser in den Kontext passen wird. Schließlich schreiben wir einen Roman und sollten uns nicht allzu oft wiederholen."

Mittwoch, zweiundzwanzigster Juni

Ich erwachte durch lautes Stimmengewirr, das vom Wohnzimmer zu mir in den ersten Stock hinauf drang. Jeder dieser schrillen Töne schien mir einen Schlagbohrer in den Schädel zu treiben. Langsam, wie durch einen Nebel, erinnerte ich mich an den gestrigen Abend. Sah wieder Susanne vor mir. Nackt. Mit einem anderen Mann. Sah dann, wie ich Michael würgte. Wie er mich ansah. Mit diesen Augen, die nicht lügen konnten.

Es war stockdunkel. Wo war ich überhaupt? Im Gästezimmer, stellte ich fest, nachdem es mir nach einigem Suchen gelungen war, die Nachtischlampe anzuknipsen. Das Licht tat meinen Augen weh. Ich wühlte meinen schmerzenden Kopf in das Kissen. Außerdem war mir speiübel. Ich wollte mich erheben, um eine Tablette zu nehmen, fühlte mich aber so schwach, dass ich das Aufstehen immer wieder verschob. Bis das Geschrei schließlich dermaßen anschwoll, dass ich es nicht mehr aushielt im Bett. Was war da unten nur los? Langsam, ganz langsam schob ich meinen Körper aus den Federn. Als ich endlich auf wackligen Füßen stand, fuhren schmerzhafte Stiche durch meinen Kopf. "Scheiß Sauferei!" brummte ich vor mich hin und schlurfte ins Bad. Gott sei Dank waren Schmerztabletten im Schrank. Ich nahm gleich zwei auf einmal und stellte mich dann unter die Dusche. Das heiße Wasser auf meiner Haut tat mir unsagbar gut. Nach meiner jahrelangen Gewohnheit duschte ich auch an diesem Morgen eiskalt. Woraufhin ich mich etwas besser fühlte.

Ich kleidete mich an. Noch immer hörte ich Stimmen, allerdings nicht mehr so laut wie zuvor. Gerade als ich die Treppen heruntergehen wollte, kam mir Michael entgegen und schob mich sacht in das Zimmer zurück.

"Was ist denn da unten los?" fragte ich.

"Journalisten", erwiderte er, "sie erkundigen sich nach mir, wegen des Unfalls vorgestern und wegen des Mädchens."

"Woher wissen sie, dass du, dass wir...?"

"Erinnerst du dich an den Videofilmer in der ersten Reihe der Gaffer?"

"Ja natürlich."

"Er hat alles gefilmt und den Film an einen Privatsender verkauft, der ihn gestern Abend im Fernsehen brachte. Bemel sah den Bericht, erkannte mich wieder und ging sofort zur Presse. Erzählte ihnen, dass er mich kenne und dass ich jener Mann sei, von dem er in der letzten Talkshow gesprochen habe. Er könne unmöglich weiterhin meinen Aufenthaltsort verschweigen, weil ihm klar geworden wäre, dass ich ein Verführer sei, der durch das vermeintliche Wunder die Aufmerksamkeit der Menschen auf sich richten wolle, wahrscheinlich, um eine neue, gefährliche Sekte zu gründen. Dem müsse er nun auf das Entschiedenste entgegentreten. Dass er mich damit erst recht populär macht, ist ihm natürlich nicht bewusst."

"Und? Was hast du ihnen gesagt?"

"Ich bin offiziell überhaupt nicht im Hause."

"Ich dachte, Engel würden nicht lügen?"

"Taktik", erwiderte er und lachte dabei vergnügt, "es ist wie beim Schachspiel. Da kann man dem Gegner auch nicht verraten, was man gerade zu tun gedenkt. Ein guter Schachspieler wird sogar versuchen, den Gegner zu täuschen, um ihn dann ganz plötzlich zu schlagen. Susanne macht das übrigens ganz fabelhaft."

Erst in diesem Moment wurde mir bewusst, dass die Presse ganz sicher auch unser Haus und meinen Namen in Zusammenhang mit dem Engel nennen würde. "Was sagt sie ihnen denn?" fragte ich.

"Dass ich auf Besuch bei euch sei und das der Bischof offensichtlich unter Wahnvorstellungen leidet. Und das ist ja nicht einmal eine Lüge! Sämtliche Religionen beruhen auf Wahnvorstellungen."

"Ich kann nicht verstehen, weshalb du diese Chance nicht wahrnimmst, um mit den Reportern zu reden."

"Weil die Dramaturgie des Roman anders verläuft. Lass uns nicht mehr darüber reden. Denn so wie es ist, ist's perfekt."

Wir hörten, wie die Eingangstür zuschlug. Ich ging zum Fenster und sah insgesamt vier Reporter, drei Männer und eine Frau, durch unseren Garten gehen. Zwei von ihnen fotografierten vor dem Gartentor unser Haus.

Wenig später betrat Susanne den Raum. Sie war so aufgeregt wie ein achtzehnjähriges Mädchen, dem man gerade eine Karriere als Model versprochen hatte. Offenbar hatte sie völlig vergessen, was gestern Abend passiert war. Dass noch eine Menge Unausgesprochenes zwischen uns stand, denn sie gab mir einen Kuss auf die Wange, wie jeden Morgen und begann dann frank und frei zu erzählen, was sie die Reporter gefragt hätten und was sie ihnen zur Antwort gegeben hatte.

Michael zeigte sich sehr zufrieden darüber.

"Sie haben Bilder von mir gemacht, die morgen in der Tageszeitung erscheinen. Und nächste Woche in einigen Zeitschriften."

"Schöne Scheiße", sagte ich, wandte mich ab, und sah zum Fenster hinaus. Ein fetter Kolkrabe hüpfte auf unserem Pfirsichbaum schwerfällig von Ast zu Ast.

"Wieso?" fragte Susanne, "gönnst du mir nicht, dass mal ein Bild von mir in der Zeitung erscheint?"

"Ich hab nicht das geringste Interesse mit religiösen Schwärmereien in Verbindung gebracht zu werden. Sehe schon die Schlagzeilen vor mir: Beherbergt arbeitsloser Manager gefährlichen religiösen Verführer? Oder: Bischof Bemel ist sich ganz sicher: Im Haus seines früheren Mitschülers Klaus Andor fand ein religiöser Fanatiker Unterschlupf. Und daneben ist dann ein Foto meiner Frau und eins von unserem Haus abgebildet. Damit sind mir sämtliche Chancen verbaut, einen neuen Job zu kriegen."

„Daran habe ich nicht gedacht", sagte sie kleinlaut.

Als ich mich zu ihr umwandte, war Michael verschwunden.

Eine Zeitlang sahen wir beide betreten zu Boden.

"Er hat es dir gesagt", begann sie schließlich.

"Was gesagt?"

"Dass *er* es nicht war gestern Abend."

"Hat er, ja hat er." Ich wandte mich von ihr ab, sah wieder zum Fenster hinaus. Der Kolkrabe saß jetzt auf dem Rasen und zog einen dicken Wurm aus dem Boden. Wie beneidete ich doch diesen schwarzen Gesellen um die problemlose Art seiner Existenzsicherung.

"Klaus, bitte glaub' mir. Es war nicht mehr als ein Spiel."

Nicht wesentlich anders hätte ich ihr meine Beziehung zu Claudia erklärt, wenn sie mich mit ihr erwischt hätte. Eigentlich hatte ich nicht den geringsten Grund, ihr böse zu sein. Oder gar verletzt. Aber meine Gefühle sträubten sich gegen die logischen Argumente meines Verstandes. Ich wäre nicht in der Lage gewesen, sie einfach zu umarmen und alles zu vergessen.

"Wer ist es überhaupt?" fragte ich.

"Du kennst ihn nicht. Ich habe ihn im Fitnessstudio kennengelernt. Etwa vor einem halben Jahr."

„Seit wann zieht es dich zu Bodybuildern?"

„Er gehört nicht zu diesen aufgeblähten Muskelpaketen."
„Wie alt ist er denn?"

Ihre Antwort kam etwas verspätet. „Etwa zehn Jahre jünger als ich." Sie schien meine Gedanken zu kennen und kam meiner nächsten Frage zuvor. „Frag' mich jetzt bitte nicht, was er haben könnte, was du nicht hast oder so. Es ist... eben passiert. Ich weiß letzthin nicht wieso."

Ich fühlte mich ertappt. "Liebst du ihn?" fragte ich nach einer Weile. Als ich die Frage stellte, schwankte meine Stimme.

Ihre Antwort kam erst nach einer Weile. "Er ist mir sehr sympathisch, aber ich liebe ihn nicht, jedenfalls nicht so wie dich."

"Gib mir ein wenig Zeit", sagte ich leise, "ich brauche ein wenig Zeit. Geh' jetzt bitte."

Bevor sie aus dem Zimmer ging, trat sie zu mir und strich flüchtig über mein Haar.

Als ich sie die Treppen hinuntergehen hörte, ließ ich mich auf das Bett fallen und weinte in mein Kissen. Wie früher als Kind. Hemmungslos.

Am Nachmittag rief ich Claudia an.

Sie sagte, am nächsten Tag habe sie frei.

Sie freue sich auf mich.

Sie würde auch für mich kochen.

Ich könne auch über Nacht bleiben.

Ich sagte zu.

Donnerstag, dreiundzwanzigster Juni

Claudia stand diesmal nicht halbnackt hinter der Tür, als sie mich gegen ein Uhr nachmittags einließ. Im Gegenteil: In einem hochgeschlossenen Kleid begrüßte sie mich. Ihr Gesicht war ein einziger Vorwurf. Sie hatte diesmal auch nicht für mich gekocht, sondern in der Mikrowelle lediglich eine tiefgefrorene Pizza für zwei achtundneunzig erhitzt. Der Salat bestand aus einigen welken Salatblättern, lieblos übergossen mit einem Fertigdressing, von dem sie wusste, dass ich es nicht ausstehen konnte. Messer und Gabel lagen über Kreuz neben dem Teller. Ihre erste Handlung bestand darin, mir wortlos den Regionalteil der Tageszeitung zu reichen. Ich war darauf vorbereitet, denn ich hatte diesen Artikel bereits gelesen.

"Ich weiß was dort steht."
"Ah ja?"

"Warum bist du so ärgerlich, Claudia."

Sie hatte mir den Rücken zugekehrt, als ich fragte. Nun sah sie mich an. "Ich bin wohl nur zum Ficken gut, was?" fauchte sie.

Ich fragte mich, was eigentlich der Grund für meine Zurückhaltung gewesen war, ihr über den Besuch des Engels keine Auskunft zu geben. Ich fand kein Motiv und gab ihr dies ehrlich zur Antwort.

Sie streckte ihren Arm aus und wies drohend mit dem Zeigefinger auf mich. "Wenn ich nur fürs Bett gut bin, kannst du bleiben wo der Pfeffer wächst, Klaus."

"Unsinn, du weißt ganz genau, dass ich nicht einer von der Sorte bin."

"Das dachte ich auch. Zumindest bisher. Es ist mir unverständlich, weshalb du diesen religiösen Fanatiker oder was immer dieser Mensch ist, bisher mit keinem *einzigen* Wort erwähnt hast. Obwohl er schon drei Wochen dein Gast ist."

"Er behauptet wirklich ein Engel zu sein."

"Wie bitte?" Sie setzte sich zu mir an den Tisch.

Ich wiederholte meine Aussage.

"Aber deine Frau widersprach doch der Behauptung des Bischofs?"

„Sie hat ihr nicht widersprochen."

„Doch, hat sie!"

Während Claudia in der Zeitung nach der Stelle suchte, sagte ich: „Sie sagte lediglich Herr Engel *würde behaupten*, ein richtiger Engel zu sein. Mit dieser Aussage widersprach sie der Behauptung des Bischofs nicht."

Sie sah auf. „Scheint ziemlich clever zu sein, deine Frau. Aber weshalb gab sie es nicht zu?"

"Der Engel – Quatsch, ich meine Michael – sagt, es gehöre zu seiner Taktik, die Leute in Unkenntnis darüber zu lassen." Und dann erzählte ich ihr die ganze Geschichte. Von Anfang an.

"Das ist ja unglaublich, unglaublich", rief sie währenddessen immer wieder euphorisch. Vergessen war ihre Wut. Am Ende war sie völlig aus dem Häuschen und bedrängte mich, ein Treffen mit ihm zu arrangieren.

"Ich weiß nicht, ob er das will."

"Dann frag' ihn, Klaus, bitte frag' ihn. Es wäre das schönste Geschenk, das du mir machen könntest."

Etwa zum selben Zeitpunkt klingelte es an der Wohnungstür unseres Hauses. Zwei Männer und eine Frau, alle mittleren Alters, begehrten Einlass, um Herrn Engel zu sprechen. Auf Susanne machten sie den Eindruck von Ökos. Die Männer ohne Krawatten, mit T-Shirts und zerknitterten Leinenhosen bekleidet, schulterlangen Haaren und schmalen Gesichtern, die keinerlei gesunden Farbton aufwiesen. Die Frau mit runder Nickelbrille, glatten, ungepflegten Haaren, einem mausgrauen, total ausgeleierten Sweatshirt und ausgewaschenen Jeans. Ihre nackten Füße steckten in ausgelatschten Jesussandalen. Einen der beiden Männer glaubte sie schon einmal gesehen zu haben. Sie wusste nur nicht mehr wo.

"Was wollen Sie denn von Herrn Engel?" fragte Susanne.

"Wir hätten einige Fragen an ihn."

"Er ist nicht da, tut mir leid", erklärte sie ihnen.

"Könnten wir vielleicht einen Augenblick mit Ihnen sprechen", bat die Frau, "nur einen Moment."

Susanne zögerte, weil ihr die Leute nicht sonderlich sympathisch waren, doch ihre anerzogene Höflichkeit überwog und so bat sie sie schließlich herein. Nachdem sie im Wohnzimmer Platz genommen hatten, stellten sie sich Susanne vor. Einer der Männer als Religionswissenschaftler. Der andere, dessen Gesicht ihr auf Anhieb bekannt vorgekommen war, stellte sich als jener Autor heraus, der in der Talk-Show über die Kirchenaustritte anwesend gewesen war und interessiert nach dem Engel gefragt hatte, als Bemel von ihm erzählte. Die Frau stellte sich als seine Gattin heraus und half ihm beim Recherchieren.

Der salopp gekleidete Religionswissenschaftler fragte Susanne, wie sie Herrn Engel kennengelernt habe und wo, woraufhin ihn Susanne belog und ihn als einen meiner Geschäftspartner ausgab.

Der Mann grinste unverhohlen: "Frau Andor, zu uns können Sie ehrlich sein. Wir wissen genau, dass Herr Engel kein Geschäftspartner Ihres Mannes ist."

"Was macht Sie so sicher?"

"Alles spricht dafür, dass er nicht nur Engel heißt, sondern ein Engel ist."

Susanne fragte sich, woher diese Leute ihre Gewissheit nahmen. Als würde er ihre Gedanken erraten, begann ihr der Autor den Grund zu erklären. "Alle Seher weisen auf eine Zeit hin, in der sich das Zeitalter wendet. Und unsere Berechnungen zeigen, dass es sich um das Jahr zweitausendzwölf handeln muss. Also bereits in achtzehn Jahren. Wenn dieses Zeitalter anbricht, werden weitaus mehr Menschen über ASW verfügen, als dies heute der Fall ist."

"Was ist ASW?" fragte Susanne.

"Außersinnliche Wahrnehmung bedeutet das", erklärte die Gattin des Autors mit glänzenden Augen, "wozu jedoch nicht nur Intuition, sondern auch Psychokinese, Präkognition, und so weiter gehören."

"Aha", sagte Susanne, als wüsste sie, was gemeint war, obwohl sie sich unter den beiden zuletzt genannten Begriffen wiederum nichts vorstellen konnte.

"Alles wird sich dann ändern", fuhr der Autor euphorisch fort, "die Wissenschaft, die Medizin, die Technik, der Verkehr, das Staatswesen, die ganze Art, wie wir heute leben. Und zwar einfach deshalb, weil man auf jedem Gebiet ASW einsetzen wird. Weil ASW endlich nicht mehr das Gebiet einiger Spinner, sondern ein anerkanntes Instrument der Politik und Wissenschaft sein wird. Dann werden wir endlich Mittel und Wege finden, um die drohenden Umweltkatastrophen abzuwenden. Wir werden wissen, wie man die Ozonschicht regeneriert. Wir werden in umweltfreundlichen Autos fahren. Der Verbrennungsmotor wird der Vergangenheit angehören. Eine völlig neue Energiequelle wird man entdecken, die Atomkraft und Öl vollständig ersetzt. Neue umweltschonende Materialien und Stoffe werden entdeckt, die das Abholzen des Regenwaldes unnötig machen. Und auch die chemische Industrie. Die Menschheit wird sich mit Licht ernähren, so dass wir nicht einmal mehr vegan leben müssen. Auch eine neue Währung und ein völlig anders organisiertes Bankwesen wird es dann geben, das die Reichen nicht immer reicher und die Armen nicht immer ärmer macht. Und alle Nationen werden schließlich geeint sein, nicht nur auf dem Papier."

"Und was hat das alles mit Herrn Engel zu tun?" fragte Susanne, die sich in ihrer Meinung bestätigt fand, dass es sich bei diesen Leuten um irgendwelche Ökoidioten handeln musste.

"Darauf wollte ich gerade zu sprechen kommen. Ein Engel wird in den geheimen Schriften der größten Seher als Vorbote des neuen Zeitalters angekündigt."

"Und sie glauben tatsächlich, dass Herr Engel dieser Vorbote sein wird?"

"Richtig und dafür gibt es verschiedene Gründe. Einer davon ist der gegenwärtige Zeitpunkt. Ein anderer der Ort, an dem er sich aufhält. Außerdem hat er dieses Kind vom Tod auferweckt ..."

Susanne unterbrach ihn. "Viele Mediziner sind anderer Meinung."

"Aber der Arzt stellte Herzstillstand fest. Und blieb dabei, selbst nachdem einige seiner Kollegen diese Diagnose hinterfragten. Hinzu kommt, dass Bischof Bemel mit solch ungewöhnlicher Vehemenz gegen den Engel vorgeht, denn Bemel repräsentiert die katholische Kirche, in der Apokalypse als großes Babylon allegorisiert, die Mutter der Hurerei und aller Gräuel auf Erden, die betrunken von dem Blut der Heiligen ist. Die Kirche hat von jeher all jene verfolgt und getötet, die uns der Himmel gesandt hat. Denken Sie nur an die Zeit der Inquisition."

"Und daraus schließen Sie, dass unser Bekannter der von diesen Sehern prophezeite Vorbote des neuen Zeitalters ist?" Sie warf den Kopf zurück und lachte lauthals.

Der Esoteriker verzog keine Miene. "Nicht allein aus den eben genannten Gründen. Hinzu kommt noch, dass ein außerordentlich qualifiziertes Medium, das wir hinsichtlich des Engels befragten, unsere Meinung bestätigte. Deshalb sind wir uns sicher: Er ist der Engel, den wir erwarten."

Sie gab sich reserviert. "Nun gut, das ist ihre Meinung. Kann ich sonst noch irgendetwas für Sie tun?"

"Ja, sagen Sie ihm bitte, dass wir bereit sind."

"Wozu bereit?"

"Wir sind seine Erwählten. Er wird uns brauchen, wenn es soweit ist."

Sie räusperte sich. "Und wo trifft er sie an, ich meine, vorausgesetzt, dass er Sie sprechen will."

"Im Hotel Ramada, dort haben wir Zimmer gebucht. Dort werden wir auf ihn warten. Er soll einfach nach Dr. Prazclaw fragen. Aber das wird er ohnehin wissen. Ich bin sogar ziemlich sicher, dass er dieses Gespräch mitbekommt."

Als sie das Haus verlassen hatten, kam ihr Michael im Foyer entgegen.

"Und? Was denkst du darüber?" fragte sie ihn.

Er schmunzelte. "Es läuft alles nach Plan."

"Bist du denn wirklich der Vorbote eines neuen Zeitalters?"

Sie hatten auf der Couch Platz genommen. Er grinste spitzbübisch und schlug ein Bein über das andere. "Ich bin ein Engel in Jeans, weiter nichts."

"Eigentlich schade."

"Weshalb?"

"Wer würde nicht aufatmen, wenn wir die Umweltprobleme endlich in den Griff kriegen würden?"

„Dabei kann ich euch leider nicht helfen."

"Soweit ich mich erinnere, wird in der Apokalypse nur von Katastrophen berichtet. Und dass unser schöner Planet Erde eines schönen Tages verglüht."

"Wenn ihr so weiter macht, könnte das natürlich geschehen."

„Weshalb sagst du, es *könnte* geschehen? Ich dachte bisher, die Apokalypse wäre ein prophetisches Buch?" Susanne ließ den Kopf hängen. Zu gern hätte sie über die Zukunft der Erde Bescheid gewusst. „Ehrlich gesagt: Ich habe keine Hoffnung mehr für unsere Welt. Die Politiker reden doch nur, tun aber nichts."

„Selbst wenn es tatsächlich keine Hoffnung mehr für den Globus gäbe, Susanne, solltest du dich nicht der Hoffnungslosigkeit überlassen. Selbst die finsterste Nacht vermag nicht die winzige Flamme einer einzigen Kerze zu überwinden. Wo sie scheint, bleibt es hell. Zünde deshalb lieber ein Licht an, anstatt die Dunkelheit zu beklagen."

Freitag, vierundzwanzigster Juni

Dermaßen wütend hatte der Sekretär seinen Bischof, dem er schon nahezu ein Jahrzehnt diente, kaum einmal erlebt. Sein Gesicht war blutübergossen und die angeschwollenen Adern an den Schläfen drohten zu platzen, als er ins Vorzimmer stürmte. In beiden Mundwinkeln waren winzige Speichelreste zu erkennen, was bei ihm immer ein Zeichen dafür war, dass er sich in Rage geredet hatte. Da er jedoch allein gewesen war in seinem Büro, konnte es sich nur um ein wütendes Selbstgespräch gehandelt haben. Sein ohnehin hässliches Gesicht wies eine geradezu frappierende Ähnlichkeit mit einer abgehetzten Bulldogge auf.

"Vermitteln Sie mir sofort ein Telefongespräch mit dem Schmierfink, der das geschrieben hat." Dabei schlug er mit der flachen Hand mehrmals auf die Zeitung, die er auf den Schreibtisch des verdatterten Sekretärs geworfen hatte. "Sobald Sie ihn dran haben, zu mir 'reinlegen!" kommandierte er in militärischem Drillton und schon war er wieder in seinem Büro, dessen Tür krachend ins Schloss fiel. Der greise Sekretär schüttelte den Kopf über das fragwürdige Verhalten seines Vorgesetzten.

Der Grund für den Zornausbruch des cholerischen Bischofs war ein Interview in einem bekannten Blatt der Boulevardpresse, das nach dem Besuch der Esoteriker bei Susanne zustande gekommen war. Denn um mein Haus herum lauerten noch immer Reporter, um den Engel in Jeans, wie man ihn mittlerweile nannte, abzufangen und zu interviewen. Als einer von ihnen die Drei aus dem Hause kommen sah und sie nach dem Grund ihres Besuches fragte, hatten die ihm brühwarm dieselbe Geschichte erzählt wie Susanne und so kam es, dass dieselbe am nächsten Tag exklusiv in jenem Blatt erschien.

Der Sekretär des Bischofs versuchte den verantwortlichen Journalisten zu erreichen, doch der war nicht zugegen.

"Dann verbinden Sie mich mit dem Redakteur", schrie Bemel in die Sprechmuschel, als es ihm der Sekretär ausrichtete.

Wenig später bekam er ihn an der Strippe. "Sagen Sie mal, haben Sie eigentlich überhaupt kein Gewissen?"

"Worauf wollen Sie hinaus, Herr Bischof?"

"Aber das wissen Sie doch ganz genau, es geht um das zutiefst blasphemische Interview in ihrer Zeitung. Man vergleicht uns dort mit der Inquisition, ja sogar mit einer Hure."

"Aber Herr Bischof, es handelt sich doch lediglich um ein Interview mit Herrn Dr. Prazclaw und nicht etwa um unsere Meinung."

"Als verantwortlicher Redakteur sollten Sie einmal grundsätzlich darüber nachdenken, ob man solche, die katholische Kirche und seine Würdenträger derart beleidigende Aussagen überhaupt drucken sollte!"

"Nach diesen Kriterien können wir leider nicht arbeiten, Herr Bischof. Das ist Ihnen doch bekannt."

"Ja ja, dachte ich mir schon, dass Sie mir so antworten würden. In Wahrheit ist für Sie nur die Höhe der Auflage wichtig. Und umso schmutziger, umso perverser, um so degenerierter ein Artikel ist, desto höher wird sie. Ethische Maßstäbe sind doch der Presse völlig gleichgültig geworden. Ach, was sage ich da, sind ihr noch niemals wichtig gewesen!"

"Ich mache Ihnen einen Vorschlag Herr Bischof. Damit Sie sehen, dass es uns keineswegs gleichgültig ist, wie ein hoher Würdenträger der Kirche über uns denkt. Wenn Sie wollen, schicke ich Ihnen noch heute einen unserer Mitarbeiter vorbei und Sie machen eine Gegendarstellung, die schon morgen erscheinen wird."

"Einverstanden, er soll kommen, aber bitte bald, ich habe nur heute Nachmittag zwischen zwei und drei Uhr Zeit."

"Das wird äußerst schwirig, aber ich werde es arrangieren. Das verspreche ich Ihnen, Herr Bischof."

Ich fühlte mich an diesem Tag nicht sonderlich wohl. Mit Claudia hatte es am gestrigen Tag sexuell überhaupt nicht geklappt und von Susanne fühlte ich mich immer noch hintergangen und konnte nichts gegen das Gefühl der Distanz tun, das in mir entstanden war, nachdem ich sie auf frischer Tat ertappt hatte. Irgendwie wurde mir das alles zu viel. Ich bekam die Dinge nicht mehr auf die Reihe. Nun sollte ich auch noch ein Treffen zwischen Michael und Claudia arrangieren.

Nachdenklich lag ich auf meiner Liege im Garten, als das Telefon klingelte. Kurze Zeit später erschien Susanne auf der Terrasse. "Für dich Klaus!" rief sie mir zu und übergab mir den Hörer.

Am Apparat war der Chefarzt der Krebsklinik in Oberstaufen, in welche man meine Mutter vor ein paar Tagen überwiesen hatte. "Herr Andor, was ich Ihnen jetzt sagen muss, tut mir sehr leid, aber mit Ihrer Mutter geht es zu Ende. Wenn Sie sie noch einmal lebend sehen wollen, sollten Sie noch heute anreisen. Sie liegt bereits im Koma."

Ich hatte gewusst, dass sie nicht mehr lange zu leben hatte. Hatte gewusst, dass dieser Anruf kommen würde. Bald kommen würde. Doch nun, als es geschah, begannen meine Knie zu zittern. Susanne stand hinter mir. Sie hatte während des Gesprächs zaghaft ihren Kopf auf meine Schulter gelegt.

"Vielen Dank für den Anruf", sagte ich mit heiserer Stimme, "ich komme noch heute." Dann legte ich auf.

"Ich packe nur noch ein paar Sachen zusammen", sagte Susanne.

"Ist gut", erwiderte ich und ging hinaus in den Garten, wo ich mich in einen der Gartenstühle fallen ließ und vor mich hin starrte.

Frisch gemähter Rasen.
Farbenprächtige Blumen.
Fröhliches Vogelgezwitscher.
Lachende Kinder in Nachbars Garten.
Strahlend blauer Himmel.
Leichte Brise. Angenehm auf der Haut.
Aber in Oberstaufen lag meine Mutter im Sterben.

Samstag, fünfundzwanzigster Juni

Wir hatten bis vier Uhr morgens gewacht. Abwechselnd. Am Bett meiner sterbenden Mutter. Dann waren wir zu unserem Hotel gefahren und hatten geschlafen. Völlig erschöpft. Am nächsten Morgen um zehn Uhr waren wir wieder in der Klinik. Susanne und ich.

Als wir das Krankenzimmer betraten, hatte der Arzt gerade seine Visite abgeschlossen. Mit ernstem Gesicht kam er auf mich zu und bat mich zu einer Unterredung auf den Korridor. "Aufgrund ihres starken Herzens hat sie letzte Nacht wider alle Erwartung noch durchgehalten, aber diese schafft sie aller Wahrscheinlichkeit nach nicht mehr", sagte er.

"Kann ich damit rechnen, dass sie noch einmal aufwacht?"

"Wohl kaum Herr Andor und selbst wenn es geschähe, würde sie Sie nicht mehr erkennen, weil die Metastasen, zwei Tage bevor sie ins Koma fiel, in ihr Gehirn eingedrungen sind."

"Warum haben Sie mich nicht benachrichtigt, als das geschah?"

"Das wollte ich ihnen ersparen, Herr Andor, da wir wussten, dass sie nur noch wenige Tage zu leben hat. Sie redete nur noch wirres Zeug und erkannte weder mich noch die Krankenschwestern."

"Mein Gott!"

Er legte eine Hand auf meine Schulter. "Sie ist bald erlöst. Sie müssen jetzt stark sein."

Susanne saß bei ihr und hielt ihre schlaffe, abgemagerte Hand, als ich das Zimmer wieder betrat. Ihre Augen waren starr zur Decke gerichtet. Ich beugte mich über sie. "Mutti", sagte ich, "Mutti, ich bin's."

Da begannen ihre Augen zu flackern und fixierten meinen Blick. Dann bewegte sich ihr Mund. Ich konnte sie nicht verstehen und neigte mein Ohr ganz nahe zu ihren Lippen herab. Und da hörte ich sie "Klaus" sagen. Und noch einmal: "Klaus." Ganz leise. Kaum noch vernehmlich. Erschüttert sah ich sie an. Sah ihre eingefallenen Wangen. Ihren Kahlkopf. Die dünnen, ausgemergelten Arme. Ihre Mundwinkel verzogen sich zu einem kaum merklichen Lächeln. Dann wurde ihr das Bewusstsein wieder genommen.

Ich versuchte es noch einmal. Aber ihre Augen blieben bewegungslos. Starr zur Decke gerichtet.

"Sie hat mich erkannt!" sagte ich zu Susanne.

Susanne nickte und lächelte mir mit tränenverhüllten Augen zu.

Wenig später öffnete sich die Tür und Jacob stürzte herein. Auch er hatte am gestrigen Abend ein Zimmer in dem Hotel belegt, das wir bewohnten. Ich hatte ihn noch nie so gesehen: Die Schultern weit nach vorne gebeugt, als läge eine Zentnerlast auf ihm. Die Arme hingen herab, als wollte er sie nie mehr benutzen. Sein Gesicht war ein einziger Schmerz. Die Augen gerötet. Erstaunlicherweise war er nicht betrunken.

Er fiel vor ihrem Bett auf die Knie, nahm ihre kalten Hände in seine, sah sie eine Zeitlang nur an, rief einige Male ihren Namen, legte dann, nachdem sie ihm nicht antwortete, seinen Kopf auf den Rand des Bettes und schluchzte wie ein kleines Kind. Völlig haltlos.

Susanne streichelte ihm mitleidsvoll über den Kopf. Ich aber spürte nur Genugtuung in mir, als ich das Häuflein Elend vor mir liegen sah.

Nach etwa drei Stunden konnte ich das rasselnde Atmen meiner sterbenden Mutter nicht mehr ertragen. "Susanne, wir sollten uns abwechseln. Möchtest du zuerst?"

"Geh nur", sagte sie, "ich werde hier bleiben."

Jacob bat mich, mit mir hinaus gehen zu dürfen, aber ich lehnte ab. Ich wollte allein sein. Außerdem war ich nicht in der Lage, mir sein andauerndes Wimmern weiterhin anzuhören.

Draußen hatte es leicht zu regnen begonnen. Die imposanten Gipfel der Allgäuer Alpen, die Oberstaufen umgeben, waren von dunklen Gewitterwolken verhüllt. Es war so schwül, dass mir das Atmen schwer fiel. Ich ging zum Auto und holte den Schirm. Spannte ihn auf. Während der Regen immer heftiger auf die Bespannung des Schirms prasselte, lief ich einen schmalen, gewundenen Weg entlang, der in den Park des Krankenhauses führt und von hohen Birken gesäumt wird. Nach einer Weile drehte ich mich um. Die Klinik. Ein grauer, unansehnlicher Kasten. Mein Blick suchte das Fenster des Zimmers, in dem meine Mutter ihren letzten Kampf kämpfte. Dritter Stock. Das letzte, ganz links. Mein Herz krampfte sich wieder schmerzhaft zusammen. Sinnlos erschien mir das Leben. Wozu hatte Mutter gelebt? Wozu überhaupt leben? Irgendwann würde auch ich sterben müssen. Irgendwann stirbt ein jeder.

Als ich Susanne zum achten Mal abgelöst hatte, es war bereits kurz vor Mitternacht, verließen uns beide die Kräfte. Der keuchende Atem meiner Mutter, das ewige Sitzen, der faulige Geruch des Todes in dem engen Raum, das Warten auf ihren letzten Atemzug, hatte unsere Nerven zermürbt. Die diensthabende Schwester bot uns an, die Wache zu übernehmen und sofort im Hotel anzurufen, wenn es zu Ende gehen würde. Da entschlossen wir uns, ein paar Stunden zu schlafen.

Während der Fahrt ins Hotel ging das Gewitter nieder, das sich schon am Nachmittag angekündigt hatte. Unzählige Blitze fuhren in schneller Folge hernieder und das Krachen des lange anhaltenden, rollenden Donners vermittelte den furchterregenden Eindruck, als brächen die Berge auseinander und stürzten polternd als riesige Felsbrocken ins Tal, um den Ort unter sich zu begraben. Innerhalb kurzer Zeit war die Straße von dem sturzflutartigen Regen so überflutet, als wäre ein Fluss über die Ufer getreten.

Weltuntergangsstimmung.

Als wir im Bett lagen und das Licht gelöscht war, überkam mich eine abnorme Lust, Susanne zu nehmen. Als ich sie berührte, spürte ich, dass sie es ebenfalls wollte. Dass sie ebenso fühlte. Wir rissen uns gegenseitig die wenigen Textilien vom Leib. Unsere nackten Körper drängten mit der Gier wilder Tiere zueinander. Wir waren einander lediglich Objekt der Begierde. Ins Dunkel der Nacht gehüllt, benutzten wir uns gegenseitig, als wären wir einander im Herzen fremd. Ebenso wie das Licht der niedergehenden Blitze immer nur Fragmente unseres Körpers aufleuchten ließen, blieb uns in jener Nacht der Teil des anderen verborgen, den man Seele zu nennen pflegt. Es war, als könnten wir durch die Flucht in die pure Lust dem drohenden Tode entrinnen. Dem Tod, dem nicht nur meine Mutter geweiht war. Der früher oder später auch zu uns kommen würde.

Danach lagen wir weit entfernt voneinander. Ohne uns zu berühren. Ohne noch etwas zueinander zu sagen.

Sonntag, sechsundzwanzigster Juni

Knapp vier Stunden später weckte uns das Telefon auf. Morgens um vier. Ich war sofort hellwach. Nahm den Telefonhörer ab. Die Klinik. Der Todeskampf hatte begonnen. Während ich mich anzog, zitterte ich am ganzen Leib.

Wir sprangen ins Auto. Fuhren die kurze Strecke zur Klinik. Betraten den Aufzug. Hinauf in den dritten Stock. Hasteten den Gang entlang. Nach hinten bis zum letzten Zimmer. Wo Mutter lag.

Ich erschrak, als wir das Zimmer betraten. So laut ging ihr Atem. So fürchterlich rasselnd. Und keuchend.

Ich setzte mich auf den Stuhl, der direkt vor dem Bett stand. Nahm ihre Hand. Eisig kalt. Die Haut so dünn und trocken wie Pergament. Die Augen noch immer geöffnet. Und starr zur Decke gerichtet. Ich meinte Angst in ihnen zu sehen. Die Schwester verließ uns. Jacob war noch im Hotel.

Wir hatten ihn nicht geweckt. Wir waren allein. Und so hilflos. So völlig hilflos.

Plötzlich war Michael da. Saß bei ihr. Auf der anderen Seite des Bettes. Und legte ihr sacht die Hand auf die Stirn. Sagte ihr etwas ins Ohr. Woraufhin sich ihr Atem beruhigte.

Er sah mich an. Lächelte mir ermutigend zu. Als wäre der Tod ein alltäglicher Vorgang. "Bald wird sie ihren geschundenen Körper verlassen können", sagte er.

Angst überfiel mich. Grauen vor dem geheimnisvollen Dunkel des Todes.

"Fürchte dich nicht", sagte er, "es gibt keinen Tod."

"Ihre Atmung ist wieder normal", bemerkte Susanne.

"Weil sie jetzt weiß, was geschieht. Ich habe es ihr gesagt."

"Was hast du ihr gesagt?" fragte ich.

"Dass sie sich bereit machen soll für das Durchschreiten der Drehtür."

"Aber sie hat doch überhaupt kein Bewusstsein mehr!"

"Das täuscht. Bewusstsein vermag sich nur nicht mehr durch sie zu äußern. Aber sie realisiert uns. Realisiert, dass wir hier sind. Realisiert, was wir sagen."

"Sie atmet nicht mehr", rief Susanne.

Wenig später begann sie wieder zu atmen. Ein paar Mal. Dann setzte der Atem wiederum aus.

"Sei ohne Angst", sagte Michael zu meiner Mutter, "du hast es gleich geschafft. Verlass jetzt dein zerstörtes Gefährt. Halte nicht mehr an ihm fest."

Sie atmete noch einmal ein.

"Jetzt geschieht es", sagte Michael.

Ich sah, wie ihre Augen brachen. Sah einen Leichnam. Meine Mutter war tot. Ich schloss ihre Lider. Und weinte.

Nach einer kurzen Unterredung mit dem diensthabenden Arzt, der uns mit aufgesetzter Trauermiene seine Anteilnahme bekundete, fuhren wir zurück ins Hotel. Die dunkle Wolkenwand hatte sich aufgelöst. Hinter den Berggipfeln ging die Sonne auf. Ein neuer Tag brach sich Bahn. Ohne Rücksicht auf all jene zu nehmen, die in Trauer versinken. Für die der helle Tag ebenso undurchdringlich dunkel bleibt wie die Nacht. Das Leben ging weiter. Wir packten und fuhren wenig später nach Hause.

Montag, siebenundzwanzigster Juni

Schon am frühen Morgen war es geradezu unerträglich heiß, verbunden mit hoher Luftfeuchtigkeit. Obwohl ich geduscht hatte, klebten meine Kleider wenig später auf meiner Haut, als hätte ich einen anstrengenden Tagesmarsch hinter mir. Ich saß in meinem Büro und starrte hinaus in den Garten. Meine Augen schmerzten und waren vom Weinen gerötet. Erst im Morgengrauen war ich in einen unruhigen Schlaf gefallen und fühlte mich stumpf und leer.

Susanne war unterwegs. Um alles für die Überführung zu regeln. Und für die Beerdigung, die übermorgen stattfinden sollte. Ich war froh, dass sie mir diese Arbeit abnahm. Denn ich war wie gelähmt.

Meine Erinnerung schweifte zu dem Zeitpunkt zurück, als Susanne und ich von der Klinik zurückgekehrt waren und im Hotel einen starken Kaffee zu uns genommen hatten. Wie ich danach an die Zimmertür Jacobs geklopft hatte. Wie ich dann hineinging, nachdem er "Herein" gesagt hatte. Wie er da stand, neben dem Bett, erst halb angezogen. Erst mit einem Bein in der Hose. Wie er mich ansah, mit diesen fragenden Augen. Mit diesen ängstlichen Augen. Wie ich ihm dann sagte, dass Mutter tot sei. Gestorben. Vor genau einer Stunde. Ohne zu weinen hatte ich es gesagt. Mit fester Stimme. Scheinbar gefasst. Ganz sachlich und nüchtern. Genauso sachlich und nüchtern, wie er mir damals, vor vielen Jahren mitgeteilt hatte, dass ich ins Internat kommen würde. Und dass ich meine geliebte Mutter nur noch zu Weihnachten und während der Schulferien sehen würde. Ich erinnerte mich, wie ich langsam auf ihn zuging, nachdem er zusammengebrochen war, schluchzend und zusammengekrümmt auf dem Fußboden liegend. Wie ich über ihm stand. Weit über ihm. Wie ich ihm sagte, wiederum ganz nüchtern und sachlich, dass ich ihn von nun an nicht mehr kennen würde. Dass er für mich genauso tot wäre wie meine Mutter. Dass er mich nie mehr anrufen brauche, weil ich ohnehin wieder auflegen würde. Und uns nie mehr besuchen solle, weil unsere Tür geschlossen bleiben werde für ihn. Als hätte er niemals existiert. Als gäbe es ihn überhaupt nicht. Als wäre er weniger noch als ein Furz, um den man sich zumindest insofern kümmert, als man naserümpfend den Gestank wahrnimmt, den er verbreitet. Mitten hinein in seinen furchtbaren Schmerz hatte ich ihm das gesagt. Ganz sachlich und nüchtern. Ich wusste, dass meine Worte seine geschundene Seele durchbohren würden. Viel schlimmer durchbohren würden wie die scharfe Klinge eines spitzen Dolches.

Es war meine Rache gewesen. Er tat mir nicht leid. Er hatte sie umgebracht. Er. Nicht der Krebs. Er hatte ihr Leben zerstört. Er hatte sie betrogen, belogen und hintergangen. Rücksichtslos. All die vielen Jahre. Unwiederbringliche Jahre.

Wiederum läutete es an der Haustür. Mindestens zum zehnten Mal schon an diesem Tag. Ich öffnete nicht. Denn ich wusste, wer vor der Tür stand: Reporter. Sie waren noch immer hinter dem Engel her. Wollten ihn interviewen. Diese Hyänen.

Gegen vier Uhr hielt ich es nicht mehr aus. Wutentbrannt riss ich die Tür auf. "Haben Sie eigentlich überhaupt keinen Anstand!" schrie ich.

"Es ist mein Job", entgegnete die junge Dame, die geläutet hatte und deren ungewöhnlich gutes Aussehen mich gleich ein wenig versöhnlicher stimmte.

"Ich habe einen Todesfall in der Familie. Bitte belästigen Sie uns nicht mehr."

"Oh, das wusste ich nicht. Mein tief empfundenes Beileid. Handelt es sich um einen nahen Angehörigen?"

"Um meine Mutter. Sie ist gestern gestorben."

"Ihre Mutter! Das tut mir wirklich leid. Entschuldigen Sie, Herr Andor." Sie trat einen Schritt zurück.

"Sie konnten es ja nicht wissen."

"Wohnte Ihre Mutter denn hier bei Ihnen?"

"Nein, sie wohnte in meiner Heimatstadt."

"In Ihrer Heimatstadt! Dann sind Sie nicht in Karlsruhe geboren?"

"Nein in Kaufbeuren."

"Kaufbeuren im Allgäu?"

"So ist es."

"Oh, ich kenne Kaufbeuren, ein schönes Städtchen. Wird sie dort beerdigt?"

"Nein, sie wird hier beerdigt. Übermorgen."

"Ja, dann will ich Sie nicht länger stören." Sie wandte sich um.

"Hören Sie", sagte ich, weil mir ihre unaufdringliche Art imponierte und auch, weil ich schönen Frauen noch nie widerstehen konnte, "was wollten Sie denn wissen?"

Sie wandte sich um. "Sind sie denn in der Lage auf meine Fragen zu antworten?"

Ich nickte und bat sie herein. Doch als wir gerade Platz genommen hatten, kam Michael die Treppen herunter und machte sich mit ihr bekannt. Sie stellte ihm viele Fragen, doch er beantwortete sie nichtssagender als ein mit allen Wassern gewaschener Politiker.

"Sie kann sicherlich besser schreiben als ich", sagte ich, als sie aus dem Haus war.

"Oh ja, sie ist gut", sagte er nicht ohne Bewunderung.

"Warum muss es dann gerade ich sein?"

"Das haben sich alle gefragt, denen ein Engel begegnete. Auch die Journalistin hätte sich das gefragt."

"Damit du es weißt: Ich werde kein Buch schreiben."

"Warum?"

"Warum? Warum? Weil ich es nicht kann! Und weil ich keinen Sinn darin sehe. Außerdem: Du meinst doch nicht im Ernst, dass sich ein Verlag für so eine völlig verrückte Geschichte mit einem Engel interessiert? Einem Engel in Jeans, der behauptet, so eine Art moderner Jesus oder Buddha zu sein. Du meinst doch nicht im Ernst, dass mich irgendwer ernst nehmen würde? Oder gar dich?"

"Wäre das meine Absicht, würde ich mich nicht verborgen halten. Doch auch wir Engel lernen dazu. Früher, da traten wir als Apostel der Wahrheit auf. Ließen uns verspotten. Ließen uns einsperren, schlagen, foltern, ja töten. Doch was geschah? Immer pervertierte man die Wahrheit nach unserem Weggang. Entstellte sie. Jedes Mal. Und all jene, die sie entstellten, gaben sich als Hüter der Wahrheit aus. Hunderte, ja Tausende von Lehren und Sekten entstanden deshalb, Gruppen und Grüppchen, die allesamt von sich behaupten, sie hätten die Wahrheit gepachtet. So dass, außer den wenigen Kranken und Schwachen, die sich in irgendeines dieser mehr oder minder maroden Systeme verirren, niemand mehr an uns glaubt. Da änderten wir unsere Taktik. Wenn wir ohnehin jedes Mal zur Legende werden, oder zu einem Märchen, dann schreiben wir es uns selbst und nehmen keine Opfer mehr auf uns, die ohnehin niemand zu würdigen weiß."

"Aber was bringt das? Selbst wenn man ein Buch über dich läse, würde man es anschließend zur Seite legen und es vergessen, wie jeden anderen Roman."

Michael lächelte hintergründig und sagte: "Höchstwahrscheinlich!"

Dienstag, achtundzwanzigster Juni

Als die drei Esoteriker, die noch immer im Hotel Ramada wohnten, am nächsten Morgen in der Zeitung lasen, dass die Mutter des Freundes des Herrn Engel gestorben sei, arrangierte der prominente Doktor Prazclaw am Nachmittag eine Pressekonferenz, anlässlich derer sie verlauten ließen, der Engel werde ganz sicher die Gelegenheit nutzen, um sie vom Tod aufzuerwecken. Wie Jesus es mit Lazarus tat. Und sich bei dieser Gelegenheit offenbaren. Als Vorbote des neuen Zeitalters. Dies habe ihnen jenes Medium prophezeit, das sie auch über seine wahre Identität aufgeklärt habe. Da ihre Weissagungen bisher mit einer Erfolgsrate von über fünfundneunzig Prozent eingetroffen wären, habe man keinen Zweifel an ihrer Glaubwürdigkeit. Die letzten achtzehn Jahre vor der Zeitenwende im Jahre zweitausendzwölf werde er dann benutzen, um alle Erwählten zu trainieren, ihre ASW zu erwecken, damit die sterbende Welt gerettet werde und eine neue, atemberaubende Epoche beginnen könne, wie sie alle großen Seher vorausgesagt hätten. Da auch einige Fernsehleute anwesend waren, wurde die Konferenz in einem der Abendprogramme übertragen. Auch wir saßen vor dem Bildschirm.

"Ich begreife nicht, wie diese Leute es schaffen, dass so ein Stuss im Fernsehen übertragen wird", empörte ich mich kopfschüttelnd.

"Zum einen, weil die Leute immer noch rätseln, wer dieser Herr Engel wohl ist", erklärte Michael, "und weil sie wie eh und je süchtig nach Wundern sind. Und dass die Medien diese Geschichten bringen, ist doch wohl klar, denn sie brauchen vor allem hohe Einschaltquoten. Und die sind ihnen bei dem Interesse, das augenblicklich für mich besteht, durchaus sicher. Das Thema ist dabei Nebensache. Hinzu kommt, dass der Autor ziemlich populär ist."

"Was macht ihn eigentlich so sicher in seinen haarsträubenden Behauptungen?"

"Was alle, die an eine Heilslehre glauben, sicher macht. Befindet man sich erst innerhalb eines bestimmten Lehrsystems, kommt man unausweichlich zu bestimmten Schlussfolgerungen. Denk doch mal nach: Diese Leute glauben an eine Zeitenwende im Jahr zweitausendzwölf, die ein himmlischer Bote einleiten wird. Und weil gerade sie diese vermeintliche Wahrheit gefunden haben, fühlen sie sich natürlich als seine Erwählten. Jahrelang haben sie auf sein Erscheinen gewartet. Außerdem haben sie nur noch achtzehn Jahre Zeit, um ihre Vision bestätigt zu sehen. Da erscheine ich plötzlich auf der Bildfläche. Entreiße ein Menschenleben dem sicheren Tod. Werde von einem hohen Würdenträger der Kirche angegriffen. Alles kommt damit so, wie sie es aufgrund ihrer Interpretation irgendeines prophetischen Textes voraussahen. Ein Medium bestätigt ihnen zudem, dass ich der von ihnen Erwartete bin. Es bleibt ihnen doch gar keine andere Wahl, als an mich zu glauben."

"Ich möchte nicht in ihrer Haut stecken. Die sind doch völlig erledigt, wenn ihre Hoffnung morgen enttäuscht wird."

"Sie werden weder enttäuscht noch erledigt sein."

"Wieso denn das?"

"Weil sie irgendeinen Grund finden werden, der ihnen die Illusion ihres Glaubens erhält. Die Christen glauben schon seit nahezu zweitausend Jahren an die Wiederkunft Christi. Generation für Generation. Wie oft hat irgendein kluger Rechner den genauen Zeitpunkt seines Kommens geweissagt? Obwohl sie sich jedes Mal irrten, warten sie immer noch auf die Erfüllung seiner falsch interpretierten Verheißung."

Gegen zweiundzwanzig Uhr traf meine Schwiegermutter ein. Ich hatte sie schon mindestens ein halbes Jahr nicht mehr gesehen. Sie wollte nach der Beerdigung nur noch einen weiteren Tag bleiben. Mir war das recht, weil ich mich mit ihr nicht sonderlich gut verstand. Mit ihrem Vater, dem Susanne in vielerlei Hinsicht ähnelte, war das ganz anders gewesen. Ich hatte es sehr bedauert, als er vor zwei Jahren an einem Schlaganfall gestorben war. Er war sein Leben lang Geschäftsmann gewesen und hatte mir so manchen guten Ratschlag gegeben. Manches Mal dachte ich, er wäre sicher ein guter Vater für mich gewesen.

Natürlich wusste meine Schwiegermutter durch die Presse auch von Herrn Engel und fragte ihm geradezu ein Loch in den Bauch. Einmal mehr bewunderte ich seine Geduld. Und seine Schlagfertigkeit. Auch sie brachte nicht das Geringste aus ihm heraus.

Ich empfand die heiße Diskussion um seine Identität angesichts des morgen stattfindenden Begräbnisses meiner Mutter völlig unpassend und bat um Verständnis, noch einen Abendspaziergang machen zu wollen. Doch als ich aus dem Haus trat, war ich wenig später von vier Journalisten umzingelt. Wütend kehrte ich um und ging zu Bett. Ich hätte einiges darum gegeben, das Rad der Zeit vordrehen zu können, um dem Rummel, den die Beerdigung meiner Mutter sicherlich mit sich bringen würde, entgehen zu können. Weil ich nicht zur Ruhe kommen konnte, nahm ich Valium. Susanne unterhielt sich bis spät in die Nacht mit ihrer Mutter. Ich hörte sie nicht mehr, als sie sich neben mich ins Bett legte.

Mittwoch, neunundzwanzigster Juni

"Hast du denn etwas dagegen, wenn ich euch begleite?" fragte mich Michael am Morgen während des Frühstücks. Etwas in mir rebellierte gegen seine Anwesenheit am Grab meiner Mutter, aber ich war viel zu kraftlos, um seine Bitte abzulehnen. Erst als wir ins Auto einstiegen, fiel mir auf, dass er wie immer Jeans trug. Jeans und Jeansjacke. Offenes Hemd.

"Hältst du diese Kleidung nicht für etwas unangemessen?" fragte ich ihn.

"Nein", erwiderte er, "ich hoffe nur, dass sie dich nicht stört."

Ich schüttelte verständnislos den Kopf und fuhr los. Darauf kam es nun auch nicht mehr an.

Ich hatte damit gerechnet, dass die Übertragung der Pressekonferenz im Fernsehen einige Neugierige anziehen würde, die sich ansonsten nicht im Geringsten um die Beerdigung meiner Mutter scheren würden. Dass aber Hunderte von Menschen, sowie ein Heer von Journalisten und Kameraleuten vor den Toren des Friedhofs auf uns warten würden, übertraf meine schlimmsten Erwartungen.

"Was hast du uns da eingebrockt!" warf ich Michael vor, bevor wir ausstiegen.

Jacob kam auf uns zu. Mit einer Alkoholfahne, die ich bereits roch, als er noch einen Meter von mir entfernt war. Er suchte meinen Blick. Ich schenkte ihm keine Beachtung. Susanne warf mir einen bösen Blick zu, küsste ihn auf die Wange und hakte ihn unter. Es würde das letzte Mal sein. Da war ich mir sicher.

Außer uns Vieren gab es aus unserer nächsten Verwandtschaft niemanden, der meiner Mutter die letzte Ehre erwies. Ihre beiden Schwestern, sowie deren Männer waren bereits gestorben und zu meinen Kusinen war vor einigen Jahren gänzlich die Verbindung abgerissen. Aus dem Verwandtschaftskreis meiner Frau wollte schon bei Lebzeiten niemand etwas mit meiner Mutter zu tun haben. Der Grund dafür war natürlich Jacob und sein Alkoholismus. Meine Schwiegermutter war nur erschienen, weil ihre Tochter mit mir verheiratet war. Lediglich einige unserer Bekannten und Nachbarn waren gekommen.

Ein Blitzlichtgewitter ging auf uns nieder, bevor wir den Weg zur Aussegnungshalle antraten, die bis auf den letzten Stehplatz besetzt war, als der Priester seine Predigt begann. Dann wurde der Sarg zu Grabe getragen.

Vor dem offenen Grab lag eine Spannung in der Luft, wie man sie ansonsten nur bei der Beerdigung bekannter Persönlichkeiten des öffentlichen Lebens erlebt. Die Aufmerksamkeit galt jedoch nicht meiner toten Mutter. Aller Augen waren auf Michael gerichtet. Verdammt, dachte ich, hätte ich ihm nur nicht erlaubt mitzukommen, obgleich ich mitnichten mit dem Wunder der Auferstehung rechnete.

Am Ende der Zeremonie sprach der Priester die altbekannten Worte: "Erde zu Erde, Staub zu Staub, der Herr gebe ihrer Seele den ewigen Frieden." Dann nahm er die bereit stehende Schaufel zur Hand und warf mit ihr etwas Erde ins Grab. Er nickte mir auffordernd zu, dasselbe Ritual zu vollführen.

Als Jacob vor dem Grab stand, befürchtete ich für einen Moment, dass er hinein fallen würde, so unsicher stand er da auf seinen wackligen Beinen. Ein Weinkrampf schüttelte ihn, als er wieder in die Reihe der nächsten Angehörigen zurück trat.

Dann kam Michael auf den Plan. Noch heute jagt mir ein eiskalter Schauer über den Rücken, wenn ich mich daran erinnere. Der Priester hatte sich schon zum Gehen umgewandt, als er zwei Schritte nach vorne machte und vor das Grab trat. Er blickte nicht hinab. Er warf auch keine Erde hinein. Er sah vielmehr ringsum in die Gesichter der Menschen, deren Augen wie gebannt auf ihn blickten. Kameras begannen zu surren. Journalisten drängten nach vorn und brachten pietätlos ihre Fotoapparate in Position. In den hinteren Reihen begannen sich die Hälse zu recken. Die Esoteriker und ihre Anhänger, welche auf der anderen Seite des

Grabes standen, sahen einander verheißungsvoll an. Mindestens zwei Minuten stand er so vor dem Grab. Und zwei Minuten sind lang, wenn Menschen ein Wunder erwarten.

"Die meisten von euch sind hierher gekommen", sagte er dann in die angespannte Stille hinein, "um ein Wunder zu erleben. Das Wunder der Auferstehung von den Toten. Mit anderen Worten: Klamauk!" Vielstimmiges Raunen erhob sich. Wiederum ließ er etwas Zeit verstreichen und sah von einem zum andern. Schließlich setzte er seine Rede fort. „Das Wunder aller Wunder ist bereits geschehen. Und geschieht in einem fort. Aus dem Nichts heraus erscheinen Lebensformen, unter anderem jene, die man Menschen nennt. Sie amüsieren sich, lachen und weinen, lieben und hassen, jubeln und trauern, fühlen sich großartig und beschissen, befreit und gefangen, himmelhoch jauchzend und zu Tode betrübt. Und wenn sie schließlich wieder verschwinden, dann nennt ihr das Tod. Obwohl es keinen Tod gibt. Denn dieses Spiel, das man Existenz nennt, hat niemals begonnen und wird daher auch niemals enden. Und letztlich ist es nicht mehr als ein flüchtiger Traum." Dann sah er noch einmal in die Runde und trat langsam zurück.

Als die Esoteriker durch das Friedhofstor traten, war die Hölle los. Sie wurden von den Menschen beinahe erdrückt. Vor allem ihre eigenen Anhänger drangen auf sie ein und erkundigten sich aufgeregt, weshalb ihre Voraussagen nicht eingetroffen seien. Fernsehreporter kommentierten vor laufenden Kameras, dass man ohnehin nichts anderes erwartet habe und dass nun wohl endgültig bewiesen sei, dass die wunderbare Rettung des Kindes auf der Autobahn eben doch keine Totenerweckung war, sondern eine wie auch immer zustande gekommene Wiederbelebung. Menschen standen da und dort in Gruppen zusammen und diskutierten das ungewöhnliche Medienspektakel.

Auch den Engel versuchte man zu interviewen, fragte ihn nach seiner Herkunft, fragte ihn, in welcher Beziehung er zu mir stehe, fragte ihn, was er studiert habe, was er von Beruf sei, woran er glaube, welcher Art seine Religion sei, doch er wiederholte immer nur ein- und denselben Satz: "Alles, was ich Ihnen zu sagen habe, haben Sie bereits gehört." Wobei er apart lächelte und sich auch durch den aufdringlichsten Frager nicht zu einer weiteren Antwort überreden ließ.

Als wir uns nach nahezu einer halben Stunde endlich zum Auto vorgearbeitet hatten, verschlug es mir beinahe den Atem. Claudia stand vor dem Heck.

Ich tat so, als würde ich sie nicht kennen und wartete, bis Susanne und ihre Mutter eingestiegen waren. Den Engel umlagerten noch immer Reporter.

"Claudia", zischte ich, "bist du verrückt?"

"Ich musste ihn sehen! Ich musste ihn einfach sehen!"

"Nun hast du ihn ja gesehen!" Verschwinde so schnell wie möglich, wollte ich ihr damit bedeuten. Aber sie schien mich nicht zu verstehen.

"Seine kurze Grabrede war großartig. Machst du mich mit ihm bekannt?"

"Etwa jetzt? Wie stellst du dir denn das vor?"

Michael hatte sich endlich aus der Menge gelöst und kam auf uns zu. "Hallo Claudia", sagte er, als wäre sie eine alte Bekannte und gab ihr die Hand, "wir werden uns bald sprechen, aber nicht jetzt." Dann öffnete er die Wagentür und stieg ein.

Sie stand da mit offenem Mund. Wie angegossen.

Bevor ich die Wagentür öffnete, flüsterte sie: "Ich bin morgen zu hause."

"Tschüs", sagte ich leise und stieg ebenfalls ein.

Susanne war unser kurzes Gespräch nicht entgangen, wie ich zwei Tage später feststellen sollte.

Donnerstag, dreißigster Juni

Claudia fiel aus allen Wolken, als sie uns am frühen Nachmittag vor der Tür stehen sah. Michael hatte mich überredet, sie zu besuchen, um sein Versprechen einlösen zu können. Da wir schon zuhause gegessen hatten, waren wir lediglich durstig. Es war tropisch heiß an diesem dreißigsten Juni. Sie brachte uns gekühltes Mineralwasser.

„Schön hast du es hier", sagte Michael, während er in ihrer Wohnung umherblickte.

"Ich habe so viele Fragen, so viele Fragen. Ich weiß gar nicht, wo ich anfangen soll!" sagte sie. Ich hatte sie noch nie so nervös und hektisch erlebt.

"Denk nicht drüber nach, geh nach deinem Gefühl", empfahl ihr Michael und setzte sich auf einen der Sessel.

Claudia ließ sich auf dem Boden nieder und saß im Schneidersitz vor ihm. "Also gut", begann sie aufgeregt,

„war ich in einem meiner früheren Leben eine Prinzessin, ein Prinz, eine Königin oder ein Kaiser?"

Er lachte. "Woher willst du so genau wissen, dass du dem Adel angehört hast?"

"Schau dich hier um, dann weißt du warum." Sie wies auf die Wand mit den Postern und Karten von Schlössern. "Es gibt nichts, was mich mehr anzieht und fasziniert als diese Schlösser. Wenn ich es mir leisten könnte, würde ich in einem wohnen. Als ich zum ersten Mal Neuschwanstein besuchte, hatte ich bei der Führung das Gefühl, als würde ich jeden der Räume bereits kennen."

"Dann wirst du wahrscheinlich einmal in diesem Schloss gelebt haben", sagte Michael amüsiert lächelnd, wobei er sich zurücklehnte und die Beine übereinander schlug.

"Ja, schon, sicher, aber wer war ich damals? Etwa nur eine Kammerzofe oder ein Küchengehilfe?" Vor Aufregung begann sie, an ihren Fingernägeln zu kauen.

"Du warst noch nie etwas anderes als das was du bist."

Sie runzelte die Stirn. "Kapiere ich nicht!"

"Hast du denn nicht gehört, was ich gestern am Grab sagte?"

"Natürlich. Du sagtest das Wunder der Auferstehung sei bereits geschehen und geschehe andauernd irgendwo auf der Welt."

„Du hast offenbar nur gehört, was du hören wollest, Claudia. Ich bestätigte mit diesen Worten mitnichten das traditionelle Konzept der Reinkarnation."

„Sondern?"

„Ich sprach von dem Wunder der Existenz. Und dass das Leben nur ein flüchtiger Traum ist, in dem alle Lebensformen erscheinen. Natürlich auch deine Person."

„Ich bin also nur *einmal* auf der Welt? Ich war noch nie hier und komme nie wieder?" Sie blickte trauriger drein als ein Bernhardiner.

„Im Gegenteil: Du wirst wieder und wieder erscheinen. Nur eben nicht mehr als Claudia. Claudia gibt's nur einmal und dann niemals wieder. Und das erscheint nur dann problematisch, solange du glaubst, Claudia zu sein."

„Wer sollte ich denn sonst sein?"

„Das, worin Claudia erscheint. Und das ist Bewusstsein."

„Bewusstsein?"

„Oder Gewahrsein."

„Sagt mir ebenso wenig."

„Was geschieht denn wenn du morgens vom Schlafe erwachst? Nimmst du dann nur Claudia wahr oder auch das was sie umgibt?"

„Natürlich auch das was mich umgibt!"

„Könnte denn Claudia das Wunder der Existenz erleben ohne das was Claudia umgibt?"

Sie schüttelte den Kopf.

„Weshalb bist du denn dermaßen auf die Person fixiert, die Claudia heißt?"

Sie dachte eine Weile nach. „Weil ich mich als Claudia fühle und das, was mich umgibt, schlicht als das, was Claudia umgibt."

„Die Luft, die dich umgibt ist also nicht was du bist, sehr wohl aber die Lunge, die in Claudia fürs Ein- und Ausatmen sorgt?"

„So gesehen bin ich natürlich auch die Luft, die mich umgibt."

„Und weit mehr als das. Du bist die Welt! Denn Claudia kann nicht nur ohne Luft, sondern ebenso wenig auch ohne Erde, ohne Sonne, ohne Erde, ohne Beziehungen, ohne all das, was die Existenz ausmacht, erscheinen. Wenn Claudia aber ohne die sie umgebende Welt nicht erscheinen kann, wie sollte sie dann und vor allem in was hinein inkarnieren?"

„Also gibt's keine Reinkarnation?"

„Die entscheidende Frage ist: *Wer* oder *was* inkarniert? Personen in jedem Fall nicht, denn sie sind das Ergebnis, wenn das, was formlos ist, Form annimmt. Und dann erscheinen eben nicht nur Personen, sondern ein Erlebniskosmos, in dem sie unter anderem erscheinen."

„Ich fühle mich aber nicht *als* Welt, sondern als Claudia *in* der Welt. Wenn ich Welt bin, warum habe ich dann nicht das klare Empfinden Welt zu sein?"

„Weil es fürs alltägliche Leben nicht nützlich wäre. Die Identifikation mit einer spezifischen Lebensform ist notwendig, um das Spiel Existenz, wie ihr es kennt, überhaupt spielen zu können."

Claudia blieb eine Weile schweigend sitzen und starrte vor sich hin, als habe ihr Verstand ausgesetzt. Dann erhob sie sich abrupt und fragte, ob wir etwas trinken wollten. Wir bejahten und als sie mit drei Gläsern Wasser zurückkehrte, wechselte sie das Thema. Ich nahm an, dass sie erst einmal verdauen musste, dass Michael das Reinkarnationskonzept, an dem sie so lange hing, innerhalb weniger Minuten platt gemacht hatte.

"Was denkst du eigentlich über meine Beziehung zu Klaus?" fragte sie ihn.

"Was genau meinst du?"

"Verurteilst du sie?"

"Verurteilst du sie denn?"

"Wieso ich?"

"Weil nur du und du ganz allein für dein Leben verantwortlich bist. Weder ich, noch Klaus, noch sonst irgendwer."

"Und was sagt Gott dazu?"

"Richte die Frage an ihn!"

"Du bist ihm sicher näher als ich."

"Weit gefehlt. Wie könnte *dein* Gott mir näher sein?"

"Aber beten die Menschen denn nicht zu ein und demselben Gott?" fragte Claudia.

"Vordergründig schon. Aber im Inneren ist sich ein jeder selbst Gott. Daher gibt es ebenso viele Interpretationen Gottes wie es Menschen gibt. Gott kann nicht auf einen Namen reduziert werden. Gott fasst auch kein theologisches System. Gott bist du selbst im Kern deines Wesens."

"Und wenn er jemandem sagt, er solle einen anderen töten?"

"Hast du ihn dies jemals in dir sagen hören?"

"Ich nicht, aber gibt es denn nicht solche Menschen, die glauben im Auftrag Gottes töten zu müssen? Sprach nicht der Mörder John Lennons von einem göttlichen Befehl, den er im Inneren hörte? Und hat nicht dieser verrückte Sektenführer in Waco seine Anhänger in den Tod geführt?"

"Geistesgestörte finden immer ein Argument, um ihre Taten zu rechtfertigen."

"Aber wenn sie es nun wirklich in sich hören?"

"Dann wird sie wohl niemand daran hindern können!"

"Und warum lässt Gott diese schrecklichen Dinge überhaupt zu?"

"Würde diese unsinnige Frage entstehen, wenn ihr nicht an Gott glauben würdet? Noch dazu an einen, der euch Menschen gleicht. Weshalb er auch so unendlich viele menschliche Attribute besitzt. Könnten Ameisen über ihren Ursprung nachdenken, würde ihr Gott sicherlich einer Ameise gleichen. Wenn es jedoch euren erfundenen Gott tatsächlich gäbe, wäre es nur legitim, ihm die Gefolgschaft zu verweigern. Denn er wäre mit jemanden zu vergleichen, der eine Treppe heimlich mit Schmierseife einreibt und den Gestürzten nach seinem schmerzhaften Fall für seine Unvorsichtigkeit auch noch rügt und bestraft."

"War immer schon meine Rede", sagte ich, "die Religionen sind von Menschen erfunden."

"Das ist nur die halbe Wahrheit, Klaus. Denn die Menschen sind in Wahrheit Spielfiguren eines kosmischen Spiels. Eine Art Labyrinthspiel, in dem sich die Figuren zurecht finden müssen. Und so erfanden sie, nach ihrer eigentlichen Herkunft tastend und suchend, alle möglichen Religionen und Philosophien. Manches entspricht der Realität. Anderes entspringt schlicht ihrer Phantasie. Aus diesem

Grund sind Realität und Illusion in allen Weltanschauungen heillos vermengt."

"Heißt das denn, dass wir diesem Labyrinth niemals entfliehen können?" fragte Claudia.

"Zunächst einmal ist dieses Labyrinth nur ein Spiel und damit Illusion. In keinem Moment seid ihr wirklich in ihm gefangen. Denn ihr seid in Wahrheit das, worin es sich spielt. Nur als Figuren seid ihr in das illusorische Labyrinth integriert. Aber es ist sehr wohl möglich, den Ausgang zu finden."

Claudia sah ihn erwartungsvoll an. "Und wie soll das funktionieren?"

"Frag' Klaus", sagte Michael, „allerdings erst, wenn ich nicht mehr unter euch bin. Dann wird er es nämlich wissen und es dir mitteilen können. Obgleich er selbst nicht davon überzeugt sein wird."

Freitag, erster Juli

Nun gab es keine Möglichkeit mehr. Ihre Mutter war wieder nach Hause gefahren. Wir waren allein. Susanne stand mit dem Rücken vor der geschlossenen Tür. Beängstigend nahe, in meinem Arbeitszimmer, nur etwa zwei Meter von mir entfernt. Und sah mich durchdringend an. Die Arme vor der Brust verschränkt.

Wann immer Susanne diese Position einnahm, gab es kein Entrinnen, wenn man nicht seinen ganzen Willen aufbot. Oder die Spielregeln außer Kraft setzte. Herum schrie. Ausfällig wurde. Meißner Porzellan an die Wand warf.

Ich wusste, sie würde hartnäckig bleiben. Selbst wenn ich zu einem Befreiungsschlag ausholen würde, zu dem ich jedoch viel zu kraftlos war nach allem, was in der letzten Woche passiert war.

Wie gesagt: Sie stand an der Tür. Und sah mich an. Sah mich einfach nur an. Ich hatte nicht den Mut, ihren Blick zu erwidern. Heute war sie der Sieger. Ich kam mir klein vor und schuldig.

"Wir sollten reden", sagte sie schließlich.

"Ich bin mir nicht sicher, ob es was bringt."

"Das wird sich zeigen."

"Es könnte noch mehr kaputt gehen."

"Haben wir denn eine andere Alternative?"

Ich zuckte die Achseln.

"Sollen wir uns etwa für den Rest unseres Lebens anschweigen? Was ist los mit dir Klaus? Das ist doch sonst nicht deine Art! Wo bleibt deine Löwennatur?"

Sie hatte ihre Stimme ein wenig erhoben und das machte mich aggressiv. Schließlich war sie erwischt worden. "Du tust gerade so, als ginge es um einen kaputten Teller oder um den abgebrochenen Henkel einer alten Tasse. Aber immerhin hast du mir die Treue gebrochen!" Was war ich doch für ein Heuchler! Schließlich gab es nur einen einzigen Unterschied zwischen ihrem und meinem Ehebruch: Ich hatte sie dabei erwischt. Sie mich nicht.

"Ich habe dir nicht die Treue gebrochen. Sag das bitte nicht noch mal!"

"Ach ja! Wie würdest du es denn nennen?"

"Es ist ein Unterschied, ob man jemanden begehrt oder ihn liebt, ihm sein Herz schenkt, verstehst du!"

Sie hatte ja recht! Sie hatte ja so verdammt recht! Am liebsten hätte ich es ihr bekannt. Alles bekannt. Auch das mit Claudia und mit mir. Aber irgendetwas hielt mich zurück. Irgendein verborgenes, undefinierbares Etwas hielt mich noch immer zurück. Und sagte mir, dass ich wütend zu sein hatte. Sagte mir, dass ich mich ansonsten zum Affen machen würde.

Wir hätten wahrscheinlich noch Stunden, noch Tage, vielleicht sogar noch Wochen auf diese Weise miteinander gestritten, immer und immer wieder miteinander gestritten, wenn sie nicht vorgestern, als wir ins Auto einsteigen wollten, Claudia bemerkt hätte. Und wenn sie nicht instinktiv gewusst hätte, dass diese Frau nicht irgendeine Frau war.

Sie stieß sich von der Tür ab, kam langsam auf mich zu, beugte sich zu mir hinab, zog mein Kinn sanft nach oben und suchte meinen Blick. "Sag mal Klaus", sagte sie dann, "bist *du* mir eigentlich treu?"

Ich konnte diesen wissenden Blick nicht ertragen und entwand ihr mein Kinn. Sah zu Boden.

Sie lachte auf.

Ich wurde wütend.

Sie lachte noch einmal. Irgendwie süffisant. "Sie ist schön", sagte sie, "hast einen guten Geschmack. Und sie ist jung. Schätze noch nicht mal dreißig. Oder täusche ich mich?"

Es hatte keinen Sinn mehr zu lügen.

"Was bist du doch für ein Heuchler!" sagte sie, nachdem ich ausgepackt hatte.

"Unsinn, ich wollte dich nur nicht verletzen."

„Wie lange kennst du sie schon?"

Ich wollte lügen, überlegte es mir dann aber doch anders. Egal was dabei herauskommen würde. Irgendwann musste Schluss sein mit dem Betrug. "Vier Jahre", sagte ich ziemlich betreten.

Über ihr Gesicht huschte ein Schatten. Ihr Kehlkopf machte einen Sprung. An dem Bissen hatte sie offenbar gewaltig zu schlucken. Ich merkte, wie schwer es ihr fiel, die Fassung zu wahren. Bevor ich etwas sagen konnte, hatte sie die Tür geöffnet und den Raum verlassen.

„Susanne!" Ich erhob mich und rannte ihr nach.

Sie stand schon an der Garderobe und zog sich eine Jacke über. „Was hast du vor?" fragte ich.

Sie schwieg, sah mich auch nicht an. Hätte ich doch nur die Schnauze gehalten! Offen miteinander reden, wie es Michael empfohlen hatte, das mochte unter Engeln funktionieren, bei Menschen aus Fleisch und Blut konnte es nur zu Frustration und Streit führen.

Bevor sie das Haus verließ, sagte sie: „Ich muss das erst mal verdauen. Bitte versteh!" Ihre Stimme zitterte und obwohl ich ihr Gesicht nicht sehen konnte, wusste ich, dass sie weinte.

Sie ließ mich den ganzen Nachmittag allein. Auch der Engel ließ sich nicht blicken, obwohl ich hoffte, mit ihm reden zu können.

Als ich gegen Abend am Bücherregal stand und dort ein Buch suchte, mit dem ich mich ablenken könnte, fiel mein Blick auf unsere Videokassetten. Wie lange war es eigentlich her, dass ich mir unser Hochzeitsvideo angesehen hatte?

Viele Jahre musste das her sein. Ich zog es hervor und machte mich auf den Weg zu unserem Videorecorder.

Die langweilige Rede des Standesbeamten ließ mich kalt. Doch als ich Susanne auf seine Frage, ob sie meine Frau werden wolle „Ja" hauchen hörte und ihren verliebten Blick sah, trieb es mir die Tränen in die Augen. Wie intensiv war unsere Liebe gewesen. Wie leidenschaftlich hatten wie füreinander empfunden. Ich hatte nur Augen für sie. Und sie nur für mich. Unmöglich war es uns damals erschienen, dass unsere Beziehung ein ähnliches Schicksal erleiden sollte wie bei all den Ehepaaren, von deren Affären und Bettgeschichten wir wussten. Und nun? Unsere Ehe war nicht, wie wir damals fest glaubten, die rühmliche Ausnahme unter all den abgeflachten Beziehungen unseres Bekanntenkreises geblieben. Nicht nur bei mir, auch bei Susanne war die Exklusivität, mit der wir füreinander empfanden, von jenen tierhaften Impulsen zerstört worden, die viele, ob sie es nun wollen oder nicht, über kurz oder lang in das prickelnde Abenteuer unverbrauchter, neuer Fleischeslust treiben. Deprimiert schaltete ich das Videoband ab und gab mich dem Selbstmitleid hin.

Susanne kam erst spät am Abend zurück. Eine Weile saß sie nur da. Mir gegenüber. Schweigend. Den Blick zu Boden gesenkt. Ich befürchtete einen Wutausbruch. Oder Tränen. Doch keines von beidem geschah.

"Liebst du sie?" fragte sie schließlich mit heiserer Stimme.

"Ich liebe dich."

"Das war nicht meine Frage."

"Ich liebe sie anders als dich. Sie gibt mir das Gefühl des Jungseins zurück."

"Hast du nie daran gedacht, dich von mir zu trennen?"

"Nicht einen Augenblick."

"Und wie steht es mit ihr? Will sie mit dir leben?"

"Sie ist das unabhängigste Wesen, das ich kenne, Susanne. Nein, sie ist sich darüber im Klaren, mit niemandem zusammen leben zu können. Auch nicht mit mir."

"Ich würde dich auch niemals um seinetwillen verlassen... obwohl er es wollte." Sie sah mich herausfordernd an.

„Er wollte, dass du dich von mir trennst?"

„Er würde mich heiraten. Ja!"

„Er will dich *heiraten*?"

Sie schritt zum Wandspiegel hinüber und begann ihr Haar zu ordnen. „Ja. Warum nicht?" sagte sie dann.

„Sagtest du nicht, er sei... sehr viel jünger als du?"

Sie wandte sich um, tat erstaunt und kam auf mich zu. „Es gibt eine ganze Reihe jüngerer Männer, die mich noch attraktiv finden!"

Ich räusperte mich. „Soll ich daraus folgern, dass der Typ aus dem Sportstudio nicht der Einzige war, der sich mit dir vergnügte?"

Sie setzte sich neben mich. Gab mir jedoch keine Antwort. Ich sah zu Boden, spürte aber, dass sie mich ansah.

Ich erwiderte ihren Blick. Schon lange waren sich unsere Blicke nicht mehr auf diese Art und Weise begegnet. Ich fühlte mich spontan in die Zeit zurück versetzt, als wir uns kennen lernten.

"Ich liebe dich", sagte sie, wobei sie mir zärtlich über die Wange strich, "ich werde dich immer lieben. Egal was passiert ist und passieren wird."

"Ich auch, Susanne. Dich liebe ich wirklich. Und... ich möchte alt mit dir werden."

Dann küssten wir uns.

Lange und leidenschaftlich.

Und liebten uns. Intensiver als ich es nach all den Jahren, die ich mit ihr verheiratet war, für möglich gehalten hatte.

(Und dennoch ist es ein Schleier. Ihr liebt in Wahrheit eure(n) Geliebte(n), eure wahre Natur, euren Wesenskern.)

Samstag, zweiter Juli

Nur noch drei Tage, dann würde er uns verlassen. Das war mein erster Gedanke, als ich erwachte. Der zweite galt meiner toten Mutter. Ich sah das Grab vor mir. Sah den Sarg. Stellte mir vor, wie sie drin lag. Kalt und erstarrt. Und doch: Der schlimmste Schmerz war der vagen Freude gewichen, dass sie es hinter sich hatte. All das Leid mit Jacob und die Qualen der schrecklichen Krankheit.

Ich blickte hinüber zu meiner Frau. Ihr Gesicht war mir zugewandt. Aber sie schlief noch. Was sie wohl träumte? Liebevoll betrachtete ich sie eine Weile. Dachte an gestern. An unser Gespräch. An unsere Versöhnung. Ja, ich liebte sie. Liebte sie wirklich. Wollte alt mit ihr werden.

Ich stand leise auf und schlich mich ins Bad. Duschte. Wie immer erst heiß und dann kalt. Putzte mir die Zähne. Rasierte mich. Zog mich an. Bermuda-Shorts, T-Shirt. Holte die Tageszeitung herein. Machte Kaffee. Erwärmte drei Eier. Zog den Rollladen hoch. Warf einen kurzen Blick aus dem Fenster. Stellte fest, dass der Himmel wieder einmal bedeckt war. Öffnete die Terrassentür. Ging einen Schritt hinaus. Stellte fest, dass es ein wenig zu kühl war, um auf der Terrasse zu frühstücken. Schloss die Tür wieder, durchmaß das Wohnzimmer und betrat die Küche. Öffnete den Kühlschrank. Entnahm ihm Butter, Margarine, Wurst, Käse. Öffnete den Küchenschrank. Entnahm ihm Frühstücksgeschirr. Teller, Tassen, Eierbecher. Marmelade und Honig. Zog eine der Schubladen auf. Holte drei Messer und ebenso viele Kaffeelöffel heraus. Schnitt ein paar Scheiben Brot auf. Legte sie in den Brotkorb mit dem rot karierten Deckchen. Stellte alles auf das Frühstückstablett. Deckte den Tisch im Esszimmer. Stellte die inzwischen fertig gekochten Eier in die Eierbecher. Ging dann ins Schlafzimmer. Setzte mich auf die Bettkante.

Susanne schlief immer noch. Ich strich ihr mit einem Finger über die Stirn. Dann über die Lippen. Sie erwachte. Räkelte sich. Öffnete ihre Augen. Blinzelte. Sah mich an. Lächelte.

"Wie spät ist es?" fragte sie mich und gähnte dabei.

"Halb zehn, du kleines Murmeltier", erwiderte ich, "breakfast is ready."

"Noch zwei Minuten", sagte sie, zog sich das Deckbett über den Kopf und drehte sich um.

Ich begann ihren Rücken zu massieren. Früher hatte ich das nahezu täglich getan. Ich spürte, wie sie es genoss.

"Die Eier werden kalt", sagte ich nach einer Weile und erhob mich.

"Ich komm' gleich", erklärte sie murmelnd.

Als ich das Esszimmer betrat, saß Michael bereits am Tisch und blätterte in der Zeitung. Er war schon beim Bäcker gewesen und hatte frische Brötchen geholt.

"Nur noch drei Tage", sagte er, als er mich erblickte.

"Das war mein erster Gedanke, als ich erwachte."

"Ich weiß. Freust du dich?"

"Ja und Nein", sagte ich wahrheitsgemäß, "irgendwie habe ich mich an dich gewöhnt." Ich setzte mich zu ihm an den Tisch.

"Hättest du das jemals für möglich gehalten?"

"Niemals." Ich schüttelte belustigt den Kopf.

Susanne kam wenig später gähnend herein. "Ich weiß nicht, was heute mit mir los ist", sagte sie, "ich werd' gar nicht wach."

"Ach wirklich?" frotzelte ich, "ist ja was völlig Neues!"

"Gieß mir lieber Kaffee ein, anstatt dich über mich lustig zu machen", sagte sie.

Michael lächelte amüsiert.

Ich goss Kaffee in die Tassen.

"Leider wisst ihr das nicht zu schätzen", sagte er versonnen.

"Was denn?" fragte ich.

"All die vielen kleinen Alltagsdinge, die euch so normal erscheinen, dass ihr sie gar nicht mehr wahrnehmt und zu schätzen vermögt."

"Du meinst, wir sollten dankbarer sein, dass es uns im Verhältnis zu den Indern so gut geht?"

"Ich meine nicht nur euren Lebensstandard. Ich meine das menschliche Leben an sich. Nur als Menschen habt ihr das Vorrecht, euch so zu erfahren, wie ihr euch erfahrt. Neben einem geliebten Menschen zu erwachen, überhaupt zu erwachen nach einem ausgiebigen Schlaf, euch dann zu duschen, Kaffee zu machen, sein Aroma zu genießen, in ein wohlschmeckendes Brötchen zu beißen, die Zeitung zu lesen, Vögel zwitschern zu hören, im Garten Unkraut zu jäten und Samen zu säen, Blumen wachsen zu sehen, bis ihre Knospen aufbrechen und die prachtvolle Blüte erscheint, den Sonnenaufgang zu beobachten, den Wind auf der Haut zu spüren – wo soll ich anfangen und wo soll ich aufhören, um die unzähligen Erfahrungen zu schildern, derer ihr habhaft werden könnt."

"Arbeitslos werden zum Beispiel, den Tod geliebter Menschen erleben, zu weinen, zu leiden, zu kämpfen", sagte ich bitter.

"Richtig, auch das ist ein gewaltiges Vorrecht, das nur auf der Ebene des Menschseins erfahren werden kann. Immer erst wenn ihr zurückseht, könnt ihr es erkennen."

"Wer will uns einen Vorwurf daraus machen?" meinte Susanne, „der Mensch ist eben so beschaffen. Was zur Gewohnheit wird, kann er meistens nicht mehr richtig genießen. Und wie sollte er, was ihn niederdrückt, als Vorrecht erkennen?" Es war das erste Mal, dass Susanne den Aussagen des Engels Skepsis entgegen zu bringen schien. Ich wertete es als Ergebnis unserer Versöhnung.

"Wiederum richtig, aber warum ist das so?" fragte Michael.

„Keine Ahnung." Das sagten wir beide. Gleichzeitig nahezu.

„Weil ihr ständig nach Dingen oder Zuständen trachtet, die ihr glaubt, unbedingt besitzen zu müssen. Das ist euer Dilemma. Und das hat wiederum einen Grund. Nämlich eure Auffassung vom Tod."

"Vom Tod? Wieso denn vom Tod?" fragte ich.

"Weil er das Ende all eurer Unternehmungen zu sein scheint. Und deshalb seid ihr ständig auf der Jagd nach Unsterblichkeit. Ohne dass ihr euch dessen bewusst seid. Ihr meint, nach Erfolg und Reichtum trachten zu müssen, weil er euch schlicht und einfach begehrenswert erscheint. Doch hinter diesem Wunsch verbirgt sich die unbewusste Sehnsucht, die Vergänglichkeit eurer Existenz zu überwinden."

Während ich mein Ei köpfte und dabei ärgerlich feststellte, dass ich es wieder mal wie so oft zu hart gekocht hatte, sagte ich: "Das glaube ich nicht. Irgendwann ist eben Schluss. Das weiß doch jeder. Und die meisten finden sich irgendwann damit ab."

Er schüttelte den Kopf. "Niemand findet sich mit der Vergänglichkeit ab, weil jeder im tiefsten Inneren um seine Unzerstörbarkeit weiß. Weil ihr euch aber vollständig mit eurem sterblichen Körper identifiziert, weil ihr meint, dieser sterbliche Körper zu *sein*, kommt es zu einem Widerspruch in euch selbst. Essentiell fühlt ihr euch ewig, körperlich wisst ihr euch sterblich. Das Resultat dieses Widerspruchs ist, dass ihr die schnell dahin rasende Zeit, welche euch Vergänglichkeit suggeriert, aufzuhalten versucht. Und das tut ihr, indem ihr der Gegenwart ständig davon lauft. Denn die Gegenwart, weil sie andauernd zur Vergangenheit wird, erinnert euch an den Tod. Zwar wisst ihr, dass ihr dem Tod nicht entrinnen könnt, aber ihr seht keinen anderen Ausweg, um euren Konflikt mit der immer weiter auf euer Ende zusteuernden Zeit zu lösen. Und so hetzt ihr ruhelos von einem Projekt zum anderen, anstatt das Leben, so wie es sich euch im jeweiligen Augenblick des Erlebens darstellt, bewusst zu erleben. Euer absurdes Trachten danach, die Zeit aufzuhalten, ist der wahre Grund dafür, dass ihr ständig dabei seid, die Gegenwart durch irgendeine ideale Vorstellung von der Zukunft verewigen zu wollen. Und so lauft ihr der Gegenwart ständig davon, weil sie euer größter Feind zu sein scheint. Es geht euch ähnlich wie einer Maus im Käfig, die kilometerweit durch das Innere eines Rades läuft und doch nie aufhört, auf der Stelle zu treten. Ihr glaubt dem Zeitenrad zu entkommen, indem ihr ihm davon lauft, in eine bessere Zukunft, doch ihr erkennt nicht, dass ihr euch, egal wie weit und wie schnell ihr auch lauft, ständig an derselben Stelle befindet. Wenn ihr einsehen könntet, dass die Zeit Illusion ist, bliebe nur noch der jeweilige Augenblick des Erlebens. Aber den würdet ihr dann bewusst erleben. Im Wissen um eure Zeitlosigkeit. Egal ob in Glück oder Unglück."

Den ganzen Tag über hatte er uns allein gelassen. Wohl weil er wusste, dass wir es uns wünschten. Erst gegen Abend – Susanne und ich saßen auf der Couch und sahen uns einen spannenden Spielfilm mit Michael Douglas im Fernsehen an – betrat Michael das Wohnzimmer.

"Darf ich mich kurz zu euch setzen?"

"Natürlich!" sagte Susanne.

„Möchtest du ein Glas Rotwein?" fragte ich ihn. Ich hatte eine Flasche geöffnet, die ich seit Jahren für einen besonderen Anlass aufbewahrt hatte.

„Warum nicht?" Er setzte sich in den Sessel.

Ich holte ein weiteres Glas und goss ein.

"Ich hätte da noch eine Bitte", sagte er währenddessen, „ich muss morgen nach Fulda."

„Wieso denn nach Fulda?"

„Zu Bischof Bemel. Erinnerst du dich nicht mehr? Ich versprach ihm, dass wir uns noch einmal sehen würden. Es wäre sehr wichtig, dich dabei zu haben. Damit du darüber berichten kannst."

"Warum nicht?", sagte Susanne, "ich war schon seit Ewigkeiten nicht mehr in der Kirche."

"Was hast du vor?" fragte ich.

"Lasst euch überraschen!"

"Wie lange fährt man nach Fulda?" fragte Susanne.

Fulda gehörte zu meinem Gebiet, als ich noch Vertriebsleiter war und wurde damals von einem meiner besten Mitarbeiter betreut. Mindestens alle acht Wochen arbeitete ich mit ihm zusammen und kannte deshalb die Strecke. "Mit zweieinhalb bis drei Stunden Fahrt müssen wir rechnen. Wann sollten wir dort sein?"

"Gegen zehn Uhr."

"Dann sollten wir gegen sieben Uhr los fahren."

Sonntag, dritter Juli

Es wurde halb acht, bis wir auf der Autobahn waren. Wegen Susanne, die wieder einmal nicht aus dem Bett fand. Zum Glück war die Strecke am Sonntagmorgen kaum befahren. Zwischen Heilbronn und Würzburg hätte man problemlos ein Autorennen austragen können.

Pünktlich um zehn Uhr saßen wir im Dom zu Fulda.

Die Kirche war an diesem Sonntag bis auf den letzten Platz besetzt. Der Grund lag in der Aktualität dessen, was die Presse über den Bischof berichtet hatte. Seine Predigt war daher auch von Anfang an den Esoterikern gewidmet, deren infame, gotteslästerliche Behauptungen Gott endlich zutiefst beschämt hätte. Dabei bezog er sich auf die angekündigte und nicht stattgefundene Totenerweckung meiner Mutter, ein Ereignis, das wohl wie kaum ein anderes beweise, aus welch einem blasphemischen Geist diese New-Age

Fanatiker sprächen, sie, die nur einen Schein der Gottseligkeit hätten, in Wirklichkeit aber Wölfe in Schafspelzen seien. Blinde Blindenleiter, Verblendete, die nun ihrerseits Menschen zu verblenden versuchten. Die aber am Glauben Schiffbruch erlitten hätten und für deren Taten es keine Vergebung gebe, weil sie sich der Sünde wider den heiligen Geist schuldig gemacht hätten. Aus Bibelversen wurden Wurfgeschosse, die Bemel – einem Zornesengel gleich – in die Menge schleuderte, als gälte es die Feinde der Heiligen Römischen Kirche ein für alle Mal zu vernichten.

Ich saß rechts neben Michael, dessen Gleichmut mich einmal mehr erstaunte, als Bemel über ihn her zog: "Und jetzt weiß ich endlich, weshalb ein Engel in einem Traumgesicht zu mir sprach. Er hatte mich auserwählt, um das antichristliche Treiben desjenigen bloßzustellen, der die ganze Verwirrung verursacht hat. Denn hätte ich nicht gewusst, wo er sich befand, wäre der Öffentlichkeit verborgen geblieben, dass es sich um einen üblen Scharlatan handelt." Er machte eine kurze Pause, um diese Privatoffenbarung auf seine Schäflein wirken zu lassen.

Es nahm mir beinahe den Atem, als Michael diese Stille mit folgenden deutlich vernehmlichen Worten durchbrach: "Ohne den Presserummel, den der Herr Bischof durch seine Informationen heraufbeschwor, wäre nur einem kleinen, sterbenden Mädchen geholfen worden."

Obwohl die räumliche Distanz zwischen uns und Bemel, der vor dem Altar stand, keine geringe war, konnte ich deutlich beobachten, wie das Gesicht Bemels kreidebleich wurde. Gleichzeitig drehten sich alle Köpfe in unsere Richtung um. Vielstimmiges Tuscheln erhob sich. Einige der Besucher in den vorderen Reihen erhoben sich von ihren Plätzen und sahen wütend zu uns hinüber.

Der Bischof hatte sich inzwischen wieder gefasst. "Lasst euch nicht in eurer Andacht stören", sagte er mit bebender Stimme, "setzt euch, ihr Kinder Gottes, setzt euch und hört weiter das Wort des Herrn."

Obwohl man seiner Bitte äußerlich nachkam, war es um die Andacht geschehen. Keiner der Gottesdienstbesucher vermochte sich nach diesem ungewöhnlichen Zwischenfall mehr auf die Predigt Bemels zu konzentrieren. Immer wieder sah man, wie die aufgebrachten Kirchgänger die Köpfe zusammen steckten oder sich verstohlen nach dem Störenfried umsahen.

Ich hatte damit gerechnet, dass wir nicht ungeschoren davon kommen würden, war aber keineswegs auf den Sturm der Empörung gefasst, der uns vor den Toren des prachtvollen Domes erwartete. Wutverzerrte Gesichter empfingen uns. Beleidigungen übelster Art wurden uns an den Kopf geworfen. Ein etwa fünfzigjähriger, schwergewichtiger Mann, trat Michael in den Weg und brüllte ihn an: "Sie gottloser Betrüger, man sollte Sie einsperren!"

"Warum nicht gleich kreuzigen?" entgegnete Michael furchtlos.

"Da hört man es!" schrie der Mann außer sich in die Menge, "dieser Verführer hat auch noch die Stirn, sich mit unserem Heiland Jesus Christus zu vergleichen!"

Die Wut der Gottesdienstbesucher steigerte sich dermaßen, dass wir befürchten mussten, geschlagen zu werden.

"An die Wand stellen wäre das Beste für die!" schrie gar einer aus den hinteren Reihen. Eine kultiviert aussehende Dame spuckte vor dem Engel zu Boden. Eine andere Frau, deren Aussehen ebenfalls keinerlei Anlass bot, an ihrer guten Erziehung zu zweifeln, holte zu einer Ohrfeige aus, was ein Mann, der vermutlich ihr Ehemann war, gerade noch verhindern konnte.

Michael bewahrte in all dem die Ruhe.

Da löste sich eine alte Frau aus der Menge, der das Gehen große Mühe bereitete. Ihr gutmütiges Gesicht war von unzähligen Falten überzogen. Das hohe Alter hatte ihre Schultern gebeugt. Aufgestützt auf einem Stock, stellte sie sich Michael, der zwei Köpfe größer als sie war, in den Weg und sah ihm eine Weile mitten ins Gesicht. "Ihren ehrlichen Augen nach könnten Sie ein richtiger Engel sein", sagte sie gutherzig lächelnd, "aber warum wollen Sie denn uns einfachen Leuten den Glauben an den lieben Herrgott nehmen? Mein Leben lang hat er mir geholfen, wenn ich zu ihm gebetet habe."

Michael war vor der Alten stehen geblieben und strich ihr sanft über das ergraute Haar. "Ich will euch einfachen Leuten nicht den Glauben nehmen", sagte er aufmunternd lächelnd, "bete nur weiter zu deinem Herrgott."

"Das sagt dieser Herr nur aus taktischen Gründen", kommentierte Bemel diese Aussage, der urplötzlich hinter uns stand, mit finsterer Miene, "aber in Wirklichkeit ist er ein Feind unseres Glaubens. Dennoch wird ihm niemand auch nur ein Haar krümmen, hört ihr, das überlassen wir Gott, der uns gebot, selbst unsere Feinde zu lieben!" Dabei ließ er seinen Blick über die aufgebrachte Menge schweifen, um ihrem Zorn Einhalt zu gebieten.

"Gegen die Vorstellung einfacher Leute von einem Herrgott bin ich nie gewesen", sagte Michael, Bemel zugewandt, "ich wende mich nur gegen das Dogma der Erbsünde, euren überheblichen Glauben, Sünden vergeben zu können und die Menschen mit eurer falschen Vorstellung dessen, was Moral ist, daran zu hindern, ihrer eigenen Intuition zu vertrauen, aus der heraus sie weitaus moralischer handeln würden, als ihr zu glauben vermögt."

Bemel in seinem prachtvollen Bischofsgewand trat auf den Engel in Jeans zu, bis ihre Gesichter sich beinahe berührten. "Wer gegen die Lehren der Kirche ist, der ist auch gegen den Gott, der sie durch seinen Stellvertreter auf Erden eingesetzt hat", zischte er.

Michael wich keinen Millimeter zurück. Doch als er zu sprechen begann, ohne Aggression zwar, jedoch mit fester Stimme, die bis in die hinteren Reihen der Gottesdienstbesucher zu hören war, trat Bemel erst einen und dann noch einmal einen Schritt zurück. "Ihr Bischöfe und Pfaffen, nur reden könnt ihr über Gott, mit geschliffener Rhetorik und gewaltiger Stimme. Ihr Kleriker habt von jeher alles versucht, um Gott in eure theologischen Systeme zu pressen, wie eine Orange, aus der man den nahrhaften Saft presst. Und von der danach nur noch die unnütze Schale übrigbleibt. Nichts weiter als wertlose Abfallprodukte sind deshalb eure selbstgebastelten Dogmen, die ihr zu allem Übel auch noch als göttliche Verordnungen rühmt." Er wies auf die alte Frau. "Nur ihre Einfachheit hat sie davor bewahrt, auf eure abgedroschenen Worthülsen hereinzufallen."

"Ich vermag Sie nicht daran zu hindern, solche haltlosen Behauptungen aufzustellen", erwiderte der Bischof erbittert, dem diese Vorwürfe offensichtlich mehr zu schaffen machten, als er vor seiner Gemeinde zugeben konnte, "seine Kirche aber steht auf dem Felsen Petri und kein Sturm wird ihr schaden können. Schon gar nicht ein Sturm im Wasserglas." Er wandte sich um und schritt erhobenen Hauptes auf das Domportal zu. Einige seiner Schäflein knieten vor ihm nieder, um seinen Bischofsring zu küssen. Andere gaben ihrer Hochachtung vor seiner treffenden Erwiderung Ausdruck.

Michael machte keine Anstalten zu gehen.

"Nur fort von hier", drängte ich ihn, heilfroh, dass sich der Zorn der Menge gelegt hatte.

"Ich muss noch eine Weile bleiben", sagte er.

"Susanne und ich gehen schon mal zum Auto", erwiderte ich.

"Wartet noch", bat er uns, "erst muss etwas geschehen, das die Dramaturgie unseres Romans noch einmal gehörig befeuert."

Es geschah schon wenig später. Bemel fasste sich plötzlich an die Brust, dann an die Kehle und stöhnte laut auf. Sein Gesicht verfärbte sich. Er griff um sich, als suche er Halt und brach dann zusammen. Einer der Gottesdienstbesucher, ein Arzt, eilte auf ihn zu und knöpfte sein Hemd auf.

"Wahrscheinlich ein Herzinfarkt", diagnostizierte er, "ruft einen Notarzt, wir brauchen Medikamente und Sauerstoff! Schnell! Schnell!"

Während ein junger Mann zum nächsten Telefon spurtete, bahnte sich Michael eine Gasse durch die dichtgedrängt Umherstehenden.

"Folge mir bitte", sagte er.

"Sie haben hier nichts zu suchen!" zischte die Frau, die ihn vorher zu schlagen versucht hatte.

"Möchten Sie an seinem Tod schuldig werden?" fragte er sie und strebte, ohne auf ihre Antwort zu warten, an der Zicke vorbei. Als wir bei Bemel angelangt waren, kniete er neben ihm nieder. Bemel war noch bei Bewusstsein. Seine Augen spiegelten helles Entsetzen. Furcht vor dem nahenden Tod. Sein Gesicht war schmerzhaft verzerrt. Er atmete schwer.

„Sagte ich dir nicht, allzu viel Aufregung würde dir schaden?" fragte er ihn.

Der Bischof verdrehte die Augen und stöhnte.

"Hast du etwas dagegen, wenn ich dir helfe?" sagte Michael. Bemel brachte kein Wort heraus, doch seine Mimik signalisierte Zustimmung. Michael legte seine Hand auf die Brust des Bischofs. Bevor der Notarzt wenige Minuten später eintraf, war Bemel bereits gerettet. Michael erhob sich und ging. Ohne ein Wort zu verlieren. Vorbei an den zutiefst erstaunten Gesichtern der Menschen.

Nach dem aufregenden Gottesdienstbesuch waren wir essen gegangen. In einem kleinen Nest kurz vor Heilbronn. Als wir nach dem opulenten Mal am Rande des Ortes einen Verdauungsspaziergang über einen Weinberg, auf dem die Trollinger Rebe wuchs, unternahmen, fragte ich ihn, wieso er Bemel geholfen habe. Denn ich war felsenfest davon überzeugt, dass Michael den Zusammenbruch Bemels bewirkt hatte. Als Racheakt sozusagen.

"Rache ist ein Fremdwort für uns, weil wir die Ursachen verstehen, aus denen heraus Menschen hassen. Rache kann nur dort entstehen, wo man blind dafür ist."

"Aber du hast ihn doch angegriffen? Hast ihn beschuldigt?"

"Als Vertreter eines Systems geistiger Knechtschaft griff ich ihn an, als Verkünder unsinniger Dogmen. Als Mensch jedoch verstehe ich ihn durchaus. Denn auch er tut nur was er tun muss in diesem Spiel. Genauso wie du. Genauso wie jeder andere Mensch."

"Du meinst also nicht, dass man ihm das Handwerk legen müsste?"

"Von einem bestimmten Standpunkt aus gesehen wäre es sicher von Vorteil, dieses morbide, auf Irrtum und Betrug basierende System mit Stumpf und Stiel auszurotten. Ebenso wie jede andere Religion, die sich erkühnt, Menschen in ein dogmatisches Korsett zu zwängen. Aber die Tatsache ihrer Existenz beweist deren gegenwärtige Notwendigkeit. Es existiert nur das, was existieren soll, es existiert nur das, was ihr zum Spielen benötigt. Nichts ist nicht perfekt wie es ist."

Ich konnte nicht fassen, was ich da gehört hatte. "Die Tatsache seiner Existenz beweist seine gegenwärtige Notwendigkeit?" wiederholte ich daher ungläubig, „gilt das etwa auch für politische Systeme der Unterdrückung?"

"Sicherlich."

"Unfassbar, was du da sagst. Wenn es so wäre, dass jedes System allein durch seine Existenz legitimiert wird, hätte man sich gegen keine Diktatur wenden dürfen."

"Für einen Regierungssturz gilt das gleiche Prinzip. Die Tatsache, dass man sich gegen Diktatoren erhob, beweist die Notwendigkeit ihrer Entmachtung."

"Wenn aber alle so denken würden wie du, hätte es noch nie eine Revolution gegeben! Niemand hätte sich je gegen Diktatoren erhoben!"

Er lächelte amüsiert. "Wenn alle so wären wie ich, hätte dazu auch keine Notwendigkeit bestanden. Es hätte nie Systeme der Unterdrückung gegeben und folglich auch keiner Revolutionen bedurft. Diese Spiele sind unsereiner zuwider."

Eine unbeschreiblich wehmütige Stimmung überkam uns, als wir am Abend in unserem Garten saßen und uns dessen bewusst wurden, dass es der letzte sein würde mit ihm. Die Luft war mild. Ich saß in kurzen Hosen und T-Shirt am Tisch. Die Blumenpracht unseres Gartens erstrahlte im Licht der Gartenscheinwerfer. Susanne sah schon eine ganze Zeit lang versonnen zum sternenklaren Himmel empor. „Existiert eigentlich Leben auf anderen Planeten?" fragte sie ihn.

„Ich kann euch nur erinnern an eure wahre Natur, die unzerstörbar ist. Und daran, dass das Leben ein sich selbst generierendes Spiel ist."

„Für mich wäre die Beantwortung ihrer Frage wesentlich interessanter als die Erläuterung deiner Spieltheorie", bemerkte ich, allerdings in scherzhaftem Ton.

„Würdest du mir denn glauben, wenn ich dir sagte, dass es Lebewesen auf anderen Planeten gibt?"

Ich grinste. „Wahrscheinlich nicht."

„Wieso bist du eigentlich immer noch so verbohrt? Nach allem was wir mit Michael erlebt haben", maulte Susanne.

„Seine Antwort ist völlig okay", sagte Michael.

„Nach all dem, was bisher geschah, könnte er doch zumindest ein wenig offener sein für das, was du sagst."

„Alles ist okay. Was auch immer geschieht. Egal was es ist." Er nahm einen langstieligen Löffel zur Hand, angelte damit ein Stück Eis aus dem Longdrinkglas, das vor ihm stand, warf es auf eine seiner Handflächen und wies mit dem Finger darauf. „Eis kann zu Wasser werden oder zu Dampf, der sich verflüchtigt. Drei völlig verschiedene Formen, doch eine Substanz. Ob Materie erscheint, Pflanzen, Tiere oder der Mensch, sei er nun primitiv oder intelligent, materialistisch gesinnt oder spirituell, immer sind es lediglich verschiedene Formen, die erscheinen. Deshalb wäre es töricht jemanden zu verachten. Weder den Ignorant, noch den Spötter. Auch nicht den Narr. Und jemanden zu hassen wäre noch dümmer. Denn immer verbirgt sich das in der Form, das alle Formen hervorbringt."

„Ach Michael", seufzte Susanne, „wie schön wäre es, wenn du bei uns bleiben könntest. Was du sagst, ist Nahrung für meine Seele geworden."

„Eigentlich verlasse ich euch nicht", sagte er, "ihr werdet mich nur nicht mehr sehen. Ähnlich wie das Stück Eis hier in meiner Hand. Seht nur her." Er zeigte uns seine Handfläche, die in der Mitte nur noch ein wenig Feuchtigkeit aufwies. Das Eis war geschmolzen.

Montag, vierter Juli

"Es wird Zeit für mich." Er sagte es in einem Tonfall, als hätte er einen Termin wahrzunehmen, dessen Vernachlässigung nicht sonderlich nachteilig wäre.

Es war zwölf Uhr mittags. High Noon, sozusagen.

Wir saßen im Garten. Die Sonne hielt sich heute wiederum hinter den Wolken verborgen, es war jedoch immer noch angenehm warm. Drei Meisen zankten sich aufgeregt zwitschernd und wild herum flatternd auf einer der vier Treppenstufen, die zum Wäscheplatz führen, um eine Brotkrume.

Susanne blickte zu Boden. Ich sah, wie sich ihre Augen mit Tränen füllten.

"Jetzt gleich etwa?" erwiderte ich, "ich hätte da noch eine Frage."

"Dann stell sie jetzt", sagte er, „uns bleibt nicht mehr viel Zeit".

Ich wandte mich an Susanne. "Schatz, ich würde gerne noch etwas allein mit ihm besprechen."

"Ich verstehe. Aber danach möchte ich auch noch eine persönliche Unterredung mit ihm." Sie erhob sich und verließ die Terrasse. Am Klappern von Geschirr merkte ich wenig später, dass sie die Spülmaschine ausräumte.

"Du weißt ja sicher, worum es mir geht", begann ich.

Er nickte und griff sich eine Handvoll Erdnüsse aus der Glasschale, die vor uns auf dem Tisch stand.

"Was rätst du mir in dieser Sache?"

"Eigentlich müsstest du meine Antwort kennen."

Als hätte ich es geahnt. „Du wirst mir keinen Rat geben, nicht wahr?"

Er bog den Kopf weit in den Nacken zurück und ließ die Nüsse einzeln in den Mund fallen. "Da du ohnehin tun wirst, was du tun musst. Nur deshalb", erwiderte er danach mit vollem Mund.

Ich glaubte zu wissen, was er damit meinte. "Beenden soll ich also meine Beziehung zu Claudia. Schon weil Susanne jetzt davon weiß?"

"Das habe ich nicht gesagt. Aber wenn du es so empfindest."

"Also manchmal lobe ich mir die Engel von früher. Die haben den Menschen zumindest klar und deutlich gesagt, was sie tun sollen."

"Was aber nichts nützte. Sie taten doch nicht, was man ihnen empfahl. Den Grund dafür kennst du. Jeder Mensch entwickelt sich auf seine Weise. Und Wachstum vermag niemand abzukürzen."

"Wenn man es aber abkürzen könnte, wäre es besser, die Beziehung zu kappen?"

"Während du lebst, durchläufst du verschiedene Wachstumsstadien. Eins dieser determinierten und daher unabwendbaren Stadien ist deine Beziehung zu Claudia. Wenn es beendet *ist*, wirst du nicht mehr über das Ende nachdenken müssen. So einfach ist es."

"Aber wenn ich alle Wachstumsstadien durchlaufen *hätte*, würde ich meine Beziehung zu Claudia abbrechen. Ist es nicht so?"

Er sah mir versonnen in die Augen. "Wenn du alle Wachstumsstadien durchlaufen hättest, Klaus, würdest du alles tun können, was immer du tun willst, ohne dich jemals zu fragen und fragen zu müssen, ob es richtig ist oder falsch."

Ich wollte zu einer neuen Frage ansetzen, um eine konkrete Antwort zu erhalten, doch als ich ihn ansah, wusste ich, dass er nicht beabsichtigte, sie zu konkretisieren. Doch eines sagte er noch. Als wollte er mich für sein Schweigen in dieser mir so wichtigen Sache entschädigen.

"Erinnerst du dich, dass ich das irdische Leben mit einem Labyrinth verglich, dessen Ausgang ihr sucht?"

Ich nickte, denn ich erinnerte mich sehr wohl an das Gespräch. Und dass er damals versprach, mir am letzten Tag zu erklären, was es damit auf sich habe. Und auch daran, dass ich Claudia darüber berichten sollte. War das etwa schon der verborgene Hinweis darauf, dass ich sie wiederum treffen würde, dass die Affäre weitergehen würde? Ich wollte ihn fragen, doch schon begann er zu sprechen.

"Solange du dich innerhalb des Labyrinths befindest, werden immer Fragen offen bleiben. Sei nicht traurig darüber. Frage nicht nach dem richtigen Weg. Lebe vielmehr. Lebe intensiv. Und stirb, wenn es Zeit wird zu sterben. Lebe noch einmal und immer wieder. Freilich nicht als die gleiche Persona, sondern mit einer anderen Maske. Geh all die Wege, die sich dir bieten. All die verschiedenen Wege. Einmal oben und dann wieder unten. Einmal arm und dann wieder reich. Mal krank, mal gesund. Mächtig und unterdrückt. Hässlich und schön. Böse und gut. Gottlos und fromm. Ausschweifend und enthaltsam. Ob als Mann oder Frau. Als Kind oder Greis. Auf diese Weise wirst du schließlich alle Gänge des Labyrinths kennenlernen. Und zuletzt den Ausgang finden. Durch Erfahrung, mein Freund. Und nicht aufgrund theoretischen Wissens. Dann wirst du nicht mehr suchen. Dich nie mehr verirren. Nie mehr in Sackgassen laufen. Dann wird es allerdings wie mit jedem Spiel sein, das man in jeder Hinsicht beherrscht: Es verliert immer mehr an Faszination. Und dann hat man im Grunde nur noch Freude daran, anderen beizubringen, dass es sich um ein Spiel handelt. So wie ich."

Das war mein letztes Gespräch mit dem Engel.

Von dem, was Susanne mit ihm besprach, weiß ich nur sehr wenig. Als ich sie danach fragte, sagte sie nur, ich würde es ohnehin nicht verstehen. Womit sie recht haben könnte.

Zum Abschied öffnete ich eine Flasche Veuve Clicquot und wir prosteten einander zu.

Ich wollte ihn fragen, wohin er gehe und was er als nächstes zu tun gedenke, aber er kam mir zuvor. "Ihr werdet mir fehlen", sagte er. Und ich konnte ihm ansehen, dass er es wirklich so meinte.

"Du uns auch Michael", sagte Susanne, "du uns sicher noch mehr."

Er erhob sich, schritt mit ausgebreiteten Armen auf Susanne zu, drückte sie an sich und hielt sie lange umarmt.

Sie küsste ihn zärtlich auf beide Wangen. "Wir werden dich nie vergessen", sagte sie, mit den Tränen kämpfend, "du hast unser Leben so unendlich bereichert."

"Aber, aber, Susanne. So ist es doch mit allem im Leben. Um Neues erleben zu können, muss man Altes beenden. Nur so bleibt das Leben spannend."

Dann kam die Reihe an mich. Ich kann nicht umhin zu gestehen, dass ich ähnlich empfand wie Susanne. Michael war mir ans Herz gewachsen. Obwohl ich gleichzeitig froh war, dass er uns wieder verließ.

"Ach Klaus", sagte er, als er mich laut lachend umarmte und mir ein paar Mal kräftig auf die Schulterblätter schlug, „so zwiespältig wirst du immer für mich empfinden, zumindest solange du dich als Klaus Andor erfährst."

Ich hatte erwartet, dass er sich wieder in Luft auflösen würde. Aber er war immer für eine Überraschung gut. Er verließ unser Haus durch den Garten und winkte uns noch einmal zu, bevor er das Tor zur Straße durchschritt.

Samstag, sechster August

Schon einen Tag später begann ich meine Erlebnisse mit Michael Engel niederzuschreiben. Irgendwie fühlte ich mich dazu verpflichtet. Weitere dreiunddreißig Tage sind seitdem vergangen, da es mir als ungeübter Schreiberling nicht gelang, täglich mehr als ein Kapitel zu schreiben. Sechsundsechzig Tage ist es nun her, seit er mich zum ersten Mal besuchte. An viele Geschehnisse fehlte mir anfangs jede Erinnerung. Doch sie kam erstaunlicherweise immer dann wieder, wenn ich über den jeweilig zu berichtenden Tag zu schreiben begann. Obgleich ich nicht sicher bin, ob ich mich an alles erinnere.

Manchmal war mir, als stünde Michael neben mir. Und sähe mir über die Schulter. Oder führte mir sogar beim Schreiben die Hand. Manchmal besprach ich mich mit ihm, mir seiner Anwesenheit völlig gewiss. Obwohl er mir seitdem nie mehr mit vernehmbarer Stimme Antwort gab und sich auch nie mehr blicken ließ.

Den einen oder anderen wird vielleicht interessieren, was sich ereignete, nachdem Michael uns verlassen hatte.

Was er über die durch nichts zu enttäuschende Erwartung der Esoteriker sagte, hat sich vollauf bestätigt. Sie besuchten uns drei Tage nachdem er sich von uns verabschiedet hatte. Als wir ihnen sagten, dass Herr Engel abgereist sei, zeigten sie sich überhaupt nicht verwundert. Und als Susanne sie fragte, weshalb ihre Prophezeiung am Grab nicht eingetroffen sei, erwiderten sie, der alleinige Grund läge in einer falschen Einschätzung des Zeitpunkts, an dem dieses Wunder geschehe. Dies käme leider immer noch vor, solange ihre ASW noch nicht durch den Engel trainiert worden sei. Und als wir sie daraufhin fragten, ob sie an ihrer Behauptung festhielten, in Herrn Engel den Vorboten des neuen Zeitalters zu sehen, da antworteten sie, auch hierin habe man sich offensichtlich getäuscht, was jedoch nicht bedeute, der verheißene Vorbote werde nicht noch vor dem Jahr 2012 erscheinen.

Auch Bemel, der dogmatische Sturkopf, hat sich überhaupt nicht verändert. Er scheint völlig vergessen zu haben, dass der Engel ihm das Leben rettete und behauptet zudem noch, dies sei wiederum nur ein übler Trick des Verführers gewesen. Ohne Zweifel habe Gott selbst eingegriffen, um seinen Tod zu verhindern. Denn wieso wohl sei Herr Engel seit diesem Tage spurlos verschwunden? Nur weil es ihm nicht geglückt sei, die Menschen auf seine Seite zu ziehen.

Wenn Jacob anruft, lege ich immer noch auf. Jedoch nicht mehr mit jenen Hassgefühlen wie einst. Denn einmal begegnete ich ihm auf dem Friedhof, den er, nach Auskunft Susannes, die manchmal am Telefon mit ihm spricht, jeden Monat mindestens einmal besucht. Das heißt, ich beobachtete ihn, weil ich ihn früh genug sah, ohne dass er meine Anwesenheit wahrnahm. Er trug eine Plastiktüte bei sich, in welcher er Schaufel, Besen und eine kleine Gartenharke mitgebracht hatte. Nachdem er längere Zeit mit gefalteten Händen und gebeugtem Haupt vor dem Grab gestanden hatte, begann er mit dem Gerät die Grabumrandung von Blättern, Kieselsteinen und Staub zu befreien. Und das Erdreich von Unkraut. Ich muss gestehen, dass mir das ans Herz ging. Er schien meine Mutter doch mehr geliebt zu haben, als ich es für möglich hielt. Ich hätte ihn am liebsten umarmt und mich mit ihm versöhnt. Doch dazu war ich dann doch nicht fähig.

Mittlerweile vermag ich jedoch zu verstehen, dass kein Mensch aus seiner Haut schlüpfen kann. Denn noch immer zieht es mich zu Claudia hin. Nicht nur einmal, viermal war ich seitdem schon wieder in ihrer Wohnung und verbrachte die Nacht mir ihr. Allerdings wiederum ohne es Susanne zu sagen. Sie aber wusste danach jedes Mal wo ich war. Und sagte es mir auf den Kopf zu, wenn ich wieder heim kam und ihr irgendeinen Bären aufzubinden versuchte. Ihre Intuition sei geschärft, erklärte sie mir augenzwinkernd. Und dass ich es ihr, weil sie mich verstehe, nicht zu verheimlichen bräuchte. Was mir jedoch einfach nicht gelingen will.

Und doch ist zwischenzeitlich etwas geschehen, was ich, trotz meiner verbliebenen Abneigung gegen Metaphysik als ein Wunder bezeichnen muss. Mein Patenonkel verstarb, kurz nachdem der Engel uns verlassen hatte, an einem Blitztod im hohen Alter von 86 Jahren, vermachte mir eins seiner Häuser in Berlin und fast 200.000 Mark in bar. Mit diesem Erbe hatte ich überhaupt nicht gerechnet, denn die Beziehung zu meinem Onkel war nie sonderlich tief gewesen. Außerdem hatte ich ihn über zehn Jahre weder gesehen noch gesprochen. Nicht einmal zum Geburtstag hatte ich ihm je gratuliert, hatte ihm all die Jahre noch nicht einmal eine Karte aus dem Urlaub geschrieben. Das Absonderlichste daran ist, dass er sein Testament erst zwei Wochen vor seinem Tod zu meinen Gunsten abänderte, wie mir der Notar eröffnete, als ich durch ihn von meinem phantastischen Erbe erfuhr.

Das Haus, das ich erbte, wirft pro Monat fast 3000 Mark an Mieteinnahmen ab. Mit den 200.000, die ich sofort in einem soliden Aktiendepot angelegt habe, steigert sich dieser Betrag noch und zusammen mit dem Gehalt von Susanne müssen wir uns über unsere Existenzsicherung überhaupt keine Gedanken mehr machen.

Nachdem wir das Erbe erhielten, war Susanne völlig aus dem Häuschen. Sie betrachtet den unverhofften Wohlstand, anders als ich, nicht als glückliche Schicksalswendung, sondern als direkten Eingriff des Engels. Das gab ihr Auftrieb mit ihm in Verbindung zu bleiben. Gleich morgens, nachdem sie aufsteht, noch bevor sie sich frisch macht, meditiert sie. Manchmal über eine Stunde. Dann fühle sie ihn, den

Engel, ganz deutlich im Inneren, sagt sie. Und das bedeute ihr mehr als alles andere im Leben.

Bei mir ist das anders. Ganz anders. Ich werde nervös und zapplig, wenn ich die Augen schließe, um meine Aufmerksamkeit in meiner inneren Mitte zu sammeln, wie sie ihre allmorgendliche Übung zu nennen pflegt. Besucht hat er sie allerdings auch nicht mehr seitdem. Aber das sei auch nicht nötig, sagt sie. Das Leben selbst, das Leben, so wie es ist, sei ein adäquater Ersatz für seine körperliche Anwesenheit. Der beste Lehrer sei es. Nur zu erkennen gälte es dies.

Ihren Liebhaber gab Susanne auf. Seit unserer Aussprache, erklärte sie mir, sei es ihr unmöglich, mich mit einem anderen Mann zu hintergehen. Und außerdem habe sie erkannt, dass diese Affäre nur ein Ersatz gewesen sei für den kolossalen Frieden, den sie jetzt im Inneren erfahre.

So weit bin ich noch nicht. Und hege größte Zweifel daran, jemals so weit zu kommen. Und so scheint Michael Engel auch darin recht zu behalten. Mir ist offenbar nur die Erfahrung des skeptischen, begehrlichen und, tja, was soll ich dagegen machen, des spirituell ignoranten Klaus Andor vergönnt, bevor ich die Drehtür durchschreite. Wenn es sie überhaupt geben sollte. Wovon ich mitnichten überzeugt bin.

EPILOG

Einen unerkannten Aspekt unseres eigenen Wesens nannte er sich. Einen Entwurf unserer eigenen Zukunft. Der Engel in Jeans. Was so geheimnisvoll klingt, ist jedoch der Schlüssel zum Verständnis für das Motiv, das den Autor bewog, diese Geschichte zu schreiben. Denn hinter der mehr oder minder erfundenen Person, die darüber berichtet, was ihr geschah, nachdem ihr ein Engel erschien, verbirgt sich natürlich der reale Autor dieser Geschichte. Doch wiederum hinter ihm versteckt sich, obgleich dem Autor jeder Beweis dafür fehlt, der eigentliche, wenngleich auch verborgene Erfinder dieser Geschichte. Er inspirierte den Autor, eine Geschichte über einen Engel zu schreiben, an dessen Existenz er, als der ihm bewusste Aspekt seiner selbst, ebenso wenig zu glauben vermag, wie der gefeuerte Manager in der Geschichte. So dass man den Engel in der Geschichte als

Fiktion eines Schreiberlings bezeichnen könnte, der als Protagonist eines ihm selbst verborgenen Dichters fungiert, welcher womöglich ein Engel sein könnte. Der aber auch etwas völlig anderes sein könnte. Zum Beispiel einfach nur das, was man *Inspiration* nennt. Oder simpler noch: Blühende Phantasie. Wie der Engel in der Geschichte: Keiner weiß letztlich, wer er wirklich ist. Und woher er kommt. Er könnte auch ein Magier sein. Oder ein philosophisch halbwegs gebildeter Illusionist mit ausgeprägtem Sendungsbewusstsein. Oder ein Weiser mit paranormalen Fähigkeiten.

Eigentlich wäre es noch nicht einmal falsch, die Geschichte authentisch zu nennen. Wenn sie auch aus Gründen der Dramaturgie spannender dargestellt werden musste. Und dualistisch deshalb: Hier Engel, da jener, dem der Engel erscheint. Denn der Engel erschien ihm. Der Engel erscheint ihm. Allerdings nicht außerhalb von ihm. Und er schreibt lediglich nieder, was er mit ihm erleben könnte. Wenn er außerhalb von ihm existierte.

Obgleich sich dieses schreibende Phänomen immer wieder als etwas erweist, das offenbar einer anderen Dimension angehört, ist es dem Autor wie ein zweites Ich. Es ist letztlich nichts anderes als er. Dennoch muss der Autor, als wäre es ein ganz anderer als er, zum Beispiel ein Engel, seinen Weisungen folgen. Er muss schreiben, was er, der Engel? der Illusionist? der Magier? der Erfinder? der Dichter? in ihm erdichtet.

Natürlich könnten auch diese erklärenden Worte lediglich Teil dieser unglaublichen Geschichte sein. Ebenso wie der gesamte Kosmos eine Geschichte sein könnte, für deren

Erzählung noch nicht einmal ein Dichter notwendig ist. Es sei denn, man würde hinter jeden Dichter ad Infinitum einen anderen Dichter erdichten, weil man sich einfach nicht damit abfinden kann, dass kein Dichter notwendig ist, um die Welt und alles in ihr zu erdichten.

Weitere Informationen zu Büchern, Hörbüchern, Videos und Veranstaltungen von Werner Ablass finden Sie auf *amazon*:
http://www.amazon.de/Werner-Ablass/e/B004LOAVJQ

Wenn ich in einer beklemmenden Situation stecke oder ein sehr unangenehmes Gefühl erlebe, und mir dann die Frage stelle: "Was fehlt jetzt?"
Dann taucht die Antwort für gewöhnlich auf, dass ein schöneres Gefühl fehlt. Wenn aber dieses unangenehme Gefühl und sein Ruf, angenommen zu werden, erhört wird, was fehlt dann noch?
Wenn nichts ausgeschlossen wird von der Akzeptanz, was kann dann noch fehlen?
Es zeigt sich, dass vorher nicht ein schöneres anderes Gefühl gefehlt hat, sondern die Annahme des Gefühls, das gerade da war.
Alles, was jemals fehlen kann, ist die Annahme dessen, was ist.